ハヤカワ・ミステリ文庫

〈HM⑤⑩-1〉

狐には向かない職業

ジュノー・ブラック

田辺千幸訳

早川書房

8984

SHADY HOLLOW

A Shady Hollow Mystery

by

Juneau Black

Translated by
Chiyuki Tanabe
First published 2023 in Japan by
HAYAKAWA PUBLISHING, INC.
This book is published in Japan by
arrangement with
TARYN FAGERNESS AGENCY
through THE ENGLISH AGENCY (JAPAN) LTD.

狐には向かない職業

著者の覚書

『狐には向かない職業』は森の生き物たちの物語です。物事をじっくりと考える読者の方は、キツネとウサギが同じ建物で暮らすような村はいったいどんなところなのだろうとか、ネズミとヘラジカがどうすれば顔を突き合わせて話ができるのだろうとか、ふと考えこんでしまうかもしれません。この物語はフィクションであることをどうぞお忘れなく。登場する生き物たち——生きている者も、残酷にも殺される者も——が現実の動物によく似ているのは、あくまでもたまたまです。読み進む前にどうしてもこの問題を解決したい方は、登場する生き物たちをとりわけ動物っぽい特徴を持つ人間として考えてみてください。たとえば、あなたやわたしのような。

というわけで、ようこそシェイディ・ホロウへ。

登場人物

グラディス・ハニーサックル　噂好きでおせっかい焼きのハチドリのグラディスは、村のあらゆることを知っている。死体を発見し、注意を呼びかけたのは彼女だが、すでにどこを探すべきかを知っていたのかもしれない……

オットー・ズンフ　不平ばかり言う陰気なヒキガエル。オットーのことが好きな住民はあまりいない。だれが彼を憎んでいるかを考えたほうがいいだろう。

ヴェラ・ヴィクセン　抜け目のないキツネの記者は、トラブルを嗅ぎつける勘と真実を突き止めたいという欲求を持つ。まわりにいる者たちを信じてもいいのだろうか？

BW・ストーン　〈シェイディ・ホロウ・ヘラルド〉紙の編集長である葉巻好きのスカンク。BW（全部が黒と白《black and white》！）は、なによりも目を引く見出しが好きだ。彼は見出しのためにだれかを殺すだろうか？

レノーア・リー　村の本屋〈ネヴァーモア書店〉を経営し、ミステリを愛好する闇夜のような色のカラス。殺人事件の専門家がいるとしたら、それはレノーアだ。

ジョー　地元住民のたまり場であるコーヒーショップを経営する巨体だが温和なヘラジカ。噂が流れれば、必ず彼の耳に入る。入りすぎるかもしれない。

セオドア・ミード署長　クマは優秀な警察官になれる。体が大きくて、筋骨たくましく、好戦的だ。だがミード署長は、釣り《フィッシング》をしているときには犯罪捜査への興味を著しく失う。彼は怪しい《フィッシー》？

オーヴィル・ブラウン副署長　シェイディ・ホロウ警察管区の熱心なほうの大型のヒグマ。彼は規則に従って《バイ・ザ・ブック》仕事を進める。だがその本の半分は、ページを破り取られている。

ルビー・ユーイング　ヒツジのルビーほど親切で寛大な者はいない。だがルビーにはかなりのスキャンダルがある……

レジナルド（レジー）・フォン・ビーバーペルト　この裕福な実業家は事実上シェイディ・ホロウを支配しているが、家族を束ねることはできていない。妻と娘たちとは仲が悪い。彼の経営する製材所は見た目ほど堅牢だろうか？

ハワード・チターズ　製材所の気弱な経理担当者であるチターズは、レジナルドの横柄な態度や暴言に耐えている。だが彼は製材所の財務状態について、ほかのだれも知らないことを知っているだろうか？

アナスタシア&エスメラルダ・フォン・ビーバーペルト　村で一番裕福な家庭のふたりの娘は、買い物と噂話（家族の秘密が守られているかぎり）が大好きだ。

イーディス・フォン・ビーバーペルト　噂によれば、かじられた木の玉座の背後で真の力を持つのは、資産家の娘であるイーディスだという。財布の紐を握っているので、だれもが彼女の言葉に耳を傾ける……

レフティ　村の小悪党であるアライグマはシェイディ・ホロウのもっともいかがわしい地域《シェイディな》に暮らす。だが彼がだれかの罪をかばうはずがない……多額の見返りがないかぎり。

アンブロシウス・ハイデッガー　知ったかぶりをする哲学科教授。このフクロウは森でもっとも頭がよく、そのことを常に思い知らせようとする。だが彼は頭がよすぎただろうか？

サン・李《リー》　すばらしくおいしい菜食料理を出す〈竹藪《たけやぶ》〉というレストランを営業している。だが彼の過去と身の上は謎だ。

プロローグ

はるか北の果て、だれも知らず、夢に見ることすらない場所にシェイディ・ホロウと呼ばれる小さな村がある。普通の町や活気に満ちた世界から遠く離れた森には数多くの集落がある。シェイディ・ホロウはそんなコミュニティのひとつで、小さなネズミから巨大なヘラジカまで森に住むあらゆる種類の生き物たちが一緒に暮らし、だいたいにおいて平和で落ち着いた社会を作りあげている。

そこはどんなふうだろうと、あなたは気になるだろうか。まずあげなければならないのは、村を流れる美しい川だ。夏のあいだはにぎやかに、そして楽しげに流れていた川は、秋の訪れと共に落ち着きを取り戻す。冬には凍りつき、シェイディ・ホロウの住民たちはスケート・パーティーを開いたり、土手に雪像を作ったりする。冬眠しがちな生き物たちですら、そんな冷たい魔法の魅力には抗《あらが》えずにいる。そして春がくると川は再び目覚め、雪解け水と春の雨のせいで土手からあふれそうになる。

製材所から桟橋、そして村を通り過ぎていく川は、ある箇所で水車池に流れこむ。そこは、だれにも邪魔されることなく過ごせる場所だ……オットー・ズンフ（ズンフ Sumpf はドイツ語で沼地の意）に出くわすことのないように注意すればだが。気難しいヒキガエルのオットーは、池がもっとも沼っぽくなっているあたりで、背の高い草とガマに囲まれ、泥壁の小屋でひとりで暮らしている。彼はまるでそれが厳粛な任務であるかのように岸辺を巡回し、だれかを見つけると、偉そうに議論をふっかけるのが常だった。

彼のお気に入りの話題のひとつが、池の反対側にある。フォン・ビーバーペルト製材所は、いろいろな意味で村の中心だ。巨大な木製の水車は昼となく夜となく回り続け、その上にはおがくずの雲が常に漂い、産業と進歩のにおいを振りまいている。働く者たちの大声が夜明けから日没まで聞こえてくる。活気あふれるこの製材所は多くの生き物の生計を支えていた……。ビーバーやマスクラットやウッドチャックはもちろんのこと、ネズミにウサギにスズメ、一匹だけミンクもいる。川を利用して材木を下流へと運んでいる無鉄砲なカワネズミたちですら、製材所がこの地域に与える影響力を認めている。レジナルド・フォン・ビーバーペルトのオフィスは製材所の時計台の一番上にあったから、なにもかもが時計のように正確に稼働していることを確かめるかのように、彼は文字通りすべてを見渡している。シェイディ・ホロウは製材所と共に発展してきた……一部のヒキガエルが騒音とおがくずに文句を言っていたとしても。

もちろん、ほかの仕事もある。金物店と食料品店と花屋はメインストリートの東側、警察署と村役場と銀行は西側にある。角を曲がってクルミ通りに入ったところに建つのは、愛書家の安息地であるネヴァーモア書店だ。フィクション、ミステリ、歴史書、詩集——ここにはすべてが揃っている。そのほかの小さな店（仕立て屋や小間物店や薬局）はオーク通りやパイン通りのような脇道で見つけることができる。住民たちは忙しい日々を送っている。

だがシェイディ・ホロウは仕事ばかりというわけではない。メインストリートをリヴァー・ドライブの先まで進むか、あるいはメープル通りやエルム通りやチェスナッツ通りやビーチ通りをぶらぶら歩いていけば、メインストリートとクルミ通りの角にこの村の本当の中心地を見つけることができる。なにか立派な建物があるのだと思うだろうか？　教会とか？　大きなホール？　年代物のツリーハウス？　どれも違う。大きなプラタナスの木立の下にあるのは、素朴な平屋建てのコーヒーショップだ。店内の温かみのある木製のブースは、長年のあいだに艶を帯び、コーヒーの芳香とフルーツパイ（この店の自慢の品だ）の甘い香りが壁に染みこんでいる。ここはヘラジカのジョーが経営するカフェ〈ジョーのマグ〉だ。いつも謙虚なジョーが自らをありきたりの顔《マグ》と称しているとおり、彼が美しさを競うコンテストで勝つことはないだろうが、人目を引くことは間違いないし、コーヒーというものをよく知っていることはだれもが認めるところだ。ほとんどの生き物が一日を――朝であれ夜であれ――ジョーの店から始める。なにか聞くべきニュースがあれば、必ずジョーの耳に入っている。

　だがシェイディ・ホロウにちゃんとした報道機関がないわけではない。そこから一ブロックも離れていないエルム通りのちょっと先に、〈シェイディ・ホロウ・ヘラルド〉社の堂々としたオフィスがある。コーヒーを飲みに行く途中でその日の朝刊を買えば、活気に満ちた北方のこの集落の最新ニュースを知ることができる。

　たとえば、今日のトップ記事はスペリング大会《スペリング・ビー》の優勝者アシュリー・チターズ（ネズミ、八歳）の紹介で、長いリボンがついた蜂《ビー》の形の輝くメダルを誇らしげに首にかけている彼女の写真も載っている。彼女は〝反抗的な《contumacious》〟をためらうことなく綴り、三年連続でこの栄誉に輝いて大きな喝采を受けた。彼女のライバルであるオコジョ――皮肉なことに、どこか反抗的だ――は、〝涙もろい《lachrymose》〟で、iを使ってしまい、敗北した。スペリング大会の記事の隣には、コールド・クレイ農園のウサギたちが作った桃のコブラー（フルーツパイの一種）のレシピが載っている。添えられたイラストはとてもおいしそうだ。

こういうことが、シェイディ・ホロウのニュースになる。

もちろん、ほかにもいろいろなことが起きる。愛や憎しみがあり、偽りや裏切りがある。忠義や失望や勇気や悪事があるが、どれもささいなものだ。だがこういったことはたいていの場合、個人的な問題で公《おおやけ》にはならない。閉じたドアの向こうか、ねぐらのなかか、もしくは村に気持ちのいい木陰を与えている枝のあいだで行われているにすぎない。シェイディ・ホロウの平和な世界でそういったものがだれかの目に触れることはない。

だがあなたはそれを、すぐに目撃することになるだろう。

第一章

八月末のある日の早朝、遠い丘の頂上から顔をのぞかせた太陽が森に金色の光を注ぎはじめた。いつも早起きのグラディス・ハニーサックルはすでに空を飛んでいて、毎日通っている村までは、あと残り半分弱というところまで来ていた。彼女はハチドリで、動きを止めることのないその鮮やかな緑色の羽のおかげで、一時間に百マイル飛ぶことができる。彼女の舌も同じくらい、動きを止めることがなかった。グラディスは村のゴシップ屋として知られていた。都合がよかったのは、彼女が村で唯一の新聞社〈シェイディ・ホロウ・ヘラルド〉社に勤めていて、村で起きたことやイベントについてのコラムを受け持っていることだ。華やかな仕事とは言えないかもしれないが、彼女の性格にはぴったりだった。〈ヘラルド〉紙の編集長であるBW・ストーンは、親切にも彼女のために編集室に小さな机を用意し、ゴシップ欄の担当だった彼女を正規の記者ということにした。グラディスは鼻高々で、毎日出社すると約束した。BW・ストーンは、スカンクの鋭い目を光らせておけるよう、記者たちが会社にいることを好んだからだ。

グラディスは夫を亡くしていて、子供たちはすでに成長していた。文字通りの〝空《から》の巣症候群〟だったから、毎日仕事に向かうのが楽しみだった。なにより、自分の価値を会社に見せつけて、居場所をそこに確保すると心に決めていた。

その日の朝、グラディスは村はずれに立つブナの木の上のほうにある藁造りの小さな巣を出て、村の中心部に建つ新聞社のオフィスに向かって飛んでいた。ところどころが木の葉に隠れる静かな小道を歩いている者は、まだほとんどいない。目に入ったのは、北に向かう道をのんびりと進むジョーだけだった。大きなひづめの音は驚くほど静かだ。ヘラジカは本来早起きではない――少なくとも、鳥の仲間たちに比べれば。けれどジョーは、自分のコーヒーショップの外で客を待たせようとは夢にも思わず、すっきりした顔で客を迎えるために、夜が明けるずっと前に起き出すのだった。彼は一日中働いているように見えたが、文句ひとつ言うことはなかった。息子のジョー・ジュニア以外に身寄りはいない。給仕係や料理人はやってきては去っていったが……ジョーは常にそこにいた。

グラディスはジョーを気に留めることもなく、森の上を飛び続けた。ありがたいことに彼女には考えるべきことがある。一番高い枝の上を通り過ぎたとき、高速回転を続ける彼女の頭のなかは、つい最近結婚して夫と暮らし始めた一番下の娘ヘザーのことでいっぱいだった。ふたりとも大人だけれど、自分の子供のことを心配するのは母親の特権で、グラディスもその例に漏れなかった。もちろん、ヘザーは幸せだと言っていて、ここから一日飛んだところで自分たちの世界を築いている。けれど、実際のところはだれにもわからない。

柄にもなく仲間外れにされたような気分で、そのせいで落ちこんでいるグラディスにしても同じことだ。こういう状況は彼女がもっとも嫌うものだ。自分の耳に入っていないゴシップの存在を考えただけで、グラディスは身震いした。

考えごとをしながら水車池の上を二度旋回し、上昇気流に乗って高く舞いあがっていく。まだ日光が届いていない水面を見おろした。風に乗って飛んでいるうち、なにかが目に留まった。なにか妙なもの。グラディスはもう一度見ようとして急降下した。なにかしら？　なにかの袋？　池に浮いている木切れ？　生まれながらの好奇心がむくむくと高まって、さらに高度を落とした。

穏やかな水面を乱すなにかは、白っぽい朝の光のなかで形が判然としなくて正体がよくわからない。じっとして動かないが、緩やかな流れに乗って池の中央まで漂ってきた雑草の塊や木切れではなさそうだ。

ハチドリの心臓が冷たく縮こまった。あの形はとても……見覚えがある。激しく翼をはばたかせ、グラディスはさらに高度をさげると、仰向けになって浮いているヒキガエルの体のすぐ上でホバリングした。ただのヒキガエルではない。オットー・ズンフだ。

オットーはシェイディ・ホロウ池の古くからの住人だった。気難しくて不愛想だと言われていたが、それは見せかけだけで実はとても親切なのだと主張する者たちもいる。だが彼が、そう言ってくれた者に感謝することはなかった。

いま彼は、見せかけだけでなく実際に死んでいるように見えた。白っぽい脚は硬くなっていて、ぴくりとも動かないということがなければ、まるでジャンプしている最中のようだ。

鳥だけに可能な地点からかわいそうなヒキガエルを眺めながら、グラディスは愕然としつつもそういったことを見て取っていた。岸からもしだれかが眺めていたとしても、グラディスの動きはほとんど見えていなかっただろう。だがオットーの死という恐ろしい事実にひどく取り乱していたせいで、そこまで考えが及ばなかった。

死んだ！　かわいそうなオットーが死んだ！　そしてこのわたし、グラディス・ハニーサックルが第一発見者になった！　ほかにだれかいないかと、グラディスはようやく不安げにあたりを見回した。死体を見つけたんだから、だれかに話さなくちゃいけない。小さなハチドリの心臓は激しく打ち始め、あまりの動悸にグラディスは気を失うのではないかと思った。シェイディ・ホロウのだれもが関心を寄せる重大なニュースをつかんだのだ。だれかに言わなきゃ。違う、違う、みんなに言わなきゃ。

とにもかくにも、まずは警察に連絡するべきだと、頭のなかの小さな声がささやいている。そのとおり。グラディスはもったいぶってうなずいた。警察に知らせなきゃいけない。オフィスに着いて、いくらか気持ちが落ち着いたら警察を呼ぼう。オットーのことはあまり好きではなかったが、彼は隣人だったし、仕事に行く途中で隣人の死体を見つけるのは、ひどく動揺する出来事だった。

グラディスは狼狽しながらもなんとか飛び続け、新聞社のオフィスにおりた。まだだれも来ていないことを祈りながら、建物のなかへと急ぐ。けれど入り口のドアをくぐったとたんに、編集室から漂うコーヒーの強いにおいが鼻をついた。だれなのかはわかっていた——あのキツネだ。

第二章

ヴェラ・ヴィクセンは〈ヘラルド紙〉のニュース記者だ。オフィスに住み込んでいるかのようなスタッフのひとりで、火傷しそうなほど熱くて濃いジャワコーヒーをブラックで飲むという記者の伝統を受け継いでいる。目的は味ではなくその効能だったが、せっかちなアカギツネはこのコーヒーを支えに生きているようだった。ほかの人たちはほぼ全員がジョーの店でコーヒーを買う。もちろんヴェラもときにはそうするが、彼女の性格上、いつでも飲みたいときに飲みたかった。

ヴェラはいつもスクープを探していて、今日も例外ではなかった。グラディスの羽音が聞こえてくると、尖った耳をぴくりとさせて、最新のゴシップを聞かされる準備をした。けれどグラディスはひとことも発することなく、そそくさと自分の机に向かった。ものすごく珍しいことだったので、ヴェラは立ちあがり、小さなハチドリに歩み寄った。

「おはよう」ヴェラは笑顔で声をかけた。

グラディスは素っ気なくうなずいただけで、視線を合わそうとはしない。ヴェラはだてに優れた事件記者と呼ばれているわけではなかったから、グラディスがあえぐような息をしていることに気づいた。

「どうかした、グラディス？」彼女は尋ねた。「ひどく動揺しているみたい。なにかあった？」

グラディスはいきなり泣き出した。隠し事をするのは彼女の性分に合わない。ヴェラにそう尋ねられただけで、さっきまでの決心をきれいに忘れ、すべてを打ち明けていた。

ひどく興奮しているハチドリの話を聞くうちに、ヴェラの赤い耳はそば立ち、黒い鼻はぴくぴくと動いた。死んだ？　シェイディ・ホロウで？　ヴェラは元々好奇心が旺盛だ。だからこそ、優秀な記者になれた。彼女のことを詮索好きだという住民もいるが、気にしてはいなかった。優れた記者は物事に興味を持ち、ほかの人たちが怖くてできない質問もしなくてはいけないと、彼女は信じていた。

グラディスからだいたいのところを聞き出したヴェラは、まだすすり泣いている彼女を自分のオフィスに連れていき、彼女の好きな砂糖水ときれいなティッシュペーパーを渡した。頭のなかは勢いよく回転している。グラディスが死体を見つけたばかりだとしたら、まだほかのだれも気づいていないかもしれない。急いで行動すれば、現場に行って、細かい点まですべて記録できるかもしれない。村のだれもが一度や二度は彼に暴言を吐かれたことがあるという点をさておいても、オットーの死は大ニュースだ。

グラディスとは違い、ヴェラはただちに警察に通報しないことに対していささかも良心の呵責《かしゃく》を覚えなかった。シェイディ・ホロウの警察署長は、動作も頭の回転もゆっくりなクロクマのセオドア・ミードだ。万引きや騒音といった問題なら対処はできるが、彼には限界がある。オットー・ズンフの死を当局に通報することに異論はなかったが、それは現場を自分の目で見てからの話だ。ヴェラはカメラを肩にかけ、出かける準備を整えた。

オフィスを出る前に、もう一度グラディスの様子を確認した。彼女はまだすすり泣きながら、涙をぬぐっている。じきに冷静さを取り戻したときには、だれかが通りかかろうものなら、ぺらぺらとなにもかも喋るだろう。かわいそうなオットーの遺体を見ようとして村の住民全員が池に集まってくるまで、時間はほんの少ししかない。ヴェラはヘラルド社のオフィスを出て、池に向かった。

幸いなことにまだとても早い時間だったから、池の反対側にそそり立つ製材所に向かう数人を除けば、あたりにはほとんどだれもいない。製材所の水車はひたすら回り続けていて、鏡面のような池の水にどこまでも広がっていく波を起こしていた。

ヴェラは肩にかけたカメラを揺らしながら、確たる足取りで進んだ。池の縁の向こうに目を凝らす。岸辺には紫色のミソハギが生い茂り、そのすぐ向こうには緑色の藻が広がっていた。いかにも平和な風景だ。オットー・ズンフがいなければ。彼は水面に浮いていた。仰向けで。グラディスが言っていたとおりに。

ヴェラは身を乗り出し、死体の写真を数枚、手早く撮った。水際の地面はぬかるんでいる。オットーに敬意を表して、残っている足跡を踏むまいとした。死んではいても、オットーは自分の領域を踏み荒らされたくはないだろう。

いつもの習慣で、判別できるかどうかはわからなかったが、足跡の写真も何枚か撮った。激しく鼻をひくつかせながら、雑草の茂みのまわりを歩いた。泥にまみれたアシの茂みのなかで空の瓶を見つけた。ゴミにしてはきれいすぎる。だれかが池に向けて投げたものの、アシに引っかかってしまったみたいだ。ヴェラは瓶には手を触れず、写真だけ撮った。

死んだヒキガエルに呼ばれたかのように、ヴェラはもう一度水面に浮かぶ死体に目を向けた。細かいところを見て取るには岸から離れすぎていたし、ボートがなければ近づくのは到底無理だ。オットーの死体を地面に引きあげることを考えて、ヴェラは身震いした。彼とはほんの数回言葉を交わしたことがあるだけだが、それでも彼が死んだとはとても思えなかった。心臓発作？　老衰？　オットーはかなりの年齢だという話だ。もちろん、だれもが事故に遭う可能性はある。彼はゆうべ飲みすぎて、暗いなかで水際を見誤り、池にはまって溺れたのかもしれない。

「でも両生類が溺れるなんて聞いたことある?」ヴェラはひとりごとを言った。「オットーがなにかに溺れるとしたら、それはアルコールでしょうね」

時間が残り少なくなっていた。太陽は木の上から顔を出し、日常生活の音がそこここから聞こえ始めている。ヴェラはもう一度あたりを見回し、警察に通報する潮時だと判断した。ミード署長でも、ボートに乗ってオットーを地上に引きあげるくらいはできるだろう。

グラディスがどうしているかを確かめるため、ヴェラは警察署に向かう前にシェイディ・ホロウ・ヘラルド社のオフィスに一度戻り、自分の机の一番大きな引き出しにカメラをしまった。

グラディスのいる区画までまだ距離があるうちから彼女の話し声が聞こえて、ヴェラは足を止めた。

「背筋がぞくりとしたかと思ったら、かわいそうなオットーがそこに浮いているのが見えたのよ……そうよ、今朝目を覚ましたときから、今日はよくないことが起きるってわかっていたんだから!」グラディスはだれだかわからない相手に喋り続けている。ショックからは完全に立ち直ったようだ。尾ひれをつける余裕ができて、さっきヴェラに話したときにはほのめかしてもいなかった悪い予感の話を付け加えている。

ヴェラは首を振って向きを変えると、だれかに呼び止められる前に警察署へと急いだ。

警察署は静まり返っていたが、入り口は大きく開け放たれていたので、ヴェラはノックすることなくなかに入った。案の定ミード署長はいなかったが、副署長であるオーヴィル・ブラウンにオットーのことを報告した。上司と同じく、オーヴィルは大型のクマだったが、彼はヒグマで頭もずっとよかった。

すぐに池に行って状況を調べ、きちんと埋葬できるように死体を引きあげるとオーヴィルは言った。だれかの死という極めて重大な出来事があっても、署長が少なくともあと数時間は現れないことはわかっていた。対してオーヴィルは、上司が姿を見せる前に署に来て、穏やかに一日を始めるのを好んだ。彼はそうやって、シェイディ・ホロウの治安維持という通常業務をこなしていた。また、署でひとりで仕事をしているときには、警察署長になってぴかぴかの新しい帽子とバッジをつけ、村じゅうから尊敬と称賛を受けるという大層な夢物語にふけることもあった。

ようやく自分の献身が報われるときがきたのかもしれない。ランチまでにはオットー・ズンフの死という悲しい事態を収拾させられるだろうから、最初から最後まで彼がどれほど有能で冷静だったかを、雌ギツネの記者が記事にするに違いない。ふむ、悪くないぞ。

現実に戻ったオーヴィルは、彼が処理を終えるまで、見つけたもののことをだれにも言わないようにとヴェラに告げた。

「あら、残念。手遅れね。わたしにこのことを教えてくれたのは、グラディス・ハニーサックルだったから」

オーヴィルは天を仰いだ。「なるほど。秘密にしておくのはあきらめるしかないな」オーヴィル副署長はいつもの仕事道具——帽子、手縄、そしてしかめっ面——を身に着けると、ヴェラと一緒に池に向かった。同行したいとヴェラが頼んだわけではなかったが、オーヴィルはまだ少し眠たかったし、彼女を追い返すこれといった理由はなかった。記者としてのヴェラの評判は聞いている。いま断ったとしても、いずれは現場に来るだろう。

「ボートを手配しなくてはいけない」オーヴィルは歩きながら言った。「署のボートは、署長が獲物を釣りあげるために使っているんでね」

「なにを捕まえようとしているの?」ヴェラは興味を引かれて尋ねた。

「魚じゃないかな」オーヴィルはけげんそうに彼女を見た。「ほかになにがある?」

ヴェラは疑り深いまなざしをオーヴィルに向けた。「本当の釣りなの?」

「ほかになにがあるんだ?」

ヴェラは目を細くして、ため息をついた。「もういい。あなたがシェイディ・ホロウで裁判所に足を踏み入れることは、あまりないんでしょうね」

「ないな」オーヴィルは歯を見せて笑った。「だいたいは、すぐに自白する」

「でしょうね」ヴェラはうなずいた。オーヴィルはそうしようと決めたときには、かなり威圧的になれる。

オーヴィルは歩きながら岸辺を眺めた。「ボートを見つける必要があるな」

「製材所に何艘かある。荷船から木材が落ちたときのために」

「それで間に合うだろう」

ふたりは、ヴェラが写真を撮った地点までやってきた。オーヴィルがボートを取りに行っているあいだ、自分がここで見張りをしておくとヴェラは言い、製材所へと急ぎ足で向かうクマの巨体がゆっくりと小さくなっていくのを見送った。

ヴェラは待った。十五分ほどたったところで、製材所の桟橋からオットーの死体が浮いているところに向けて、ボートがゆっくりと進んでくるのが見えた。なにかおかしいと気づいた生き物が数匹、岸辺に集まり始めている。

死体の近くまでやってきたオーヴィルが驚いて叫ぶのが聞こえ、オットーはまだ息があるのかもしれないと、ヴェラの心臓が一瞬高鳴った。だがオットーがボートを漕ぐ速度は変わらなかったから、急ぐ必要はないようだ。彼はオットーの体をロープでボートにつなぐと、ヴェラが立っている岸辺に向かって漕ぎ始めた。

岸から数メートルのところでオットーは派手に水しぶきをたてて飛びおり、泥の上までボートを引きあげた。彼は野次馬たちを見ると吠えた。「さがれ！　さがれ！　全員だ！　そこを開けろ！　少しは敬意を払え！」

怒り狂ったヒグマにすくみあがり、だれもがあとずさった……ヴェラ以外は。なにかがおかしいと、ヴェラにはわかっていた。

「引きあげるのを手伝いましょうか？」ヴェラは訊いた。

「必要ない」オーヴィルは水のなかを戻り、死体を抱きあげた。まるで子熊を抱きあげるような優しさだった。一切の不快感を見せることなく、オットーの体を岸辺まで運ぶと、顔を下にして冷たい土の上に慎重におろした。大きなクマは一度だけ、身震いした。それは嫌悪からでも寒さからでもなく、怒りからだった。

死体の様子が見て取れるようになって、ヴェラはその理由を知った。

オットーはうつ伏せになっていて動かないというだけでなく、その体からは黒っぽい血がひとすじ流れ出していた。なにより痛ましいのは、背中から突き出しているナイフの柄《つか》だった。

ヴェラはあとずさった。胃が飛び出しそうだ。

シェイディ・ホロウで犯罪が起きることはほとんどないし、ヴェラが知るかぎり、殺人は一度も起きたことがない。オットーは気難しいかもしれないが、この村の住民で、もう長年水車池の近くで暮らしてきたのだ。

「いったいだれがこんなことを？」ヴェラはか細い声でつぶやいた。

オーヴィルはしゃんと背筋を伸ばして立ち、体を振って水を払った。「わからない。だが、見つけ出す」

彼はミード署長の下で働く身分だが、それもどうでもいいことらしかった。オーヴィルなら、署長がベッドから出る前に、証拠を集め、写真を撮り、イチイ通りにある〈平和なホロウ葬儀場〉に連絡してオットーの遺体を引き取ってもらうことができるだろう。オーヴィルは自分の仕事が好きだったし、自分にその能力があることも知っていた。仕事の大部分を彼がしているにもかかわらず、上司がほとんどの手柄を横取りしていることには納得がいかなかったが、文句を言うのはあさましいように思えた。そもそも、氷像の窃盗事件をどっちのクマが解決したかなんて、いったいだれが気にかける？

だがいまは違う感覚だった。軽犯罪は日常の一部だが、殺人は文明社会に対する脅威だ。オットーは人気のある隣人ではなかったかもしれないが、だれもこんなふうに死んでいいはずがない。こんな状況ではあったが、オーヴィルは腹の奥のほうから湧き上がってくるものを感じていた。わたしがこの職業を選んだのは、まさにこれが理由だったんじゃないのか？　オットーを守るのはもう手遅れだが、彼のために正義を求めることはできる。

ヴェラもまた、これが殺人だと判明したことですべてが変わるとわかっていた。オーヴィルをその場に残し、新聞社へと戻った。今回のスクープではグラディスを出し抜いた。あいにく、これは悲劇だけれど。

けれどひょっとしたら、チャンスでもあるのかもしれない。

第三章

集まった住民たちが恐怖に言葉を失っているあいだも、オーヴィルが池から死体を運びだしているあいだも、グラディスが細い喉を嗄らしながら賞味期限切れになったニュースを喋りまくっているあいだも、〈ジョーのマグ〉ではいつもと同じ時間が流れていた。

ジョーは普段どおり、毎朝の決まった作業をこなしていた。一日のお気に入りの時間だ——朝食を求める客が押しかける前に、準備を整えておく。コーヒーをいれ、カウンターに様々な種類のマフィンやスコーンを並べた。ゆうべ焼いたもので、いまは冷めていい香りを漂わせている。ディスペンサーにナプキンを入れ(ぎゅうぎゅう詰めにはしない)、キュッキュッと音が鳴るまでテーブルを拭いた。ジョーは、一分《いちぶ》の隙もなく店を回していることが自慢だった。時間ができればすかさずカウンターを拭き、新鮮なリンゴのマフィンが一番手前に来るように並べ替える。ランチタイムには間違いなくひとつも残っていないだろうと、彼は思った。

ジョーはため息をついた――ヘラジカは確かに、見事なため息をつくことができる。小さな村でカフェをやり、ひとりで息子を育てるというのは、彼が思い描いていた人生ではない。だが彼にいまあるのはこの店で、だいたいにおいて彼はそのことに感謝していた。妻のことをまったく考えない日もある。どうして彼女は出ていったのだろうと思いめぐらせたりしない日も。幸せではないにしろ、まあまあ満足していたし、ヘラジカとしてはこれ以上ないほどうまくやっていると言えた。シェイディ・ホロウの住民たちから好かれていて、店を訪れる独身女性に彼が興味を示したことは一度もないにしろ、皆からいい奴だと思われている。

カフェのドアをせわしなくノックする音がして、ジョーは我に返った。

六時近くになっていることに気づいて、ぎょっとした。店を開ける時間だ！　彼はドアの鍵を開け、看板をひっくり返してOPENにした。

「さあ、入って！」待っていたリスに声をかける。「コーヒーひとつだね。すぐに持ってくるよ」ジョーはにこやかな笑みを浮かべた。今日は過ぎた日のことをくよくよ考えるつもりはない。そんなことをしても、いい結果になどならないことはわかっている。

リスはこれから大勢訪れるだろう客の最初のひとりにすぎなかった。すぐにネズミがやってきた。

「やあ、ジョー、いつものをもらえるかな」ひげをぴくぴくさせながら、ネズミが言った。常連客のひとり、ハワード・チターズだった。製材所のオーナーであるレジナルド・フォン・ビーバーペルトの下で働く経理係だ。ハワードはいつも少し遅刻気味なので、いつも急いでいた。彼は毎朝、オフィスに持っていくペストリーの詰め合わせを受け取るために、カフェに寄る。ジョーの店のペストリーが村で一番おいしいのはだれもが知るところで、ミスター・フォン・ビーバーペルトにふさわしいのは一番いいものだけだからだ。

もちろんレジナルド・フォン・ビーバーペルトは、自分で朝食を受け取りに来るには忙しすぎたし、大物すぎた。彼はそのためにハワードを雇っていた。ハワードは経理係だったが、レジナルドはありとあらゆる雑用や厄介な仕事まで彼に押しつけていた。たいていの生き物はそんな扱いに耐えられないだろうが、ハワードには養わなければならない者が家で大勢待っていたから、仕事はなによりも重要だった。妻のミセス・アメリア・チターズ――彼の最愛のパートナーだった――はすでに五回の出産を終えていて、思い出すだけの時間をもらえれば、彼も正確な子供の数を言うことができる。長時間労働にも、フォン・ビーバーペルトからの暴言にも、彼は家族のために耐えていた。最近になって子供が三四生まれていたから、これまで以上に仕事は重要だった。

幸いなことに給料は比較的よかったし、彼自身、自分の作業を四回も確認するような優れた経理係だった。彼は仕事を楽しんでいた。さらに言えば、汚れたおむつや、酸っぱいにおいのするミルクのコップや、木のおもちゃが敷物の上に散乱している家から出る理由にもなった。彼は家族を愛していたし、父親であることを楽しんでもいたが、製材所の自分のオフィスも好きだった。そこはドアを閉めることができたから、二マイル先からでも聞こえるような声で彼の名前を呼ぶ上司を除けば、それ以外のだれかに邪魔されることはなかった。

注文の品をジョーが集めているあいだ、ハワードは不安そうにちらちらと腕時計を眺めていた。「ありがとう、ジョー。製材所のツケにしておいてくれ」

ペストリーを手にした小さなネズミは、責任の重さに背を丸めながら店を出た。「おっと！」そこにいたなにかに驚いて、声をあげた。「失礼」

「ホッホー、ジョー」ハワードと入れ替わるように、別の声がした。早朝に〈ジョーのマグ〉を訪れる常連客のひとり、アンブロシウス・ハイデッガー教授だ。ハワードを驚かせたのは、彼だ。シェイディ・ホロウのような文明社会でも、思いがけないところでフクロウと出くわすと、ネズミは不安を覚えるものだ。だがハイデッガーはいろいろな文献を読んでその恩恵を学んで以来、厳密な菜食主義を通している。活動するのは夜なので、眠る前のお楽しみとしてシナモンロールを買うためにコーヒーショップに立ち寄るのだ。

「そうそう、今夜の分としてそのおいしそうなシードケーキもひとつもらおう」ハイデッガーは言った。「起きたら仕事が山ほど待っているのでね」

ずらりと本が並ぶ彼の仕事場は村の外に立つニレの木の上にあって、そこに座り、受け持ちの学生たちの今学期最初の論文を採点するのには、それなりのエネルギーが必要だった。彼はほとんどの学生たちのことを能なしだと考えていたから、その仕事は多大な忍耐力を必要とした。能なしであろうとあるまいと、この偉大なハイデッガー教授からじきじきに教えてもらえる彼らは、このうえなく運がいいのだ！　彼は品物を受け取って礼を言うと、レジの脇の瓶にたっぷりのチップを入れて店を出ていった。

午前中、ジョーはずっと忙しく働いていた。店内の空気が落ち着かないのは、夏の終わりの気持ちのいい風や日光のせいだけではなかった。客たちが噂話をしている。〃オーヴィル副署長〃という名前が聞こえてきて、ジョーは耳をそばだてた。漏れ聞こえた言葉をつなぎ合わせて理解する間もなく、新しい客がやってきた。

「おはよう、ジョー」元気のいい声はレノーア・リーのものだった。とても繁盛している〈ネヴァーモア書店〉を経営するカラスだ。ジョーはあまり本を読まないが、レノーアは店のなじみ客で、とても頭の回転が速い。カフェでコーヒーとクルミのスコーンを買ってから自分の店に向かい、開店する前に帳簿をつけるのが習慣だった。

ジョーはコーヒーをいれ、いつものスコーンを袋に入れた。レノーアが違うものを注文することはなく、自分の姿を見るだけでジョーが用意してくれるのはありがたいと彼女は思っていた。

「レノーア」ジョーは低い声で言った。「なにかあったようだ」普段の彼は自分に知らないことがあるのを認めたがらないが、レノーア相手なら別だ。

彼女はうなずき、カウンターの上でコーヒーに蜂蜜を足した。「池のあたりがひどく騒々しいのよ。だれかが溺れたんだと思う」

「本当に？　ひどい話だ」

「はっきりしたことはわからないんだけれどね」レノーアが言った。彼女もまた知らないことがあるのを認めるのは嫌がったが、ジョー相手なら別だった。「野次馬になるのは嫌だったし。でも人込みのなかにヴェラがいたみたいだから、なにか知ってたらきっと彼女が教えてくれると思う」レノーアとヴェラは仲のいい友人で、詮索好きで活字が好きだという共通点があった。「でも、あなたの耳に入るほうが早いでしょうけどね」

「悪いことじゃないといいんだが」ジョーはそう言いながらも、手遅れだと感じていた。嫌な予感がした。「説明はできないが、どうも気に入らない。なにかが変わってしまう気がする」

レノーアはきらめく黒い目で彼を見つめた。「シェイディ・ホロウが変わる？　そのためには、なにか思い切ったことが必要ね」朝食を手に取った。「ひとつだけ変わらないのは、わたしは時間どおりに仕事場に行くっていうこと。それじゃあね、ジョー」

レノーアは通りを渡り、いつもとまったく同じ時間に店のどっしりとした黒いオーク材のドアを開けた。彼女はとても几帳面で、物事を決まったやり方でやることを好んだ。シェイディ・ホロウで（それどころかこのあたり一帯で）唯一の書店である彼女の店にも、その性格が反映されていた。

本来、森の生き物はあまり本を読まないが、レノーアが書店を開いてからはそれも変化していた。「この村には、上質の楽しみがなくてはいけないのです」オープニング・セレモニーの際、彼女はそうスピーチした。確かにそのとおりだったと言える。

古い穀物サイロを改装したこぢんまりした店は、とても魅力的だった。それぞれのフロアはジャンル分けされ、壁にはずらりと本が並んでいる。中央部は吹き抜けになっているので、各フロア（一階を除いて）はバルコニーのようで、店に入ってくる客を見おろすことができる。この造りのおかげで、レノーアがあっと言う間に各フロアに飛んでいけるという、実用的な利点もあった。あちらこちらの隅にはランプと座り心地のいい椅子が置かれ、そこでミステリや最新のスリラーを楽しむことができる。また〈ジョーのマグ〉の筋向かいにあったから、読書に疲れた客たちがそこに休憩をしに行くこともしばしばだった。村では持ちつ持たれつが大切だ。レノーアは自分のささやかなお城を眺めながら、ジョーから聞いた話について考えていた。ヴェラが早く来てくれることを願った。

第四章

ちょうどそのころ、ヴェラ・ヴィクセンは新聞社の自分のオフィスにいた。池でオーヴィルと別れたあとの行動は速かった。社の地下にある暗室に急いでおりていき、カメラのフィルムを現像した。いま彼女は机に覆いかぶさるようにして、現場を写した白黒写真を眺めていた。オットーを岸へと引きあげたときのオーヴィルはまるで雷のようだったから、犯人を捕まえるために彼が最善を尽くすことはわかっている。けれど、彼女が信頼を置いているのはオーヴィルの意欲だけで、実際の能力については懐疑的だった。

実のところヴェラには、捜査の経験においては自分がこの村で群を抜いているという確信があった。彼女はシェイディ・ホロウで静かな暮らしを始める前、南のほうの大きな町で警察担当記者をしていたことがある。このあたりで彼女の過去を知っている者は多くないし、自分から吹聴するつもりもない。彼女には彼女の秘密があって、それはそのままにしておくつもりだった。

「ヴェラ!」編集室の奥にある煙が充満するオフィスから、彼女を呼ぶ声がした。

ヴェラはため息をつき、目をぐるりと回した。昨日の新聞の下に、そっと写真を隠す。それから立ちあがり、編集長のオフィスへと急いだ。煙の向こうにかろうじてその輪郭が見えてきた。

「なんですか、BW?」ヴェラは言った。

BW・ストーンはでっぷり太ったエネルギッシュな年配のスカンクで、巨大なオーク材の机の向こうからヴェラをにらみつけていた。

「この殺人事件はどうなっている?」彼がしゃべるとくわえた葉巻がゆらゆら揺れた。

「取りかかっています、BW」肺に煙が侵入してきて、ヴェラは咳きこんだ。

「あの巡査から話を聞いた——なんといったかな、オーヴィル? 紙面に通知を載せろと言うんだぞ。それも無料で!」

「彼は副署長です、BW。公式通知を掲載する場合、警察に請求はしないことになっています」ヴェラは辛抱強く説明した。

「請求しない? そいつは犯罪だ!」金にうるさいBWは辛辣な口調で言い、葉巻が口から落ちそうになった。「とにかくだ、こいつはでかいネタだぞ。特大だ。とんでもなく重大だ! こいつはおまえに任せる、ヴェラ。日没までに、ドンピシャの見出しと一面全面の記事を書いてこい！」

「書くためには、事実をつかむ必要があります、BW」

「それなら、行け！　いますぐに！　全部、はっきりさせるんだ！」彼は吠えた。

ヴェラは煙が充満する部屋から逃げ出すと、自分のオフィスに写真を取りに戻った。ええ、ええ、全部はっきりさせますとも。鼻をひくつかせながら、心のなかでつぶやいた。これが大きなネタだということは、BWに言われなくてもわかっている。

建物を出ると、左右を確かめてから通りを渡った。シェイディ・ホロウでは道路を横断するときに危険を感じることはない。ここではすべてがのんびりとしているからだ。けれど今日はなにかが違っていた。

日々の平穏さは消えていた。いつもの仕事を忘れてしまったかのように、生き物たちはドアロに立ち、言葉を交わしている。殺されたのが気難しい世捨て者オットー・ズンフだったから、知らせを聞いたショックはすぐに収まり、シェイディ・ホロウの住民たちは事件にまつわる好き勝手な噂話を楽しんでいた。

ヴェラはメインストリートの影ができている側に渡り、〈ジョーのマグ〉に入った。店内を見回す。お喋りをしたり、心配したり、考えこんだりしている客でいっぱいだった。まるでとんでもなく陰気な休日のようだ。

「ヴェラ」ジョーは彼女に気づいて、すでにいつものブラックコーヒーをいれていた。

「さあ、どうぞ。記事に取りかかっているようだね」

「聞いたのね?」ばかげた質問だった。知るべきニュースがあるときは、ジョーがすでに知っているに決まっている。

「三十分ほど前、グラディスがお代わりをしに来たよ。今朝は、ずいぶんと喉が渇いたらしくてね」

こんな話題にもかかわらず、ヴェラは思わずにやりと歯をむいて笑った。「耳が疲れたでしょう?」

「恐ろしいことだね、ヴェラ」ジョーは真面目な顔で言った。「間違っているよ、オットーの身に起きたことは」

「殺人が正しかったことなんてある?」

ジョーはしばし黙りこみ、やがてゆっくりと口を開いた。「正当化されることは、あるかもしれない」それはまるで、自分自身に言っているようだった。それから彼は枝角で天井をこすりながら、首を振った。「だがオットーはだれも傷つけたことはない」

「村じゅうに喧嘩をふっかけていたけれど」幼いころからシェイディ・ホロウで暮らしていたわけではないにしろ、オットーの評判についてはヴェラもほかの者たちと同じくらい知っていた。

彼女が言い終えないうちから、ジョーは再び首を振っていた。「口だけだ！　確かに彼は気難しかった。住民と言い争いをするのは、彼にとってはちょっとした楽しみだったんだよ。だがそのせいでだれかを傷つけたことはなかった。傷ついていたとしたら、それは彼自身だろうな。池のそばでひとりきりで暮らしていた。その偏屈さのせいで、だれも寄りつかなくなったんだ」

ヴェラはうなずき、ノートを取り出した。「あなたから聞いたこと、書いてもいい？」

ヴェラはズンフについて質問し、ジョーは気難しい池の住民にまつわることをいくつか語った。ズンフは北の果てのどこかからやってきたらしい。その地の冬は氷に覆われ、長い夜が続くせいで、ある種の生き物たちは一年の半分を地下深くで過ごさなくてはならないという。オットーが世捨て者のような暮らしをしていたのは、シェイディ・ホロウ周辺の森の気候は温暖ではあるものの、生き延びようとする彼の特性だったのだろうとジョーは考えていた。

オットーはことあるごとにブラックコーヒーをがぶ飲みしていたので、ジョーが彼を見かける機会も多かったらしい。だが最近のオットーはますます口数が減り、ほかの住民と交わることがなくなっていた。村のだれかと言葉を交わすことはめったになく、愛想のいいジョーにすらうめくような返事をするだけだった。もっとも長い会話――そう呼ぶことができるのであれば――と言えば、彼の邪魔をした相手との激しい口論だった。

ジョーによれば、オットーは昨日、事実上の村長であるレジナルド・フォン・ビーバーペルトと言い争いをしたということだった。この数週間というものオットーは、彼が暮らす側の池を製材所のダムが台無しにしていると抗議していた。散々罵られたフォン・ビーバーペルトは、最後には品位をかなぐり捨て、ヴェラがとても記事にはできないような辛辣な言葉でそれに応戦した。

「もちろん、昨日の口論がオットーの死に関係していると言っているわけじゃない」ジョーは言った。「彼はだれとでも喧嘩をしていた。昨日はルビーともやり合っていたよ。なにかとんでもない言いがかりをつけていたみたいだ。今朝の彼女は、動揺している様子だった。いつもより来るのが一時間遅かったし、ゆうべは一睡もしていないように見えた」

実のところルビー・ユーイング（ユー ewe は雌ヒツジの意）は、文字通りよろめきながら〈ジョーのマグ〉にやってきたのだった。いらぬ詮索をすることのないジョーは、挨拶をして、いつものようにとりわけ濃いコーヒーをいれた。率直に言ってルビーは、恋愛に関するかぎり内気とは言えない。働くときはちゃんと働くが――ジョーがそれを知っているのは、彼女がこのカフェで働いたことがあるからだ――面白おかしく過ごすのが好きだった。ルビーは気まぐれに仕事を変えた。いまは、〈年老いた生き物のためのグッディ・クロウの安らぎの家〉で働いている。

ジョーはいつもどおり如才なく、いい一日をと声をかけただけで、再びカウンターを磨き始め、ルビーはひとことも発することなく、来たときと同じくらいあっという間に店を出ていったという。ヴェラは、彼女はたいていの夜、一睡もしていないように見えると言いたくなるのをこらえた。もちろんジョーはとても礼儀正しかったから、ルビーの暮らしのそちら方面については触れなかった。

ヴェラはノートを閉じた。「さてと、わたしはそろそろ行かないと」次に行くところはわかっていたから、通りを渡った。

「レノーア？」ヴェラは声をかけ、書店のなかを見回した。「いるの？」

垂木から舞いおりてくるときも、レノーアはかすかな羽音しかたてなかった。だれにも邪魔されることのないように、彼女は古いサイロの最上部を自分のオフィスとして使っていた。

「おはよう」レノーアはヴェラの隣にふわりとおり立った。「いい朝《グッドモーニング》ねと言いたいところだけれど、あまりよくはないみたいだもの」

「それじゃあ、あなたも知っているのね」

いわ」

「いまごろはみんな知っているんじゃない？　このあたりでは、ニュースが広まるのは速いわ」

「ズンフの死についての記事を書いているのよ」ヴェラは説明した。「シェイディ・ホロウではこれまで殺人が起きたことがないって、知っていた？」

「それって、正確ではないわね」レノーアは羽を逆立てた。「ちょうどいま、このあたりの歴史を読みなおしていたところ。村ができたころのシェイディ・ホロウは、けっこう荒っぽかったみたい。製材所が建てられたばかりの祖父の時代に、殺人が起きているわ。製材所の敷地で作業員の死体が見つかったの。初めは事故だと思われたんだけれど、実は別の作業員が建設資金の一部を盗んでいて、彼がたまたまその現場に居合わせたっていうことがわかった。それがだれだったのかはわりとすぐに判明したんだけれど、警察に捕まる前に逃げてしまった。イタチだった、だからどうとは言わないけど」レノーアは意味ありげに翼をはばたかせて、話を締めくくった。

「面白い！　それ、記事に入れるわ」ヴェラは猛烈な勢いでメモを取った。

「でも、オットーが刺されるくらいだれかを怒らせたとは思えない」レノーアは考えこみながら言った。「だって彼は変わり者だったけれど、十年前だって同じくらい偏屈だった」

「違うふうに感じていただれかがいたのかもしれない」ヴェラは言った。「もしくは、なにかが起きていたとか」

通りから騒ぎが聞こえたので、ふたりは話を中断し、開いているドアの外に目を向けた。オーヴィル副署長はぼうっとしていたわけではないことがわかった。彼は、うしろ手に手錠をかけたアライグマを連れて、メインストリートの真ん中を歩いていた。アライグマはこの扱いに対して大声で抗議していたが、オーヴィルの険しい顔を見れば、なにを言おうと彼の意思が変わらないことはよくわかった。

レノーアは驚きのあまり、カーと鳴いた。「オーヴィルがレフティを署に連行しようとしている！」

ヴェラは書店から通りへと走り出た。「オーヴィル！　レフティを逮捕したの？　なんの容疑で？」

レフティはちらりと彼女を見て、ヘラルド紙の記者だと気づくと、泣き言を言い始めた。「まったくの偏見なんだ！　おれが悪い場所に居合わせたからっていうだけで、殺人犯扱いだぞ？　こんなのやってられるか！　訴えてやる！　正義を取り戻すんだ！」

「止まるな」オーヴィルが告げた。「目立ちたがり屋め」

「どうして彼を逮捕したの？」ヴェラはもう一度訊いた。

「逮捕はしていない」オーヴィルはぶっきらぼうに答えた。「いくつか訊きたいことがあるだけだ」

「でもどうして？　なにをつかんだの？」

「捜査は専門家に任せておくことだ、ミス・ヴィクセン」横柄な口調だった。「きみは自分の仕事をして、つまらない記事を書いていればいいんだ。わたしは殺人犯を捕まえなきゃいけない。現場にこいつの足跡があったんだよ！」

彼の言葉がぐさりと胸に突き刺さり、ヴェラはあとずさった。アライグマを連れて遠ざかっていくオーヴィルを眺めていたが、やがて目を細くしてつぶやいた。「つまらない記事ですって？」ノートを開いた。「なんて思いあがった……わたしはシェイディ・ホロウに……」

レノーアはヴェラを店に連れ戻すと、彼女をなだめようとした。「彼は確かに偉そうだけど、警察官であることは間違いないのよ、ヴェラ。殺人犯を捕まえるために、できるだけのことはするはず」

「その〝できるだけのこと〟っていうのは、充分だと思う？　彼がレフティを尋問しようとしているのは、シェイディ・ホロウでは犯罪の達人に一番近いっていうただそれだけの理由なのよ。それくらい、だれだって知っている。でもレフティは人殺しじゃない。たとえ彼の足跡が……レノーア！」

「なに？」カラスは丸い目を見開いた。

「それをあなたに見せようと思っていたのよ。現場の写真を撮ったの。レフティの足跡がそこに残っていたってオーヴィルは言った。ほかになにがあるか、一緒に見てよ。絶対オーヴィルはなにか見落としているから」

「でしょうね」レノーアはつぶやいた。ふたりは写真の前に顔を寄せ、念入りに調べ始めた。写真はよく撮れていて、どれもはっきりと写っていた。

そこに残されたぞっとする光景はもう見慣れていたから、ヴェラは現実的な話をした。

「当然ながら、水中で刺されたはずはない。オットーは潜って逃げることができたんだから。つまり、何者かが岸辺で彼を刺したあと池に突き落としたか……あるいは彼がよろめきながら池に入っていったってことね。それで、岸辺になにか――」

「ここ」レノーアは一枚の写真のある地点を示した。「泥に跡が残っているのが見える？オットーの体みたいななにか大きなものが、ここから池に滑って落ちたのね」

「これが、アライグマの足跡ね」ヴェラは同じ写真の別の地点を示して言った。

「でもそこはビーバーの通り道よ。ひづめの足跡もある。オーヴィルがなにを考えているにせよ、それだけじゃなにも証明できない。だれだってあの通り道は使うんだもの。わたし以外はね」レノーアは片方の羽を持ちあげた。「あと、ほかの鳥たちと」

ヴェラは写真をちらりと見た。「ここで写真を見ているだけじゃ、わからないことがある。もう一度、現場に行くべきだと思う」

「オーヴィルが立ち入り禁止にしていない？」

「だからなに？」ヴェラはノートをしまった。「少しのあいだ、店を閉めるといいわ。この事件が解決するまで、だれもミステリ小説なんて買いにこないって」

「残念だけど事実ね。先に行っていて。向こうで会いましょう」

看板をひっくり返してドアに鍵をかけるのに少し時間はかかったが、レノーアはすぐに飛び立ち、地上を走るキツネを追い抜いた。

ヴェラが着いたとき、レノーアはすでにそこにいて現場を見つめていた。オーヴィルは一帯をロープで仕切って立ち入れないようにしていたが、それでもあたりにはかなりの数の野次馬が集まっていた。そこらじゅう、足跡だらけだ。ロープの内側にすら、踏みしだかれた跡があった。それを見てヴェラはため息をついた。これがオーヴィルの最善？

「写真に写っていたガラスの瓶があそこにある」レノーアは、ヴェラが見つけていた瓶を羽で示した。

「そうなの。アシの茂みのなかにあった。泳いでいかないかぎり、届かないところ」ヴェラは不満そうだった。

「あら、心配ないって」レノーアは瓶のところまで飛んでいくと、くちばしではさんだ。彼女もほかのカラス同様、光る品物を見つけるのは得意だ。ヴェラの足元にそっと瓶を落としてから、地面におり立った。「なにか意味があると思う?」

「なにもないのかも」ヴェラは瓶を拾いあげた。花の咲く木の絵とヴェラには読めない字の紙ラベルが貼られた濃い緑色の瓶だ。

「〈竹藪《たけやぶ》〉のお酒の瓶みたいに見える」ヴェラは言った。シェイディ・ホロウのもっとも新しい住民であるジャイアント・パンダのサン・李《リー》が経営する新しいレストランのことだ。おいしい菜食料理を出すので、住民たちに人気がある。だがヴェラは彼のことをほとんどなにも知らなかった。「古いものなんじゃない? あのレストランがオープンしてから数か月たつもの」

「そうは思わないわね」レノーアは首を振った。「この瓶はすごくきれい。泥もついていないし、雨でラベルもはがれていない。あそこにあったのは、ほんの一日か二日」

「手がかりかしら?」ヴェラは、レノーアの目の鋭さと筋の通った結論に感心していた。

「だれかが瓶でオットーを刺したとは思わないわね。でも、この数日のあいだにこれを売ったかどうかをサン・リーに訊くことはできる。売った相手も」

「いい考え」ヴェラはバッグに瓶をしまった。「いまほかにできることはなさそうね。地面はひどい有様だし。オーヴィルがレフティを釈放するまでは、彼が拘束されている理由もわからないしね」

レノーアはうなずいた。「ほかの人と話をすれば、なにかもっとわかるかもしれない。〈竹藪〉に行きましょう。そろそろお昼どきよ！」

第五章

〈竹藪〉は、メープル通りの東の端にある低層のレストランだった。屋根は隅のところがわずかに上向きに湾曲していて、建物全体が竹林に囲まれている。サン・リーが持ってきた挿し木が、みるみるうちに伸びたものだ。背の高い草がさらに不思議な雰囲気を醸し出し、シェイディ・ホロウではほかに見られない景色を作りあげていた。淡い緑色の竹が通りからレストランを隠しているので、客は静かな場所で落ち着いてランチをとることができた。

カラスとキツネは、すべすべした白い小石を敷きつめた、緩やかな曲線を描く細い通路を進み、鮮やかな赤に塗られたドアまでやってきた。ノックをする間もなく、ドアがゆっくりと開いた。白と黒の大きな生き物が、暗い店内から現れた。

「ランチですか？　二名様？」サン・リーが訊いた。

そのパンダは十数種の言語や方言を話すことができると、ヴェラは聞いていた。もっとほかのことも聞いていたが、そのほとんどを信じてはいなかった。

ヴェラはレノーアに目をやり、彼女が答えた。「ええ、早すぎないのなら、お願いします」

「こちらへ」サン・リーは天井が低くなっているところを通り、外の青々とした竹が見える窓の近くの明るい席へとふたりを案内した。小さくて青い優美な茶碗に熱い茶をいれてから、メニューを取りに行った。レノーアとヴェラは最初の客ではなかった。別の隅にビーバーの若い娘がふたり座っている――フォン・ビーバーペルトの娘たちだ。すでに野菜の茎をかじっていた。

レノーアは茶碗を手に取って光にかざし、薄い陶器を透かし見た。「きれい」彼女はこの手のものに目が利いた。

「気に入りましたか？　海を渡ってくるあいだにいくつか割れてしまったんですが、ほとんどの食器が無事に届いたのでほっとしましたよ」巻物を広げたようなメニューを持って戻ってきたサン・リーが言った。「今日のスペシャルはスナップエンドウと森のキノコです。とてもおいしいですよ」

その言葉だけで充分だったから、ヴェラはメニューを見ようとはしなかった。

「いいですね。飲み物はお茶以外になにがありますか？」ずばりと本題を切り出した。ごそごそとバッグを探り、瓶を取り出してサン・リーに見せた。「こういうものがありますか？」

サン・リーは落ち着いた様子で瓶を受け取った。「もちろんです。このプラム酒はここで売っているものですから」

「最後に買ったのがだれだったか覚えていますか？　瓶を持って帰ったのは？」

サン・リーは考えこんだ。「ミス・ルビーだと思います。今週の初めでしたかね」

「ルビー・ユーイング？」

「はい。この店の開店準備をするとき手伝いが必要だったので、彼女に働いてもらっていました。そのときにプラム酒が気に入ったみたいですよ。どうしてです？」

ヴェラがちらりとレノーアを見ると、彼女は勇気づけるようにうなずいた。「もちろん、オットー・ズンフの遺体の近くでこの瓶を見つけたんです」ヴェラが説明した。「まったく無関係なのかもしれませんけれど」

「全体像から離れてみなければ、細部がどんな模様を描いているのかがわからないことはしばしばあります」サン・リー自身にはこれといった意見はないようだった。「それでは、料理の準備がありますので」

彼がいなくなるのを待って、レノーアが言った。「彼はオットーの死にあまり興味がないみたい」

ヴェラは窓の外の竹に目を向けた。「オットーに会ったことがあるのかしら？　ヒキガエルがここで食事をすることはなかったでしょうからね」

「ハエと小魚のスペシャルメニューがあったなら別だけれど」レノーアがうなずいた。

ふたりは黙ってサン・リーとオットーの関係、もしくは関係のなさを考えた。シェイディ・ホロウは小さな村だ。たがいに面識のない住民がいるとは考えにくかった。

ほどなくして、サン・リーが湯気のたつ二枚の皿を運んできた。

「最初に訊いておくべきだったんですけれど、オットーと面識はありましたか？」ヴェラが訊いた。

「ありましたよ」サン・リーが答えた。「ここをオープンしてから何度か来ましたからね。スペシャルランチが気に入っていたみたいです。ただ、残ったものを木の葉で包んでこっそり持って帰るのはやめてほしかったですね。そのための箱をちゃんと用意してありますから」

「彼は料理をこっそり持って帰っていたんですか？」レノーアが信じられないというように訊いた。

サン・リーは重々しくうなずいた。「ソースの作り方を知りたかったみたいです。もちろん代々伝わる秘伝ですから、教えるわけにはいきません」冗談なのか本気なのかを伝えることもなく、サン・リーは小さくお辞儀をするとその場を離れていった。

そそられるにおいが皿から漂ってきて、ヴェラとレノーアは殺人のことはひとまず棚上げにしてがつがつと食べ始めた。犯罪捜査はお腹が空くものだ。それでも、食べ終えたふたりは再び殺人の動機について話し始めた。

皿をなめるのは行儀が悪いだろうかと考えながら、もうひとつのテーブルに目を向けたヴェラは、フォン・ビーバーペルトの娘たちがこちらを見つめていることに気づいた。ヴェラたちの話が聞こえるほどの距離ではないが、興味を持っていることは間違いない。なぜだろうとヴェラは疑問を抱いた。

娘たちに背を向けているレノーアが、レフティが有罪である可能性について話し始めたので、ヴェラはうしろ足で彼女をつつき、頭でもうひとつのテーブルを示した。レノーアはすぐにその意味を理解して、本を山ほど店内で読んだあと、片付けもせずそのままにして帰っていく大勢の客に対する不満に話題を変えた。

「わたしにはほかにすることがないとでも思っているのかしらね?」レノーアはいかにも不服そうに言った。

ヴェラは同情をこめてうなずいてから、もうひとつのテーブルをちらりと見た。若いビーバーたちは、盗み聞きに興味を失ったようだった。荷物をまとめて、帰る準備をしている。かなりの荷物だ。早めのランチの前にたっぷりとショッピングをしてきたらしい。

アナスタシアとエスメラルダは、レジナルドとイーディスのフォン・ビーバーペルト夫妻のふたりきりの子供で、自分たちの名字は村の住民たちの尊敬と称賛を受けるに値すると考えていた。ふたりはレノーアよりは若く、おそらくヴェラと同じ年くらいだろう。どちらもこれまで一度も働いたことがない。フォン・ビーバーペルトは大金持ちで、稼いだ金を惜しげもなく妻と娘たちにつぎこんでいた。三人はほとんどの時間をショッピングと、ショッピングについて考えることと、ショッピングについて話すこと……そして知っている者の噂話に費やしていた。母親があらゆる委員会や理事会のメンバーだったから、娘たちは村の住民のほとんどと面識があった。

レジナルド・フォン・ビーバーペルトは娘たちが結婚するか、家を出ていくことを望んでいるはずだというのが大方の見解だったが、そのどちらもすぐには実現しそうになかった。ふたりとも魅力的ではあったが（前歯がかなり目を引くとはいえ）、虚栄心が強く、あまり頭がよくないというのが、縁遠い主な理由だろう。

ふたりはヴェラのことを、見た目は悪くないものの、仕事に夢中になりすぎだと考え、軽視していた。本を読む習慣もなければ、〈ネヴァーモア書店〉でなにかを買おうとも思わなかったから、レノーアにも興味がなかった。ふたりは店を出ていく際、あえてヴェラたちの脇を通った。

「仕事をしなくていいの、ヴェラ？」テーブルに近づいてきたアナスタシアが訊いた。エスメラルダの山ほどの買い物袋が当たって、危うくティーポットがテーブルから落ちそうになった。ヴェラはあわててポットを押さえ、ふたりを冷ややかににらみつけた。

「しているわ」ヴェラは静かに応じた。「ズンフの殺人について取材をしているところ」

娘たちは顔を見合わせた。「それでここのランチに行き着いたの？」

「どこに行き着くべきだと思うの？」

「あら、知るもんですか、そんなこと。わたしは花形記者じゃないんだから」エスメラルダが言い返した。

「この事件についてなにか思うところはないの？　オットーのことはよく知っていた？」

ヴェラの口調はこれ以上ないほど落ち着いていた。

「オットーをよく知っているかですって？　だれが知っているっていうの？　あの枯れ木みたいなおいぼれは、いつだってわたしたちに食ってかかってきた。わたしたちのことを、生態系にできた役にも立たないいぼって言ったのよ！　あんたこそいぼだらけだろうって言ってやったわよ。あんな年寄りのヒキガエルのことなんて、だれが気にかけるわけ？」

エスメラルダが嘲るように言った。

ふたりは憤然としてテーブルをあとにした。レノーアとヴェラは、荒々しい足取りでレストランを出ていく彼女たちをただ見つめるだけだった。

「たいしたものね」ヴェラはつぶやくと、食事を再開した。

レノーアは首を振った。「生態系にできた役にも立たないいぼ！　オットーは言葉の使い方を心得ていたわね」

「なにが相手を不愉快にさせるのかを見抜く才能もあったのよ。彼女たちは、役立たずって思われるのが嫌なのね」

「そうかもしれないけれど、そう言われたからといってオットーを殺したりはしないでしょう」

ヴェラは鼻をぴくりとさせた。「だといいけれど。オットーに侮辱されたすべての生き物を疑わなきゃいけないなら、村の住民全員が容疑者よ」

レノーアはもっともだというように言った。「とにかく真相を突き止めることよ。あなたは記事を書かなくちゃ！　締め切りまで数時間しかないんだから」

ヴェラはうなずいた。「いいものを書かないとね。わたしはまだ花形記者じゃないかもしれないけど、みんながこの記事を読むことは確かだもの」

第六章

午後になるころには、とてつもない緊張感が漂ってはいたものの、シェイディ・ホロウのほとんどの住民は普段の生活に戻っていた。オーヴィル副署長を除いて。池で死体が見つかったせいで日々の仕事はまったくできなかったし、署長の姿はやっぱりどこにも見当たらないままだったからだ。

初動捜査のやり方はわかっていた。遺体が池の住民であるオットー・ズンフのものであることは確認した。池の水のサンプルも含め、証拠を集めた。葬儀屋に連絡して、検視のあと遺体を運んでもらう手配もした。解剖が必要だが、シェイディ・ホロウに検視官はいないから、近くの郡から来てもらわなくてはいけない。オーヴィルはハトを飛ばして、緊急メッセージを送った。ふたつある留置場がどちらも埋まっているので、早く検視官に来てほしかった。ひとつにはじっと動かないオットー・ズンフ（いまはまだにおわないが、そのときが来るのは時間の問題だった）が横たわる寝台が置かれ、もうひとつには少しもじっとしていないレフティが入っている。彼の暴言を吐く能力は、オットーにもひけを取らなかった。

オーヴィルはレフティを無視し、オットーの房の端に立って黙って考えていた。彼をよく知っていたわけではないが、それでも胸の痛む光景だ。それでなくても短い人生は、一瞬のうちにさらに短くされてしまうことがあるのだ。

しばらくしてからオーヴィルは、上司に提出する報告書を書くため、大きな机の前に座った。署長が朝から姿を見せることはないが（そもそも出勤してきたとして）、村で起きていることは欠かさず報告するよう命じられている。ショックを受けて驚く署長の顔を見るのが、オーヴィルは楽しみになっていた。殺人事件の捜査については署長共々まったく経験はなかったが、オーヴィルには自信があった。いろいろと読んでいたし、空いている時間に警察のやり方や捜査技術を勉強していたからだ。署長はこういう場合にするべきことがまったくわかっていないと、オーヴィルは確信していた。だがだれが実際の仕事をしたかにかかわらず、犯人を捕まえたときには彼が手柄を横取りすることもわかっていた。

いまなにより重要なのは、捜査が進展しているように見せることだ。すぐにレフティを見つけ出して逮捕したのはそれが理由だった。どちらにしろ、彼を探さなくてはいけなかったということもある。村の下流近辺で宝石がなくなったという通報が何件かあって、そのあたりを仕事場にしているレフティが手配されていたからだ。レフティが殺人に関わっているとは、オーヴィル自身は考えてはいなかったが、村の住民たちを落ち着かせたかった。

さほどもたたないうちに、検視官がシェイディ・ホロウににょろにょろと到着した。死にまつわることについては経験豊富な、ソロモン・ブロードヘッドという名のクサリヘビだ。相手から信頼されるタイプではないが（逆に怖がられ、嫌悪された）仕事面では有能だった。彼と出くわしたたいていの者はなにか言い訳をつけてその場を離れていったが、ドクター・ブロードヘッドはいささかも気にしなかった。突如としてだれもいなくなったメインストリートを進み、警察署へと滑りこんだ。

「シャーッ、こんにちは。副署長。被害者はどこだね？」

オーヴィルはオットーが横たわっている房を示した。「あそこです」

蛇は鉄格子のあいだからにょろにょろと房のなかに入っていき、遺体のまわりでとぐろを巻いた。

「興味深い」彼はちろちろと舌を出しながら、だれも気づくことのなかったなにかのにおいを嗅いだ。

オーヴィルは顔を背け、厚手の毛皮にもかかわらず身震いした。

　検視が終わると、ドクター・ブロードヘッドは房から出てきて、机の前で行ったり来たりしているオーヴィルのところにやってきた。

「それで？」彼は尋ねた。「なにかわかりましたか？」

ドクター・ブロードヘッドはため息をついた。「ふむ、ミスター・ズンフは出血多量で死んだのではない。シャーッ、つまり、ナイフで刺されて死んだわけではないということだ」

「間違いありませんか？」オットーが背中を刺されていたことは確かだ。だがオーヴィルはおとなしく、ドクターの次の言葉を待った。

「死因は毒だ！」ドクター・ブロードヘッドはそう告げると、芝居がかった仕草で言葉を切った。「なんの薬が使われたのかがわかったら、シャーッ、連絡する。くわしい検査が必要だ、シャーッ」

「ありがとうございます」死因を聞いたオーヴィルはかなり驚いていた。検視官が帰っていくと、彼は再び部屋のなかを行ったり来たりし始めた。驚くべき事実だ。オットーが毒を盛られていたのなら、刺されたときには死にかけていたか、あるいはすでに死んでいたのだろう。だれが、そしてなぜ、そんなことをしたのだろう？

　早急に事件を解決して、署長を感心させてやろうとオーヴィルはもくろんでいた。だがそれは無理らしい。事態は刻々とより複雑になっていく。レフティが房のなかで待っていることを思い出し、オーヴィルは足を止めた。

アライグマは寝台に横たわり、天井を見上げていた。近づいてくるオーヴィルに気づくと、再び文句を言い始めた。「どうなっているんだ？　あの気味の悪い爬虫類は何者だ？　おれをここに閉じこめておけると思うなよ！　弁護士に会わせろ！」

頭痛がしていたオーヴィルは、彼の芝居に付き合う気にはなれなかった。椅子を持ってきて、レフティの房の外に置いた。

「黙れ！」うなるように命じる。驚いたことに、レフティは口を閉じた。「オットー・ズンフについて知っていることを全部話すんだ」

「なにも知らないね」オーヴィルににらまれて、レフティは不安そうに口ごもった。「おれは泥棒かもしれないが、だれも殺したことなんてない。なんだっておれがヒキガエルを殺すんだよ……あいつはおれより貧しいんだぜ。盗むものすらない。信じてくれよ！」

もっともだとオーヴィルは思ったが、まだ彼を釈放するつもりはなかった。「それだけじゃ不十分だ。今夜は泊まっていくんだな」彼は言った。「朝になれば、なにか役に立つことを思い出しているかもしれない」

レフティの房がしっかり施錠されていることを確かめてから、オーヴィルは〈ジョーのマグ〉に行き、今日の日替わりをレフティの房に届けてもらうように頼んだあと、もうひとつ自分の分を注文した。とてつもなく長い一日だったから、家に帰ってゆっくりしたかった。なにか食べてぐっすり眠れば、捜査も進展するだろう。ディナー（蜂蜜をかけたマッシュドングリと焼きリンゴのスライス）を食べながら、だれかに相談できればよかったのにと考えたが、ひとりで仕事をすれば署長の相手をする必要はないのだから、そのほうがいいとすぐに思い直した。ミード署長はそこにいるときでも、いないのと同じなのだから。

ようやく帰宅したオーヴィルは、上等のニワトコ酒を小さなグラスに注いだ。普段あまり酒は飲まないが、長時間働いたあとの軽い一杯はいいものだ。シェイディ・ホロウは犯罪の温床ではなかったから、記憶にあるかぎり、今日はもっとも長い一日だった。

ゆったりとした椅子に身を沈め、酒を飲みながら、今日一日を振り返った。グラスの中身を飲み終えてもいないうちに、がくりと頭が前に垂れ、彼はいびきをかき始めた。よくあることだった。数時間後には腹を空かせ、不機嫌な状態で目を覚ますだろう。彼はまだ知らないことだが、翌朝にはもっと不機嫌になっているはずだ。

オーヴィルが椅子の上で寝落ちしたころ、ヴェラは一心に記事を書いていた。村は普段より静まりかえり、森からも夜に聞こえるはずの鳥の鳴き声やさえずりが消えていた。ヴェラはBWにせきたてられながら大急ぎで記事をまとめ、締め切りの数分前にかろうじて仕上げた。

「売り上げを考えてみろ！」BWの目はいつになくきらきらと輝いている。「みんながうちの新聞を欲しがるんだ。欲しくてたまらなくなる。こいつは今年一番の記事になるぞ。十年に一度の記事だ。裁判が何週間も続くといいんだが」

ヴェラは植字工が活字を組むのを眺めた。プレス機が動き始めると、彼女は大きなあくびをした。「さてと、一段落ですね。わたしはもう目を開けていられない。それじゃあ、また明日」

「早めに頼むぞ、ヴィクセン。読者が飽きる《イッツ・デッド》まで、こいつはおまえに任せるからな」

「そういう言い方はどうかと思うけれど、わかりました、BW」

第七章

かろうじてねぐらに帰り着くと、ヴェラは柔らかいベッドに倒れこんだ。まぶしい朝の光に起こされるまで、ぐっすり眠っていた。

「早すぎる」ヴェラはつぶやいた。

「ヴェラ！」外で声がした。「ヴェラってば、起きてる？　ねえ、起きてる？」

「だれ？」

「グラディスよ、グラディス。BWがすぐにオフィスに来いって。いますぐに。あんたの書いた記事を読んだオーヴィルがカンカンなのよ。カンカン」

「でしょうね」ヴェラは耳をぴくぴくさせながら、つぶやいた。疲れていたにもかかわらず、思わず笑みが浮かんだ。それじゃあ、わたしのつまらない記事があのクマを怒らせたっていうわけね？　それこそ、彼女の思惑通りだ。

グラディスは、ねぐらから出てメープル通りをメインストリートに向かって歩くヴェラの脇でホバリングしていた。グラディスはひっきりなしに喋り続け、ヴェラはところどころで相槌を打った。口をはさもうとしても無駄なことはわかっていた。

当然ながら、グラディスが口にする話題はひとつだけだった。オットーが殺されたというニュースは、森の果てまでも届いていた。少なからず、全面にその記事（ヴェラの署名入り）を載せた〈シェイディ・ホロウ・ヘラルド〉紙のおかげだ。

ヴェラが〈ジョーのマグ〉のドアを開けようとすると、グラディスが叫んだ。「コーヒーなんて買っている時間はないの。ないってば。寄り道するなってBWに言われてる。寄り道はなし」

「〈ジョーのマグ〉は寄り道じゃないから。ここは必要不可欠よ」ヴェラはドアを開けた。カウンターに歩み寄る彼女に数人が視線を向けた。新聞がこすれるカサカサという音がした。

「いい記事だ、ヴェラ」ジョーがいつものコーヒーをいれながら、真っ先に口を開いた。

「本当に警察が見逃した証拠を見つけたの？」甲高い声がした。チターズ一家の年上のほうのきょうだいのひとりで、おそらくは三度目に生まれた者たちだろう。ヴェラは彼らの名前を覚えられたためしがなかった。

別のだれかが言った。「オーヴィルはすごく怒っているらしいじゃないか」

「少なくとも、彼が新聞を読んだということだ」ジョーが素っ気なく言い添えた。

ヴェラはお礼を言う代わりにうなずいてコーヒーを受け取った。グラディスは集まってきた客たちを追い払い、早くオフィスへ行けとヴェラを促した。

編集室はごった返していたが、ＢＷはすぐにヴェラに気づいた。

「いったいなにを考えていたんだ、ヴェラ？　頭がおかしくなったのか？」ＢＷは葉巻をくわえたまま叫んだ。「新聞社を閉鎖させるとオーヴィルに脅されたんだぞ！」

「どういう理由で？」ヴェラはいたずらっぽく尋ねた。

ＢＷは新聞を一部手に取ると、読み始めた。


シェイディ・ホロウ警察の能力を疑っているわけではないが、本紙記者は自分の目で現場を確かめることが重要だと考え、その結果、警察が見逃していたあるものを発見した。プラム酒の瓶だ。犯人が残していった可能性がある。〈竹藪〉の店主ミスター・サン・リーは、それが彼の店で売られたものであり、ほんの数日前に同じものを購入した者がいることを認めた。警察がこの点を軽視している理由は不明である。

本紙はさらなる証拠の提供を歓迎します。オットー・ズンフの死に関する情報をお持ちの方は、ヘラルド紙編集長ＢＷ・ストーン宛てにお送りください。

匿名性は保証します。


「オーヴィルをバカだと言っているんだぞ、ヴェラ」

ヴェラはいらだたしげに手を振った。「わたしは見たものを報告しているだけですよ、BW。事件を追えって言われたから、そのとおりにしているんです」

「今朝だけで編集室あてに三十通も手紙が届いたんだ」

「いいものですか？　それとも悪いもの？」

「からかっているのか？　すごいことじゃないか！　半分はおまえが正しいと思っていて、半分は間違っていると思っている。三分の一は生意気だと思っている。なによりその全員が新聞を読んで、そして買っているんだ！」

ヴェラは天を仰いだ。「そうですね。望みどおりになっているみたいでよかったです。えーと、それじゃあわたしは……」

「まだだ、ヴィクセン。おまえはいますぐ警察署に行って、オーヴィルに謝ってくるんだ。あいつを黙らせるにはそれしかない」

「謝る？　わたしはなにも間違ったことはしていません！」

「いいから言われたとおりにしろ。でないと、担当をはずすぞ」最後にわざとらしく咳払いをしたBWは、話は終わりだというように背を向けた。

　選択肢はなかったから、ヴェラはまっすぐ警察署に向かった。石づくりの建物は、メインストリートに植えられた大きなオークの木の陰になっている。オーヴィルは朝刊が広げられた机の前に座っていた。ミード署長はまだ見当たらない。だが廊下の少し先にある留置場にいるレフティの姿は見えたし、声も聞こえていた。

　ヴェラが入ってきたことに気づくと、オーヴィルは糸のように目を細くした。ヴェラは不意に、あの大胆すぎる記事は妥当だっただろうかと不安になった。クマを棒でつつくという言い回しが頭に浮かんだが、愚かな行為だという意味以外のことは思い出せなかった。

　副署長はとても大柄だ。とりわけ、仁王立ちになって――ちょうどいまのように――それほどの体格ではないヴェラを見おろしているときには、ものすごく大きく見える。がっしりと筋肉がついたクマの手足が目に入り、ヴェラは本能的に逃げ出したくなるのをこらえた。

「おはよう、オーヴィル」ヴェラは笑顔を作ろうとした。

「ミス・ヴィクセン」不安になるほど落ち着いた低い声だった。「わたしが間違っていたら教えてほしいんだが、わたしはきみが現場に同行することを許した。写真撮影を許した。死体を見ることを許した。それだけの特別扱いをした見返りに、きみはこれを書いたわけか」彼はかぎ爪を机の上の新聞紙に突き立てた。「全部、本当のことよ！」

ヴェラの首のうしろの毛が逆立った。「この記事は無礼だし、わたしの仕事を難しくした。二度としないことだ。でないと、きみを踏み潰す」

オーヴィルは言った。

ヴェラは一歩あとずさったものの、うずくまったりはしなかった。手足はそうしたがっていたけれど。「踏み潰す？　その前にわたしを捕まえなきゃならないわよ。わたしはあなたのまわりをぐるぐる逃げまわってやるからね」

「まあ、いい。とにかくきみは、あのつまらない記事を楽しんで書いたんだろうからな」

「それは違う。探れってBWに言われたから、そうしたまでよ。あなたが気づかなかったものをわたしが見つけたのは、わたしのせいじゃない」

「きみは記者にすぎない」オーヴィルは腹立たしげに言った。「この事件の捜査をしているのは、わたしだけだということを忘れるな！　わたしは犯罪を捜査するために、村に雇われているんだ」

「署長はどうなの？」

オーヴィルは鼻を鳴らした。「彼の姿が見えるか？　殺人事件ですら、彼に釣りをやめさせることはできないんだ」

ヴェラは糸口を見つけた気がして、違う方向から攻めてみることにした。いくらか口調をやわらげて言った。「大変なんでしょうね。ここをひとりでまわしていくのは」

「どれだけの仕事があるのか、だれもわかっていないんだ」オーヴィルは不平をこぼした。

「確かにシェイディ・ホロウは平和なところだ。だがなにも起きないわけじゃない。騒音。学校の窓から投げこまれたドングリ。アナスタシア・フォン・ビーバーペルトは先週、自分の写真を撮ろうとして峡谷に落ちた……それに盗難事件だ！」彼はレフティのいる方向をにらみつけた。「先週、雑貨屋から二十五ポンドの蜂蜜がなくなった。それをどこで見つけたと思う？　水車池につないであったボートのタープの下だ。レフティは下流まで運ぶだけの時間がなかったんだ」

ヴェラはぱちぱちとまばたきをした。「なんてこと。どうしてわかったの？」

オーヴィルは肩をすくめた。「ズンフからのタレコミだ。彼はたいていのことに気づくんだよ。レフティが復讐したくなるのも無理はないな」

「おれはやつに毒なんて盛っていない！」レフティが留置場から叫んだ。

「黙れ、アライグマ！」オーヴィルは怒鳴りつけたが、手遅れだった。

「待って」ヴェラは仰天した。「毒？　なんのこと？」

オーヴィルは彼女を見つめ、真実の一部を教えたほうがいいと結論づけた。「隣の郡から来たクサリヘビの検視官からの報告だ。オットーは毒を飲んだ――もしくは何者かに飲まされた。彼が刺されたのは、死んだあとだ」

「オットーは毒を飲んだの？　それって……プラム酒の瓶！」ヴェラは自分が見つけたものの本当の重要さを知った。

オーヴィルも目を見開いた。「その証拠品を出してもらおう、ヴィクセン」

「ここにあるわ」毒が使われたことを知らされてヴェラは震えあがり、バッグからあわてて瓶を取り出した。

オーヴィルはその大きな手でガラスの瓶を慎重に受け取った。「すぐにドクター・ブロードヘッドに届けて、調べてもらう。ここに毒が入っていたことがわかれば、手がかりになる」

「腕が立つのね。あなたが署長になればいいのに」ヴェラはおまけとして、もう一度目をぱちぱちさせた。

オーヴィルは再び、すっくと背筋を伸ばした。「まあ、うまくやれるだろう」そう言ってからヴェラに詰め寄った。「そんな見え透いたおべっかでわたしが喜ぶと思っているのか。みくびるな！」剝きだした歯とヴェラの顔は三インチしか離れていなかった。

脚はがたがた震えていたが、それでもヴェラは言い返した。「だれがだれをみくびっているのか、いずれわかるから！　あなたより先に、犯人を見つけてみせる！」

ヴェラはきびすを返し、警察署を出た。

オーヴィルは激しく吠えてはいたが、あとを追ってくることはなかった。わたしは運がいいとヴェラは思った。怒ったクマに追いかけられることを考えてぞっとしない生き物は森にはいない。

通りを小走りに駆けていきながら、ヴェラは新たな進展について考えた。オーヴィルをさらに怒らせただけでなく、謝罪すらしていないことに気づいた。まずいかも。どんなやりとりをしたかを知ったら、ＢＷはカンカンに怒るだろう。

「彼より先にオットーを殺した犯人を見つけなきゃいけないってことね」ヴェラはつぶやいた。「それに毒。これで事情が変わった。オットーが死んだ夜、みんながどこにいたのかを探らないと」

言われたとおりにしなかったことをＢＷに言いたくなかったから、ヴェラは新聞社のオフィスを通り過ぎた。その代わりに、毒についてレノーアと話をするため、〈ネヴァーモア書店〉に向かった。

レノーアは捜査手順について学び直していた。早朝から客がやってきた場合に備えて店の窓のそばに陣取り、本にくちばしを突っこんでいた。犯罪と殺人にまつわる本を数冊引っ張り出し、苦労しながら読み進み、念入りにメモを取った。とりわけ熱心に読んだのが古典作品の一冊で、推理方法がとても科学的な探偵が活躍する作品集だ。殺人事件を捜査するためのガイドラインになればいいと思っていた。

鍵となるいくつかのポイントを書き出した。

・情報を収集する前に仮説を立てるのは致命的な間違い。
　まず情報を集め、それからどの仮説が一致するかを確かめる。
・不可能を排除する。残ったものが（どれほどありえなさそうでも）真実に違いない。
・ライヘンバッハの滝＝短期休暇にはふさわしくない場所

レノーアが羽根ペンを置いたちょうどそのとき、警察署でのやりとりのせいでまだいくらか息を荒らげているヴェラが店に駆けこんできた。

「レノーア、いま警察に行ってきたところよ。なんだと思う？　オットーは毒を盛られたの！」

カラスは驚いて本を置いた。「でも彼は刺されたって、あなたが言ったのよ。ナイフを見たって」

「そうよ。でも刺されたのは、死んだあとだったらしいの。死因が毒だったことを検視官が突き止めたんですって」ヴェラは身震いした。「でも彼の背中にはナイフが刺さっていた。いったいだれが、彼を二度も殺すほど憎んでいたっていうの？　シェイディ・ホロウにそんなねじくれた住民がいるなんて、考えただけでぞっとする」

「それとも、殺人犯がふたりいるのかも」レノーアの聡明な脳はすぐに回転を始め、可能性のあるシナリオを考えだしていた。そういう話を読んだことがある。被害者は毒ですでに命を落としていた。だが別の生き物がやってきて、オットーはただ眠っているだけだと考え、ナイフを突き立てたのだ。「だとすると、同じ夜にオットーを殺そうとした生き物がふたりいたことになる。彼は変わり者だったけれど、でもそれってあまりに偶然すぎる」

「オットーは見ちゃいけないものを見たのかもしれない」ヴェラが言った。レフティが蜂蜜を盗んだことをオットーが密告したというオーヴィルの言葉が蘇った。レフティが復讐したのだとしたら？

ヴェラはレノーアが語る捜査手順についての話に耳を傾けた。彼女が作ったメモを見ながらうなずいた。

「つまり、まずはあの夜、みんながどこにいたのかを突き止めることね。シェイディ・ホロウの住民全員のアリバイが必要だわ」

「そういうこと」レノーアがうなずいた。「でも忘れないで、アリバイは確認できなければ意味がないのよ」

ヴェラはまず自分のアリバイを証言した。あの夜は、自分のねぐらで本を読んでいた。

「でも証人はいない」

「心配ないわ。あなたが第一容疑者だとは思わないから」レノーアはそう言うと、彼女自身は新たに入荷した本の整理をするために遅くまで書店にいて、家に帰ったのは真夜中近くだったと言った。帰る途中でハワード・チターズを見かけたという。「彼もわたしに気づいて手を振ったけれど、話はしなかった。彼はフォン・ビーバーペルトの仕事で遅くまで働いていることがよくあるから、急いで家に帰るところだったんだと思うわ」

「わかった。わたしはほかの人たちのアリバイを調べてくる。それじゃあね」

書店をあとにしたヴェラは、再び〈ジョーのマグ〉に立ち寄った。コーヒーと情報が目的だ。店は比較的空いていた。念のため訊くんだけどと前置きして、オットーが殺された夜どこにいたのかを尋ねると、ジョーはしばらくじっと彼女を見つめていた。

「店を閉めてすぐに、ジュニアと一緒に家に帰ったよ。一時間ほどトランプでクリベッジをしたが、早めに休んだ。夜明けには店を開けなくてはいけないからね」

　もちろんヴェラはそれを信じた。ジョーは村でもっとも目立つ生き物のひとりだ。ヘラジカが人目につかないように動くのは難しい。

「だれかがなにかを目撃したかもしれないと思って探しているの。この村の住民はみんな、家にいるのが好きみたい」

「わかるよ、ヴェラ。なにか気づいたことがないかどうか、ハイデッガーに訊いてみたらどうだろう？　彼はフクロウ《ナイト・アウル》（夜型人間の意味もある）だからね」

「いい考え！」ヴェラの耳がピンと立った。「いままで気づかなかったなんて信じられない」

「だがしばらく待たなくてはいけないよ。まだ起きていないだろうからね」

「それに、彼の話を我慢して聞かなきゃいけないし」ヴェラはくどくどと話を続けるもったいぶったフクロウのことを思って、顔をしかめた。

「幸運を祈るよ」ジョーがそう言ったときには、ヴェラは店を走り出ていた。

　事件の新たな進展についてふたりが話し合っていたとき、村の反対側ではあることが起きていた。水車池の端近くの林のなかを、ある生き物が人目につかないように走っていた。

オットーの死体が発見されたあたりとは反対の岸だ。

「どこ？　どこ？」その生き物はなにかを探し回っていた。「自分でするべきだった……あいつは信用できないってわかっていたのに」

何者かが近づいてくる音がして、その生き物は見つかる前に逃げ出した。ここで見られるわけにはいかない。少しでも疑われれば大変なことになる。

第八章

シェイディ・ホロウの住民のほとんどが、まだヴェラの挑発するような記事について考えていたころ、フォン・ビーバーペルトの屋敷では別のドラマが繰り広げられていた。仕事のことをあれこれ考えながら家を出ようとしていたレジナルド・フォン・ビーバーペルトは、不意に妻から声をかけられた。

「レジー」彼女は言った。「話があるの」

レジナルドはため息をついた。あと少しで、妻や娘たちと会うことなく逃げ出せるところだったのに。彼は家族を愛していたが、朝はしばしの平穏が必要だ。とりわけ、シェイディ・ホロウをいまのようないい村にしておくために、一日じゅう忙しく働いているときには。彼は妻の甘ったるい声を聞かなかったふりをして、急いで出ていこうとした。だが遅すぎた。あわてて家を出ようとしたためにブリーフケースを落としてしまい、その隙にイーディスが先回りして重厚なオーク材のドアの前に立ちはだかった。レジナルドはあきらめた。

「どうかしたかい、ダーリン？」レジナルドはなだめるように訊いた。イーディスは臨戦態勢だ。地平線にかかる嵐雲と同じくらい、はっきりそうとわかった。その雨が彼の上に降ってこようとしている。「話は夜にしないか？」

「いいえ。これは大事なことなの、レジー」イーディス・フォン・ビーバーペルトは一日じゅうこれといってすることがなかったから、あれこれと意味もなく悩んだり、もう母親の手を必要としない娘たちを心配したりすることに多くの時間を費やしていた。その娘たちの唯一の問題点は、毎月末に様々な店から莫大な額の請求書が届くことくらいだ。そういうわけでイーディスは、仕事をすることと放っておいてもらいたいことだけが望みのかわいそうな夫に、全神経を向けていた。

「わたしたち」イーディスは不機嫌そうだ。「充実したふたりの時間をあまり持てていないし、あなたはわたしが必要としているものに関心がないみたいな気がするの」

その台詞は、雑誌から抜き出したもののようにレジナルドには聞こえたが、実際そのとおりだった。イーディスは本は好きではないくせに（料理本は例外で、定期的に購入していた）、雑誌は熱心に読んでいた。

予想外の攻撃にレジナルドはぽかんとして妻を見つめた。「充実した時間？」

「それから感情の関わりも」

彼は改めて妻をなだめようとした。「ダーリン、そのことはあとでゆっくり話し合おうじゃないか。だがいまは製材所に行かなくてはいけない。仕事は勝手にはまわらないんだ」いつもであればこれでうまくいくのに、今日はだめだった。

「そうね、あなたはいつだって仕事に逃げる。いつだって家を出ていきたがっている。今日の予定はなに?」イーディスの声はどんどん大きく、執拗になっていく。「彼女に会うの?」最後は大声になったかと思うと、ぽろぽろと大粒の涙をこぼした。

「だれのことだ?」レジナルドはわけがわからないといった表情を作った。

「あのあばずれよ」イーディスは目を細め、吐き捨てるように言った。

「ブレンダは優秀な秘書で、ちゃんとした女性だ」彼はあわてて言った。「おまえも知っているじゃないか」

「彼女のことじゃないわよ!」

もうたくさんだった。「おまえがなにを言っているのか、さっぱりわからん」本当はよくわかっていたが、大声で言った。「やらなきゃいけない仕事が本当にあるんだ!」

レジナルドはそう言うとブリーフケースを拾いあげ、足音も荒く家を出て、乱暴にドアを閉めた。イーディスは居間に走っていくと、ソファに倒れこみ、優美なレースのハンカチで目を押さえながらすすり泣いた。

フォン・ビーバーペルトのふたりの娘は階段にしゃがんで、両親の言い争いを聞いていた。自分たちの人生にロマンスの香りはほぼなかったから――少なくともいまのところは――ふたりはよく両親の話を盗み聞きしていた。母親と同じ雑誌をたくさん読んでいたので、彼女の台詞が先月の〝この結婚は救えるか?〟の記事にあったものだと気づいた。母親に似た気性のエスメラルダは完全に彼女の味方だった。アナスタシアのほうは、決して口にすることはなかったが、父親に同情してしまうことが時々あった。ふたりの母親が要求ばかり多いことは事実だった。

レジナルドが家を飛び出していったあと、姉妹たちは数分待ってから階段から引きあげた。イーディスが泣き止んだのは、夫が出ていって間もなくのことだった。彼女は女優としても成功を収めたかもしれない。夫婦喧嘩のあとはいつもそうするように、家政婦に紅茶を寝室まで持ってこさせるのだろう。そして彼女曰く、落ち着きを取り戻すため、午前中はベッドで過ごすのだ。

だが娘たちにはまったく違う計画があった。エスメラルダですら母親のベッドの脇に座り、同情を込めてうなずいたり、捨てられたティッシュペーパーを拾おうとは思わなかった。ふたりは村へ出かけて、殺人にまつわる噂話を聞きたいと思っていた。どちらもヴェラの新聞記事を何度も読み返していた。

「殺人事件なんてわくわくする!」アナスタシアが言った。

ふたりは急いで着替え、出かける言い訳をしなくてもすむように、母親の寝室の外を走り抜けながら朗らかに言ってきますと声をかけた。母親に止められてあれこれ尋ねられる前に、ふたりは無事に屋敷をあとにした。

目的地は〈ジョーのマグ〉だ。ふたりはもっとおしゃれな店を好んだから、そこには一度も入ったことがない。だがあの店が村の噂話の中心地になっていることは想像がついたので、今日は例外だった。

〈ジョーのマグ〉にやってきたふたりは、入ったところでぎこちなく立ち、席に案内されるのを待った。一分ほどたったところで、カウンターで忙しく働いているジョーがふたりに気づいた。

「好きなところに座ってくれ、お嬢さん方。給仕係が行くまで待つのがいやなら、カウンターまで注文しにきてくれ」

アナスタシアとエスメラルダは隅にある小さなテーブルに向かった。ふたりは気づいていなかったが、座るところがあったのは幸運だった。店は大賑わいだ。村のすべての住民がコーヒーを飲むために、そして殺人についての最新情報を聞くために集まっていた。

フォン・ビーバーペルト姉妹は席につくと、給仕係を探してきょろきょろした。ほかの者たちはみんな食べ物と飲み物を持っているけれど、どうやって手に入れたの？　やがてアナスタシアは、思い切ってカウンターに注文しにいこうと決心した。

「あなたはここにいて、テーブルを取られないようにして」彼女は妹に言った。「わたしが注文してくるから」

アナスタシアはカウンターに近づくと、アップルサイダーのＬサイズとブルーベリーマフィンをふたつずつ注文した。それがたいして高価ではなく、支払えるだけの現金がポケットに入っていたのでほっとした（彼女は〝つけておいてね〟と言うのに慣れていたが、この店でつけが利くとは思えなかった）。ジョーが飲み物を作り、皿にマフィンをのせるのを待った。両方を持ってテーブルに戻った。エスメラルダは疑わしげにマフィンのにおいを嗅いだが、試しにひと口食べたあとは、一気に平らげた。

アナスタシアはもう少し上品にマフィンを手に取り、興味深そうに店内を見回した。普段、ふたりがほかの住民たちと関わることはない。だってわたしたちは身分が上だから。けれどいまアナスタシアは、シェイディ・ホロウの住民である様々な生き物たちを驚きと共に見つめていた。殺人という言葉が耳に入ると、思わず頬が緩んだ。ここに来たのは正解だった。

第九章

日没まで待たなければハイデッガーとは会えないから、それまではほかの者たちがオットーが死んだ運命の夜にどこにいたのかを調べようとヴェラは決めた。ハワード・チターズに会ったとレノーアが言っていたのを覚えていたので、まずは製材所に向かった。

製材所は、村の郊外の池にもっとも近い一帯にあった。付近には木を切る音が響き、木くずのにおいが漂っている。上流でビーバーやカワネズミたちが切り出した木材を、ジャコウネズミたちが流れを利用して下流まで運ぶのだ。彼らはほかの者たちが地面を歩くときのような軽やかさで、浮いている丸太の上でダンスができた。製材所のあるあたりにはたくさんの木材が集まり、川の流れを遅くしていた。

川の一部はオットーが家と呼んでいた水車池へと流れこんでいて、そこでは巨大な水車が回っていた。水車の力によって工場内のすべてが、そしてその結果、村全体が稼働していた。数十もの生き物が様々な用事や特殊な仕事をこなし、製材所を動かしていた。

ヴェラは自分のいる場所を確かめると、廃棄された木くずの山を身軽に飛び越え、作業員たちの好奇のまなざし（たまには口笛も）を避けながら、事務室を目指した。

「ミスター・フォン・ビーバーペルトはいます？」ヴェラは、秘書の机に座っている若いビーバーに訊いた。

「ミスター・フォン・ビーバーペルトはとてもお忙しいビー……方です」秘書は傲慢な口調で言った。「お会いになりたいのなら、お約束をいただかないと」

「わたしは〈シェイディ・ホロウ・ヘラルド〉紙のヴェラ・ヴィクセン。社長に訊きたいことがあるの」

「いまも言いましたけれど、あらかじめ約束が必要です。いまは無理です」

「あら、そう」ヴェラはがっかりした表情を作った。「それは残念ね。このあと、わたしの記事が載ることになっているのよ。製材所が閉鎖される可能性について、彼の意見を聞きたかったのだけれど」ヴェラはにこやかに微笑みながら、とんでもないことを告げ、反応を待った。

秘書は息を呑んだ。「どういうこと？　閉鎖？　どうして製材所が閉鎖されなきゃいけないんです？」

秘書が食いついてくることはわかっていた。「ミスター・ズンフが殺された事件の証拠を集めるため、池をさらう必要が出てきたんです。そうなると、どれくらいの期間かはわかりませんが、製材所を閉鎖しなくてはなりませんよね。フォン・ビーバーペルトはご存じだと思いますが」

「まあ！」秘書はうろたえた。「彼はそんなこと全然――閉鎖だなんてそんな……ああ、なんてこと。確認します……」彼女は立ちあがり、あわてて聖域である社長室へと向かった。

ヴェラはうまい口実を思いついた自分が誇らしかった。たとえ一時的であったとしても、仕事がなくなるとほのめかされて秘書は愕然としただろう。製材所が停止すれば、村の住民すべてに影響がある。自分の利益になると考えないかぎり、フォン・ビーバーペルトが彼女との面会に応じないことはわかっていた。製材所に対する信頼が失われないように、彼は従業員と村を安心させたいはずだ。

さほどもたたないうちに秘書が戻ってきた。

「こちらへどうぞ、ミス・ヴィクセン」秘書は不安そうな表情を浮かべている。ヴェラは小柄なビーバーのあとについて廊下を進んだ。壁には美しいオーク材の羽目板が張られ、床はマツとセイヨウトネリコを使ったヘリンボーン模様の象眼細工だ。社長が毎朝その上を歩けるようにするために、従業員たちがこれだけの材木を切り出し、組みこみ、磨きあげるのにどれほどの時間がかかっただろうとヴェラはぼんやり考えた。

ふたりは廊下の突き当たりにあるドアまでやってきた。

「ミス・ヴェラ・ヴィクセンがお越しです、サー」秘書は息を弾ませながら告げた。

「入りたまえ！」無理に明るく振る舞っているような声だった。

ヴェラは彼女のねぐら全体よりも広い部屋に足を踏み入れた。高価そうな備品や見事な家具でいっぱいだったが、なにより目を引くのは中央に置かれた巨大な机だ。その向こうに、粋な身なりのレジナルド・フォン・ビーバーペルトがゆったりとした様子で座っていた。パイプを吸っているその姿は、いかにも心配事などない重鎮といった風情だったが、それがまったくの事実ではないと彼の目が語っていた。余裕のない充血した目で、用心深くヴェラを眺めている。

「言論界の一員に会えるのは実に光栄だ！　さてと、ミス・ヴィクセン、今日はどういう用件だろう？　次の約束まであまり時間がないんだ」

ヴェラはノートとペンを取り出した。「おはようございます、サー。わたしはいまオットー・ズンフの死について取材をしています。ご自分の工場のすぐ近くであんなことが起きて、どう思われたのかをお聞きしたいです」

「ふむ、もちろん知らせを聞いて悲しかったよ。親密な間柄だったとは言えないが、隣人だったわけだし……そう、とても悲しかった」フォン・ビーバーペルトはそれほど動揺している様子はなかった。

「彼とは何度か言い争いをしていましたよね」ヴェラはメモを取りながら、穏やかな口調で言った。

フォン・ビーバーペルトは音を立ててパイプを置いた。「それはどういう意味かね？　あの気難しいヒキガエルは、木の切り株とでも喧嘩をしただろうね。わたしの製材所は昼寝の邪魔だとあいつは言ったんだぞ。おまえの昼寝こそ、わたしの商売の邪魔だと言ってやったよ」

「もう彼が邪魔をすることはありませんね、サー」

フォン・ビーバーペルトはますます怒った。「なにが言いたいんだね、ヴィクセン？」

「いえ、なにも。わたしはただ見解を述べただけです。ところで、証拠を集めるために池の底をさらいたいから水車を止めろとオーヴィル副署長が命じたら、どうしますか？」

「水車を止める？」フォン・ビーバーペルトはぎょっとして訊き返した。ほかのことはすべて頭から消えたようだ。「彼がそんな命令をするはずがない！　そもそも、シェイディ・ホロウ警察の責任者はミード署長だろうが」

「この事件の捜査で彼がどれくらい役に立ってくれるのか、わたしたちはどちらもよくわかっていると思いますけれど」

「ミードは優秀な警察官だ！　一流だ。素晴らしいクマだ」

「警察署長の選挙の際にあなたが寄付した金額から判断すると、サー、あなたは彼を高く評価しているようですね」

「いいか……」フォン・ビーバーペルトはうなるように言った。

ヴェラはさらにかぶせて言った。「くわしく調べられると困ることがあるわけじゃないですよね？　あの夜、あなたが池の近くにいたはずがないんですから。実際、どこにいたんですか？」

「あんたには関係ないことだ！」

「どこか言えないようなところですか？」

「もちろん違う！　わたしは家で妻と一緒にいた」その返答がどう聞こえるかということに不意に気づいて、パイプをいじっていた彼の手が止まった。

彼に言い訳する間を与えず、ヴェラは次の質問をぶつけた。「それでは、製材所を閉鎖する可能性については、なにもご意見はないんですね？　村の住民たちを安心させるような声明は？」

彼は机の向こうで立ちあがった。「いいか、この製材所はシェイディ・ホロウの生命線だ。ここが安定して操業することで、何十という生き物とその家族の生活が支えられているんだ。木こり、大工、木彫り師、工務店。あんたの新聞社ですら、わたしの木材パルプを使っている。ここが閉鎖したら、みんなが困るんだぞ」

「よくわかりました、サー」ヴェラは彼の言葉を忠実に書き留めた。「それでは、締め切りがありますのでわたしは失礼します。あなたも次の約束がおありのようですから」

ヴェラは彼に止められる前に部屋を出ると、廊下を戻り始めた。

彼女に呼びかける小さな声がした。「ミス・ヴィクセン」

左側にあるドアロに目を向けた。茶色いネズミのハワード・チターズが、狭苦しい自分のオフィスのドアロに立っている。じれったそうな彼に手招きされてオフィスに足を踏み入れたヴェラは、横手の壁にドアがあることに気づいた。フォン・ビーバーペルトのオフィスにつながっているらしい。

ハワードもドアをちらりと見て言った。「ミス・ヴィクセン、聞かずにはいられませんでした……製材所が閉鎖されるかもしれないというのは、本当でしょうか?」彼のひげが震えている。

ヴェラは後悔に心が痛むのを感じた。フォン・ビーバーペルトと会うためのちょっとした策略が、思いもよらぬ結果を生んだようだ。製材所の経理係であるハワードは大家族で、文字通りかつかつの生活を送っている。製材所が閉鎖され、給料をもらい損ねるようなことになったら困るのだ。

「その可能性はあまりないと思います」ヴェラは言葉を濁した。「あなたの仕事は大丈夫じゃないかしら」

「そう願いますよ。そうじゃないと困ります」ハワードはチューとうめいた。「そんなことになったら、どうすればいいのかわかりません。ここのところ経費がとてもかさんでいるのに、一日だって仕事がなくなってもらっちゃ困るんです」

「製材所でなにか問題でも？」ヴェラは新しいネタのにおいに鼻をひくつかせた。

ハワードは小さな手をもみしだいた。「いいえ！　操業を続けているかぎりは、問題はありません。ですが、出費が増えすぎていて……」チターズは鉛筆をかじり始めた。「わたしは――」

「ああ、ここにいたんですか、ミス・ヴィクセン」秘書が戸口に立ち、ふたりをにらみつけた。

「フォン・ビーバーペルトの発言を裏付けてくれてありがとう、ミスター・チターズ」ヴェラはあわてて言った。

「ごきげんよう、ミス・ヴィクセン」ハワードは急いで自分の机に戻った。

「出口までお送りします、ミス・ヴィクセン」秘書のまなざしは冷ややかだった。頭のなかは混乱していたが、ヴェラはおとなしく彼女のあとを追った。


サイダーを飲みながら、店内で交わされている様々な会話に耳を澄ましていたエスメラルダとアナスタシアは、メインストリートを歩く生き物に気づいた。ローブ姿のパンダは、あの特徴的な足取りで南へと向かっている。〈ジョーのマグ〉のほかの客たちも、のんびりと歩いていく彼に気づいた。少しずつ、客たちの会話が途絶えていく。彼の姿が見えなくなると、客たちは低い声で再び話を始めた。

「おれはあいつには用心するね」シマリスが言った。「いろいろと噂は聞いている」

「でも彼は感じがいいし、はっきりしたことはなにもわかっていないのよ。なにより、彼が作るカシューのスパイシーな料理はすごくおいしい」シマリスのパートナーは疑わしげに言った。「ほら、トウモロコシの芯が入っていて、あのおいしいソースがかかった……」

「確かにね。でも、なにが入っているんだろう？　そいつが問題だよ。おれは家で同じものを作れなかった。やつはうさんくさい。おれの言ったことを覚えておくんだな」

「彼はだれとも話さない……」ほかの客が口を開いた。「そもそも、なんだってシェイディ・ホロウに越してきた？　はるか東からだぞ。ここには親戚だっていないじゃないか」

「故郷で喧嘩をしてだれかを死なせてしまい、逃げてきたって聞いた」

　耳新しいものではない（そして確認もされていない）噂話が、突如として新たな目で見直され、その話を聞いたことのある者全員が黙りこんだ。

「たとえそれが本当だったとしても、彼がオットーを恨む理由がわからない」いくらか分別のあるだれかが言った。

「オットーはだれのことも敵にまわす」別のだれかが言った。「なにがパンダの怒りを買うかなんて、だれにわかる？」

　リスが言った。「あの前足だけで別のパンダを殺したって聞いたわ」

「だれだって前足を使うものだろう？」フェレットがけげんそうに訊いた。

「武器を使っていないっていう意味よ！　彼がなにをしでかすかなんて、だれにわかるっていうの？　彼が来る前は、この村はもっと平和だったのに」

　もっともだというような怒りに満ちた声があがったが、日曜日にだけ供される小豆の餡をまぶした餅を二度と口にできないのかと考えて、ぐるぐると鳴った腹はひとつだけではなかった。あのパンダは本当に人殺しなんだろうか？

　エスメラルダは意味ありげにアナスタシアを見た。「人を動かすのって、簡単みたいね」

フォン・ビーバーペルトの娘たちはオットーのこともサン・リーのこともほとんど知らなかったから、客たちの会話に口をはさむことはできなかったが、ここを訪れたことには満足していた。興味深い情報を得ることができた。さらにアナスタシアは、この店のブルーベリー・マフィンがかなり気に入っていた。

第十章

ヴェラがオフィスを出ていくと、レジナルド・フォン・ビーバーペルトはため息をつき、椅子の背にもたれた。あのキツネに製材所を嗅ぎまわられるのは気に入らない。彼は秘書を呼び、コーヒーを持ってくるように頼んだ。考えなければならないことがあった。

数分後、おずおずとノックをする音がして、ブレンダが顔をのぞかせた。

「入れ」レジナルドはいらだたしげに応じた。

彼女はせわしない足取りで入ってくると、レジナルドの大きな机にコーヒーのトレイを置き、またせわしない足取りで出ていった。

レジナルドはオフィスを出ていく彼女を見つめていた。彼女は娘たちとほぼ同じ年齢だ。娘たちのどちらか、もしくは両方でもいいから製材所で働いて仕事を覚えてほしかったのだが、ふたりとも嫌がった。本当は息子が欲しかったのだ。彼が遺すものを継いでくれる、若くてたくましいビーバーが。アナスタシアとエスメラルダは、彼の財産を使うことにしか興味がないようだった。フォン・ビーバーペルトは首を振ってそんな考えを追い払い、仰々しい銀のポットからコーヒーをカップに注いだ。飲みやすいように砂糖をスプーン一杯入れた。火傷しそうなほど熱いコーヒーをひと口飲み、再び椅子の背に体を預けた。

キッツネの記者と交わした会話のせいでむかついていた。製材所を閉鎖すれば、最悪の事態になる。日々の生産が中断するだけでなく、弱気になったときにレジナルドがくだした残念な決断のことまで明らかになってしまうかもしれない。

二杯目のコーヒーを飲み終えるころには、レジナルドは本当に胸がむかむかしていた。いったいどうしたというんだ？　精神的なものではない。視界にもやがかかり始めている。コーヒーに目を向けた。味が……おかしかった？

パニック状態に陥った。なにかが起きているのかもしれない。そういえば、シェイディ・ホロウには殺人犯が野放しになっているじゃないか！　レジナルドは咳きこみ始め、かろうじてブレンダを呼んだところで椅子から滑り落ち、意識を失って床に倒れこんだ。

オフィスに入ってきたブレンダは、床に倒れている上司をひと目見て、悲鳴をあげた。ハワード・チターズやほかの生き物たちが駆けこんできた。冷静さを失わなかっただれか――ブレンダではなかった――が、救急隊員を呼んだ。

ブレンダはそれほどボスのことが好きだったわけではないが、これはいままでで一番いい仕事だったし、失いたくはなかった。フォン・ビーバーペルトが死ねば、製材所は閉鎖され、ブレンダは母親の家に戻らなくてはならなくなる。

数分後、オフィスの外で物音がしたかと思うと、制服姿のふたりのリスがストレッチャーを運んできた。ふたりはうつぶせに倒れているレジナルドの横にしゃがみこみ、転がすようにしてストレッチャーに寝かせた。ひとりが彼の脈を取っているあいだに、もうひとりがなにがあったのかをブレンダに尋ねた。

ブレンダはすすり泣きながら、レジナルドは新聞記者のキツネと会い、彼女が帰ったあと、コーヒーを持ってくるように言われたのだと答えた。そのあとなにがあったのかはわかりません。「彼はよくなりますか？」ブレンダは救急隊員に訊いた。

難しい顔のリスたちは、できるだけのことはすると答えた。ふたりは意識のないビーバーを運んであわただしくオフィスを出ていくと、病院へと向かった。

シェイディ・ホロウの住民全員が救急隊員のリスに道を譲ったので、フォン・ビーバーペルトは間もなく病院に到着した。病院は川の近くにある煉瓦造りの小さな建物で、回復途中の患者たちが自然の景色を見ることができるように、大きな窓が作られていた。

だが病院に到着した救急隊員たちは、医者の姿が見当たらないことを知って驚いた。必死になって探しまわり、ようやく見つけた看護師によれば、急患の通報があって医者はそちらに駆けつけているのだという。シェイディ・ホロウで同時にふたりの急病人が出るなどという事態は、前例がなかった。数か月ものあいだ、何事も起きないことのほうが多いのだ。

救急隊員のひとりが、呼吸はしているもののいまだ意識のないフォン・ビーバーペルトに付き添い、もうひとりが外に走り出た。

「医者がどこにいるのか、だれか知りませんか？　警察官はいまどこです？」

野次馬のひとりが東を指さした。「オーヴィル副署長なら、たったいま〈竹藪〉に向かったよ」

救急隊員はうなずき、ふさふさした尻尾を揺らしながらレストランに向けて通りを駆けていった。

幸いなことにまだランチタイムの前だったので、店にはサン・リー以外だれもいなかった。パンダは、空の瓶を手にしたオーヴィル副署長の前に落ち着いた様子で立っていた。救急隊員が言葉に詰まりながらオーヴィルに事情を説明すると、驚いたことにサン・リーがカウンターの裏にあった小さな鞄を手に取った。

「わたしが役に立てる」サン・リーは言った。

彼は〝開店中〟の看板をひっくり返して〝閉店中〟にすると、先頭に立って病院へと向かった。リスは当惑しながら、サン・リーとオーヴィルのあとを追った。パンダになにができるのかはわからなかったが、責任を負ってくれる者が現れたことにほっとしていた。病院に到着し、状態を把握すると、サン・リーの雰囲気が変わった。てきぱきと指示を出し、救急隊員たちは問答無用で従った。フォン・ビーバーペルトを診察室に運び、サン・リーがバイタルサインを確認する。料理人がなぜ患者の診察をしているのか、疑問の声をあげる者はだれもいなかった。フォン・ビーバーペルトは毒を盛られた可能性が高いので、大量の水分を与えて毒を薄める必要があるとサン・リーは言った。

処置が施され、患者はようやく危機を脱した。フォン・ビーバーペルトは日当たりのいい病室に運ばれ、体を休めることになった。意識を取り戻した彼はコーヒーがどうの、イーディスがどうのとわめいていたが、ひどく体力を消耗していたから、リスたちに優しく体を押されておとなしくベッドに横になった。

空き瓶についてパンダを尋問するつもりで〈竹藪〉に向かったオーヴィルは、当惑していた。サン・リーがオットーの死に関わっていたのなら、どうして別の生き物の命を助けるだろう？

「驚いたようですね」サン・リーはオーヴィルに言った。

「あなたが医者だとは知らなかった、ミスター・リー。いや、ドクター・リー」

「ドクター・サンです。失礼ですがあなたが知っているのは、わたしのごく一部にすぎません、副署長」サン・リーは一度言葉を切った。「もっと知りたければ、レストランにいらしてください。お話しするのはやぶさかではありませんが、わたしには仕事がありますので」

サン・リーは、たったいま彼がビーバーの命を救うところを目撃したリスたちに黙ってお辞儀をすると、それ以上なにも言うことなく〈竹藪〉に帰っていった。

リスたちは顔を見合わせた。本物の医者は、見ればわかる。早くだれかにこの話をしたくてたまらなかった。

ランチタイムの準備をするためレストランへと戻っていくサン・リーの心は千々に乱れていた。これで秘密が明らかになってしまう。彼が実は見せかけどおりの生き物ではなかったというニュースは、あっという間に村じゅうに広まるだろう。二度とだれかの命を救ったりしないと誓っていたのに。けれど、ほかにどうすればよかった？

サン・リーの本当の素性についての村の噂話にはいくつかの事実が含まれていたが、明らかな間違いもいくつかあった。かつて故郷の国で、サン・リーは評判のいい外科医だった。首相の息子にありふれた手術を施していたとき、なにかひどい手違いが起きて、患者が死んだ。その悲劇に対して彼は不当な罰を受け、医師の資格をはく奪された。今後なにをすればいいのかわからず、彼は山中の寺に出家した。

数年間、祈りの日々を過ごしたサン・リーは、新たに出直そうと決めた。故郷の国を捨て、遠くの地で新しい人生を始めることにした。彼は昔から料理が好きだったし、ここシェイディ・ホロウでは、彼の作る料理は革新的でおいしいと称賛された。村の住民たちが彼に興味を抱いていることはわかっていたが、決して過去の話はしなかった。その人生はすでに終わったことだ。いまの彼はただの料理人だった。

いままでは。サン・リーは〈竹藪〉に戻ると、厨房で作業を始めた。腕のいい料理人……もしくは外科医の確かさで、野菜を切っていく。人参の千切りと豆と薄切りにした栗が山になっていく。今日はいつになく忙しい日になるとわかっていた。

第十一章

製材所には徐々にいつもの時間が戻ってきた。上司が病院へと運ばれていくと、ブレンダは泣くのをやめて仕事に戻った。まずは、レジナルドが倒れて病院に運ばれたことを自宅にいるイーディスに伝えた。それから、上司が不審な状況で具合が悪くなったので、調べるためにだれかをよこしてほしいというメッセージをシェイディ・ホロウ警察に送った。そのあと、なにも問題はないし、もちろん仕事はこれまでどおり続いていくと繰り返し述べて、従業員たちを安心させた。事務所を閉める時間になると（製材所はほぼ二十四時間稼働しているが）ブレンダはハンドバッグを手にして、家に帰った。一日でこれだけ心臓に悪い思いをすれば充分だ。

ブレンダがオフィスをあとにして間もなく、オーヴィルが捜査のために現場にやってきた。小さな机に向かってまだせっせと仕事をしていたハワード・チターズはチューと驚きの声をあげ、彼を社長室に通した。

オーヴィルはざっと部屋を眺めたあと、フォン・ビーバーペルトの机に残っていたコーヒーと砂糖のサンプルを採取した。サン・リーの言葉どおりなら、これも故意に毒物を混入させた事件のようだ。いったいこの村でなにが起きているんだ？

「フォン・ビーバーペルトのコーヒーを作ったのはだれだ？」オーヴィルは訊いた。

「今日は秘書のブレンダが作りました」ハワードが答えた。

「材料はどこに保管されている？」

「入り口のそばの小さな給湯室です」

「だれでも入れそうだな」オーヴィルはうなるような声で言った。

「入れますよ、サー。給湯室を警戒する者がいますか？」

「まったく素晴らしいね」オーヴィルはつぶやいた。このあと病院に寄って、フォン・ビーバーペルトの容態を確認するつもりだった。彼が回復することを心から願っていた。殺人事件をもうひとつ抱えるのはごめんだ。ふたつの事件は関連しているに違いないとオーヴィルは考えていたが、どうつながっているのかはまだわからない。毒について少し勉強する必要があった。ドクター・ブロードヘッドが助けになってくれるかもしれない。

そのころヴェラは次の記事を急いでまとめ、夜の締め切りに間に合うように原稿整理編集者に渡していた。編集者である年齢不詳の白ウサギ——ヴェラがここで働き始めるずっと以前から彼はヘラルド紙にいた——は、手書きの原稿を受け取ると半月形の眼鏡越しにざっと目を通した。

「今後の展開……池をさらう……製材所を停止する可能性……ふむ。見出しはなににする？」

「見出しを考えるのはわたしじゃない。ＢＷに決めてもらえばいいわよ」

ウサギはため息をついた。「彼のことだ、冬になるころには仕事がないかもしれないと村じゅうが不安になるような、悲観的な見出しをつけるだろうな」

「まあ、ＢＷは自分のしていることがわかっているから」ヴェラは肩をすくめた。「わたしは夜になってハイデッガーが出かける前に、彼を捕まえなきゃいけないの。それじゃあね」

二度とげっ歯類を襲わないとフクロウが遠い昔に誓っているにもかかわらず、ハイデッガーの名前を聞いて、ウサギは無意識のうちに身震いした。

ヴェラは村を出てハイデッガーの家に向かった。その家は、とても大きくて立派なニレの木の上に作られていて、地上から四十フィートほどの高さにあった。彼の名前が出るたびに、だれもが象牙の塔（浮世離れした生き方という意味がある）にまつわる冗談を口にした。

地上で暮らす者はハイデッガーの家のドアをノックすることができないので、彼は呼び鈴を設置していた。長いつる植物が木に巻きつきながら下のほうまで伸びている。地面のすぐ上に、〝呼び鈴を引いてください〟という小さな看板があったので、ヴェラはそのとおりにした。ハイデッガーの家で呼び鈴が鳴ったのかもしれないが、ここまでは聞こえなかった。夕闇が迫り始め、地面が影に包まれるなか、ヴェラは待った。ニレの木の先端にはまだ日光が当たっていたが、じきにあたりは暗くなるだろう。

「ホー、こんばんは」すぐ近くで低い声がした。

ヴェラは飛びあがった。ハイデッガーはいつの間にか音もなく舞いおりて、彼女の隣に立っていた。

「こんばんは、教授。実はお訊きしたいことがあるんです」

「殺人のあった夜のことかね」

「はい、そうです。あなたは夜に活動なさっているので、なにか目撃しているのではないかと思ったんです」

「確かに我が輩はあの夜、外にいた」彼の大きな黄色い目はまばたきをしない。ヴェラは、小さな生き物たちが不安になるのがわかる気がした。「グリーン山の近くまで行って戻ってきた。それが、言葉にしていないきみの質問の答えになっていると思うね。ズンフが殺された時間、我が輩は何マイルも離れたところにいたと、我が輩の同僚であるファン・ホー教授が証言してくれるだろう」

「そうですか」ヴェラはいくらかがっかりしたが、もちろんハイデッガーが容疑者でないことを確認するのは重要だ。「あなたがなにか重大なことを目撃したかもしれないと思ったんですが」

「ふむ、少しは役にたてるかもしれん。きみは警察の縄張りで彼らを出し抜いて、村でちょっとした騒ぎを起こしたね」

「プラム酒の瓶を見つけたことですか？」

フクロウはうなずいた。「あの日、太陽が沈もうとしていたとき、我が輩はまさにあの場所であの瓶を見た。そのときは、緑色の光にすぎなかった。だがきみの記事を読んで、自分がなにを見たのかに気づいたのだ」

「それじゃあ、殺人のあった日にだれかがあの瓶をあそこに置いたんだわ！」

「我が輩が気づいたのは、おそらくその直後だったのだろう。なぜなら、その少しあとで池から急ぎ足で遠ざかっていく生き物の姿を見たからだ。その生き物が通った道と平均速度から計算したところ、問題の地点から歩いてきたことは間違いない」

「だれだったのか見えましたか？」ヴェラは訊いた。

「悲しいかな、木の葉で一部が隠れていた。あの高度からではきりと見てとることはできなかった。だが、中程度の大きさの生き物だった。人目につかないように移動していた。人目を忍ぶようにとか人目をはばかるようにという言い方もできる」

ハイデッガーは自分の膨大な知識をひけらかすチャンスを見逃さない。世界中の名の通った教育機関で数多くの学位を取得している彼が、シェイディ・ホロウでもっとも教養のある生き物なのは間違いなかった。彼自身、ためらうこともなくそう主張している。もったいぶった年寄りの鳥とヴェラは心のなかでつぶやいた。だが、彼の視覚は信用できる。

「オーヴィル副署長かミード署長にその話はしましたか？」

「彼らは我が輩に話を聞きにきていない」ハイデッガーは鼻を鳴らし、翼をぴくりと動かした。「あるいは我が輩が眠っているか、外出しているあいだに来たのかもしれない。ミード署長は、川のお気に入りの釣り場からこの木は遠すぎると思ったのかもしれない。彼がたいていあそこにいるのを、我が輩は見ているからね」

フクロウは羽根を逆立てた。「我が輩が言えるのはこれだけだ、ミス・ヴィクセン。では、失礼する……」彼はわずかな風に向かってぎこちなく走り始めたかと思うと、ふわりと宙に浮き、優雅にそして音もなく、暗い空へと飛び去っていった。

ヴェラは彼を見送りながら、なにかを目撃していながら自分が見たものの重要さに気づいていないシェイディ・ホロウの住民がどれくらいいるだろうと考えた。警察署長が署に来るつもりがないのなら、こちらから彼の家を訪れるほかはない。ぐずぐずしている暇はなかった。

セオドア・〝テディ〟・ミード署長は村の反対側の波止場の近くに住んでいた。その麓に沿って川が大きなカーブを描いている岩山の下に家がある。ドアの脇の小さな窓から明かりが漏れているのが見えた。ヴェラは小さくノックをした。

わざとらしい沈黙のあと、ヴェラはいくらか乱暴にもう一度ノックをした。「署長！　サー！　開けてください！」

家のなかから足をひきずるような音が聞こえた。それから足音。

人目をはばかるような足音だとヴェラは思った。

ドアがそろそろと開いた。「やあ、ミス・ヴィクセン」ミードは笑みを作ろうとして、見事に失敗した。「来てくれてうれしいよ。さあ、お入り」ヴェラは大きな家のなかへと足を踏み入れた。食卓の上に魚がのっている。川から釣ってきたばかりだろう。署長は夕食の準備をしている最中だったようだ。「どういったご用件かな？」

「オットーが殺された事件の取材をしているんです。今日はなにか進展があったかどうかをお訊きしたくて」

「ふむ、なるほど。それは……そうとも、もちろん進展はあった。間違いない」

「どうしたっていうんです、署長？」ヴェラはいらだって訊いた。

「きみはオーヴィルと話をするべきだと思う。とても有能な警察官だ」

「ですが、あなただってなにが起きているかは知っていますよね。捜査を指揮しているんですから」

「わたしは……」ミードはうろたえていた。「やり方がわからないんだ！　殺人事件の捜査なんて一度もしたことがない。この村のだれかが殺人？　頭のいかれた人殺しが、ナイフで刺し、毒を盛った。それがどういう意味かきみにわかるか？　きみはここで育ったわけじゃない」彼は言葉を継いだ。「シェイディ・ホロウではだれもドアに鍵をかけない。鍵なんてついていないからだ。だが雑貨屋が鍵を注文したから、次の荷船で届くことになっている。十家族がすでに予約済みだ。これからいったいどうなるんだ？」

まるでグラディスみたいとヴェラは思ったが、いくらか同情もした。長年シェイディ・ホロウでは平和な日々が続いたせいで、彼はすっかり現状に満足してしまっていたのだろう。大事件が起きたいま、どうしていいかわからないのだ。

「それじゃあ、オーヴィルがしていることはどうなんですか？　彼だって殺人事件は初めてなんですよ」ヴェラは指摘した。

「彼は『警察活動大全』に従って捜査をしている。そこには、あらゆる状況においてすべきことのガイドラインが書かれているんだ。警察署に置いてある。実のところ、その本はあまりに大きすぎて本棚に入らないんで、〝容疑者の殴打と拷問の方法〟の章は破り取った。いったいだれがそんなことを知りたがる？」ミードは惨めな顔で食卓の上の魚を見た。

「わたしが本当にうまくできるのは釣りくらいだ」

「それじゃあオーヴィルはマニュアルに従っているだけなんですね？　署長の助けもなしに？　あなたは殺人犯を逃がしたいんですか？」

「まさか。レフティを逮捕したじゃないか！」

「証拠はなにもありません。彼がレフティだということ以外は」

「彼がなにか知っているかもしれない」

「彼が何を知っているのか、訊かなきゃわからないじゃないですか！」ヴェラは大声をあげた。「ハイデッガーは、何者かが池に毒入りのお酒が入った瓶を置くのを見たと思うと言っていました。その何者かがだれなのかを見つけ出せば、犯人がわかります」

「みんなに訊いてまわるのか？　犯人は嘘をつくに決まっている」

「だからアリバイを調べるんです」ヴェラは辛抱強く言った。「あの夜、みんながどこにいたかを調べるんです。目撃者を探してそれを確認する。だれかが嘘をついていれば、話に矛盾が生じる。そうすれば犯人がわかります」

「そんなに簡単にいくと思うかね？」ミードは初めて希望に満ちた面持ちになった。

「簡単ではありませんが、可能性はあります。オーヴィルはすでに調べ始めています。明日は警察署に行って、彼を手伝ってくれますか？」

「もちろんだ」ミードはすっくと背筋を伸ばした。「この恐ろしい事態が終わらなければ、シェイディ・ホロウはいままでと同じではいられない。オットーが殺されたと思ったら、今度はフォン・ビーバーペルトに毒が盛られた。わたしたちはどうすればいい？」

「どういうことです？　フォン・ビーバーペルトに毒が盛られた？　わたしは今日、彼と会いましたけれど」

「聞いていないのかね？　フォン・ビーバーペルトは自分のオフィスで意識を失っているところを発見された。病院に運ばれたが、医者は留守だった。だれが彼を助けたと思う？サン・リーだ。彼が医者だったなんて、だれが知っていた？　フォン・ビーバーペルトは運がよかったよ。そうでなければ、彼もオットーと一緒に埋葬されていたところだ」

ヴェラは驚きのあまり、声が出せずにいた。シェイディ・ホロウに連続殺人犯がいるなんていうことが、ありえるだろうか？　彼女は、オットーを殺すなんらかの理由がある者の犯行だという推測のもとに記事を書いてきた。けれどオットーは、大勢の被害者の最初のひとりにすぎないのだろうか？　あまりに恐ろしすぎて考えたくもなかった。そしてサン・リーだ。彼のことをもっと知る必要があった。

第十二章

ヴェラは自分のねぐらに鍵がないことが気になって、不安な夜を過ごした。朝になったら、雑貨屋をのぞいてみようと決めた――もちろん、ただ見るだけだ。

翌朝、鍵は置いていないとカウンターの向こうでウッドチャックが言った。「欲しいなら、リストに名前を書いてくれればいいですよ。川下から取り寄せているんです」

ヴェラは名前を書き、彼に礼を言ってから目的地に向かった。真っ先にするべきだったことをするつもりだ。目指しているのは、池の縁にあるオットーの家だった。オットーは沼沢地に住んでいた。ごく細い川が流れこんでいるので、そのあたりはじめっとして、アシに覆われている。世捨て者のようなヒキガエルにはうってつけの場所だった。

キツネにとってはまったく理想的とは言えなかったから、ヴェラは顔をしかめつつ、べたべたする泥のなかを歩いた。彼女の身長の倍もあるミズトクサの脇を通り過ぎた。やがて沼地からわずかに盛りあがった小さな丘に作られたオットーの家のドアが見えてきた。

オットーが死んでからさほど時間はたっていないが、そこが荒らされた形跡はなかったし、わずかに残っている足跡も晩夏の日光に数日さらされたせいで、ひび割れていた。ヴェラはそっとドアを押し開けた。湿った土のかびくさい臭いが鼻をつく。オットーも鍵を使っていなかった。あの気性だ、近づいてくる生き物はいなかっただろう。家のなかはひんやりしていて湿っぽかった。泥の壁が夏の暑さや冬の寒さをうまい具合に遮っているのだ。

ヴェラは家のなかに入り、あたりを見回した。なにを探そうとしているのか、自分でもわかっていなかった。

オットーの暮らしはシンプルだったようだ。彼がひとりで暮らしている証拠が欲しければ、この居間をひと目見るだけでいい。小さなテーブルの前には一脚の椅子。万一来客があったときには、暖炉のそばの背の低いスツールを使うのだろう。戸棚には果物の砂糖煮や干した虫が入った瓶が並べられている。オットーはラズベリーとコオロギのサンドイッチが好物だった。彼の家を訪れる者がめったにいなかった理由のひとつだ。

戸棚には酒もたくさん置かれていることにヴェラは気づいた。ワインやビール、さらにはもっと強い酒が下の棚に並んでいる。彼女の鋭い目は見たことのある瓶を見つけ出した……サン・リーのプラム酒。オットーはこの酒が好きだったらしい。ヴェラは棚から瓶を手に取ると、バッグに入れた。もしこれにも毒が入っていたなら、事件はまったく違ったものになる。

ほとんど家具が置かれていない居間を通り過ぎ、寝室に向かった。そこはさらに質素だった。低いベッドとその脇に小さなテーブル、部屋の一角にはカーテンがかけられていてその奥はクローゼットになっていた。ヴェラはカーテンを開けたが、なにも興味を引くようなものは見つからなかった。冬服とページが黄ばんだ三文小説が並んでいるだけだった。ベッド脇のテーブルに取りかかり、ようやく期待できそうなものを見つけた。下の引き出しから、黒い表紙のノートが数冊出てきたのだ。テーブルの上にも一冊のっていた。ヴェラはそれを手に取り、ぱらぱらとページをめくった。オットーは日記を書いていた！

ヴェラはにやりと笑い、読み始めた。手がかりがつかめるかもしれない。だがオットーは後世に残すために日記を書いていたわけではなかったようだ。書き込みは短く、字は読みにくく、ところどころは暗号のようだった。いろいろな言語で書かれていて、ひとつの文章のなかでごちゃまぜに使われている箇所もあった。

日記には、実際的なこと——路地側のドアを直すようにジョーに言う。風で開いてしまう——も書かれていたし、悪意に満ちた書き込み——仕事に向かうVBはひどく怒っていたようだ。EVBがまた、〝じゃじゃ馬ならし〟の役を演じたんだろうか？——もあった。

ヴェラは最後の数日の書き込みを読もうとしたが、彼の字はなかなか読むのが難しい。役に立つものがあるのかどうかすぐにはわからなかったので、持って帰ってゆっくり調べることに決めた。少し考えてから、古い日記も持っていくことにした。オットーのこれまでの暮らしについて記事を書くときに役立つかもしれない。日記をバッグに入れたときには、少し気がとがめた。これは泥棒じゃないわよね？　オットーを殺した犯人を捕まえる手伝いをしているんだから。

「オットー、日記は大切に扱うから。約束する」だれもいない家のなかでヴェラは言った。

玄関のドアをしっかりと閉め、沼地に出た。乾いた地面にたどり着いたときには、安堵のため息が漏れた。世のなかには、湿地での生活には向かない生き物がいるのだ。ヴェラは足についた泥をこそげ落とし、目的も新たに村へと戻った。オットーの日記を隅々まで読むつもりだった。きっとなにかが出てくるだろう。店を閉めたあとで、レノーアが手伝ってくれるかもしれない。

けれどまずは仕事だ。

つかんだことをじっくり考えるつもりだったが、〈シェイディ・ホロウ・ヘラルド〉社のオフィスに着いてみると、それは無理だとすぐにわかった。オフィスは大騒ぎだった。だれもかれもが走り回っている。いつもは夜に稼働している印刷機の音が聞こえた。ヴェラは興奮している様子のグラディスを見つけて、駆け寄った。

「なにがあったの？」最悪のことを考えながら、ヴェラは訊いた。

「犯罪の急増について、ＢＷが号外を出すことにしたのよ。号外」グラディスが答えた。

「二件の犯罪は急増とは言えないんじゃない？」

「彼は、三つ目の事件が起きることを願っているんでしょうね。多分ね」

ヴェラはため息をついた。なにが起きているのかを村の住民全員が知る前に、もう少し捜査を進めておきたいと思っていた。号外を出すのを遅らせてほしいとＢＷを説得できればいいのだけれど。まず無理だとわかってはいたが、とりあえず頼んでみようと決めた。

彼のオフィスへと小走りに駆けていき、ドアをノックした。うめくような声が聞こえたので、入ってもいいということだろうと判断した。

「どうなっている、ヴィクセン？」火のついていない葉巻を口の端でくわえたＢＷが訊いた。「まだ殺人事件を解決していないのか？　村じゅうが危険にさらされているんだぞ。答えが必要なんだ！」

「サー、号外を出すのを考え直してもらえませんか？　なにかを目撃しているかもしれない村の住民に話を聞く時間が必要なんです」

「聞けばいい。そのためにおまえに金を払っているんだ！」

「でもみんなを動揺させるようなことをすれば、パニックが起きるだけです。新聞で読んだことやだれかと話をした内容だけが記憶に残ります……数日前に見聞きしたかもしれないことじゃなくて」

「くだらん。号外を出せば、だれもが事件のことを考えるようになる。慈善活動みたいなもんだ。アメリアにレシピのコラムまで書かせたんだからな。いらだつ神経を落ち着かせる茶のレシピだ。アップル・ブランデーをたっぷり使うんだ」

「編集長は本当に気が利くんですね。それで――次の号外はいつ出るんですか？」

「明日の朝、ヒキガエルの葬儀の直前だ。締め切りはいつもの二時間後。さっさとここを出て、わかっていることを全部記事にしてこい。もっと売るぞ！」興奮したBWは机に飛び乗り、活字を組む準備をしているインクで手を汚したウサギたちに命令をくだし始めた。

「一面でひとつでも誤植をしてみろ、おまえたち全員クビだからな。わかったか？」

ヴェラはその隙にオフィスを抜け出し、メインストリートに出た。頭をはっきりさせたくて、深呼吸をした。号外を遅らせるようにBWを説得することはできなかった。つまり、今日中に突破口を見つけなければならないということだ。目撃者の記憶は憶測――BWに怯え、冷静さを失った記者たちがあわてて書いた記事――でゆがめられてしまう。記者たちはBWに言われたとおりに書くだろう。そしてBWの望みは新聞を売ることだ。殺人犯を見つけることではない。

つまり、ヴェラしかいないということだ。オーヴィルが最善を尽くしていることはわかっていたが、正しい方法で捜査が行われるとは思えなかった。レフティを逮捕したのは、安易すぎた。

次にするべきことを考えていると、通りをせわしなく歩いていくハワード・チターズの姿が目に入った。ヴェラは彼のあとを追った。「ミスター・チターズ。ミスター・チターズ」

彼は驚いて振り返った。「ああ、あなたでしたか、ミス・ヴィクセン」

「昨日わたしが製材所を出たあと、なにがあったんですか？　フォン・ビーバーペルトは毒を盛られたようだと署長が言っていましたけれど」

「毒を盛られたんですよ。コーヒーを飲んだんです」

「コーヒーに毒が？　ジョーの店の？」ヴェラは信じられずに訊き返した。

「違います、違います。社長室用にコーヒーをいれられるようになっているんです。ブレンダがいれています。でも絶対に彼女じゃない。だれかが忍びこんで、コーヒーポットに毒を入れたに決まっています。そんなわけで、フォン・ビーバーペルトは意識を失ったんです。救急隊員のリスがサン・リーと会えていなかったら、ボスは死んでいたでしょうね」

「サン・リーも毒だと思っているんですか？」

「はい。すぐにわかったみたいです。ブレンダは心臓発作だと思ったんです……あなたにあれこれ訊かれたせいで」

ヴェラは鼻を鳴らした。「まさか。サン・リーと話をする必要があるわね。フォン・ビーバーペルトは今日は家にいるのかしら？」

「はい。様子を見てきたところです。ベッドにいる彼から仕事の指示を受けましたよ。いまはゆっくり休んでいます。奥さんと娘さんたちが付き添っています」

ヴェラは、フォン・ビーバーペルト家の女たちがそばにいるところでゆっくり休めるものだろうかと思ったが、なにも言わなかった。そうする代わりに、サン・リーの店に向かった。


まだ早い時間だったから、〈竹藪〉はひっそりしていた。開店まではまだあと数時間はあったが、一度ノックしただけでドアが開いた。

「なにかご用でしょうか？」サン・リーはお辞儀をすると、ヴェラが入れるように一歩脇に寄った。

「フォン・ビーバーペルトのことでお話をうかがいたいんです」ヴェラはずばりと切り出した。「昨日、彼の命を救いましたよね。そう聞いています」

「わたしは自分にできることをしただけです。幸い、役に立ちました」

「あなたは昔から料理人だったわけじゃないんですね」

「あなたが昔から記者ではなかったように」サン・リーが切り返した。ヴェラは非難されることを覚悟して体をこわばらせたが、サン・リーは穏やかに言葉を継いだ。「わたしたちはだれにも過去がある。わたしは祖国で、ある程度名の知れた外科医でした。だがわたしは国を捨てた。いまはもう医者ではありませんが、だれかを救えたことはうれしく思っています」

「あなたはだれかがまた殺されるのを防いだんですね」

「そのようですね」サン・リーは不安そうな顔になった。「だが今後はそれだけでは不十分なようだ。あなたは記者だ、ミス・ヴィクセン。スクープを探しているんですよね？」

「ええ、そんなところです」

「それなら、わたしがお目にかけましょう。こちらへどうぞ」

サン・リーはヴェラを従えて静かな店内を通り過ぎ、さらに厨房を抜けて、その奥にある短い廊下へと向かった。ひどく暗い。ヴェラは不安を抑えこんだ。サン・リーはもちろん悪党ではない。外科医だったのだから。それでも、行き先をだれかに言っておくべきだったと後悔した。

ヴェラが不安な思いを振り払うことができずにいるうちに、サン・リーは足を止めて壁の大きな戸棚を開いた。たくさんの瓶や包みが並んでいて、その多くには判読できないラベルがついていたが、中身がなんであるかは明らかだった。ここはサン・リーの食料品庫だ。

「ほとんどの食材はここに保管していて、いくつか薬も置いています」サン・リーは一番上の棚から小さな箱をおろした。紙で簡単に包んである。「元の言葉の意味を訳すと、鎮心薬です。霧に包まれはするけれど雨が降ることのない山の斜面にしか生えない、とても珍しい植物の根で作った粉薬です。ごく少量を使えば、薬になります。患者を落ち着かせて眠らせたり、怪我の痛みを和らげたりします」

「たくさん摂りすぎたらどうなるんですか?」ヴェラは訊いた。

「死にます」サン・リーはあっさり答えた。「間違った使い方をすれば、心臓が止まります。だからこの名前がついたのです」

「オットーとフォン・ビーバーペルトは、なにかこれに似たものを飲まされたんだと思いますか?」

「まさにこれを飲まされたんだと思っています。この戸棚にしまったとき、鎮心薬は二箱あったんです。その後、この薬を使うことはありませんでした。ですが昨日、あのビーバーの症状を見て兆候に気づき、ここを調べました。箱がひとつ、なくなっていました」

「だれかが盗んだ？」

「だと思います。残念ながら、わたしがこの店を開いてからは、いつでも盗むことができた」

「これが毒だということを、ほかにだれが知っていましたか？」

「厨房を含め、店で働いている人間全員が知っています。この棚のものはなにひとつ使わないように、全員に警告してあります。ここにあるものはどれも危険だと説明しました」

「あなたがこの店を開いてから、だれが働いていましたか？」

サン・リーがあげた名前のなかには、ヴェラも知っているシェイディ・ホロウの住民が何人かいた。そのほとんどはルビー・ユーイングやチターズの上の子供たちのような、臨時のアルバイトをする者たちだった。

「彼らの名前をオーヴィルに伝えます。署長にも」ヴェラは上の空で言い添えた。「彼も知りたがるでしょうから」

「なくなった箱を探してもらわなければいけません。大勢の生き物を殺せるだけの薬が入っているんです」

ヴェラはさらにいくつか質問をしたが、それは記事を書くためではなく、彼本人に興味があったからだ。サン・リーに勧められたお茶は、残念だったが断った。今日中にしなければならないことが山ほどある。お茶を飲んでいては間に合わない。

第十三章

なにをすればいい？　ヴェラは考えた。訊きたいことは山ほどあるのに、それを訊いている時間はない。暴風に踊らされる木の葉のように、事態は収拾がつかなくなっている。つかんだことを整理する必要があった。なにを追求しなければならないのか、そうすればわかってくるだろう。

〈ジョーのマグ〉の一杯で脳みそに燃料を入れようと決めたが、そこに行き着く前に、通りをこちらに近づいてくるルビー・ユーイングの姿が目に入った。とてもお洒落な装いだ。なんでもない日にはちょっと派手すぎるかもしれない。

「ルビー！」ヴェラは声をかけた。「いま、時間ある？」

ルビーはその声が聞こえなかったかのように、しばらくそのまま歩き続けた。だがヴェラにぶつかりそうなくらいまで近づいたところで、親しげに微笑んだ。「こんにちは。だれかと思ったら、花形記者ね」

「記者というところはそのとおりよ。いくつか訊きたいことがあるんだけれど、いいかしら？」

「もちろんよ。コーヒーを買いに行くところなの」

「わたしもよ」ヴェラはルビーを連れて店に入った。カウンターに歩み寄るのではなく、窓のそばのテーブルを指さして言った。「ちょっと座りましょうよ。ジョー、わたしたちにいつものをお願い」

飲み物を待っているあいだにヴェラはルビーを観察し、彼女について知っていることを思い出していた。ヴェラと同じく、ルビー・ユーイングも昔からシェイディ・ホロウに住んでいたわけではない。かつては同じようなヒツジの大きな群れで暮らし、牧草地で跳ねまわったり、満足そうにメーメー鳴いたり、そのほか自分たちだけの社会で生きているときにすることをしていたらしい。

だがルビーはほかのヒツジたちとは違っていた。成長するにつれ、より放縦になっていった。愛情を求め、毎週のように新しい恋人といるところが目撃された。彼女は平等主義者だった――種族を気にしなかった。だがどの関係も長続きしなかった。

どうにも無視できない出来事のあと、彼女は家族から勘当され、群れから追放された。ひとりで生きていかなくてはならなくなった。数年後、シェイディ・ホロウにやってきて、この小さな村でようやく落ち着いたようだった。

ルビーにはあまりよくない評判もあったが、コミュニティの一員であることは間違いなかった。空いた時間には村の広場の草刈りをした。図書館でボランティアをすることも時々あった。村にやってきてからいろいろな仕事をしていたが、いまは〈年老いた生き物のためのグッディ・クロウの安らぎの家〉で働いていて、そこでの仕事に満足しているようだった。彼女を嫌っていたり、通りで彼女と会っても鼻であしらったりする生き物もいたが……つまるところ、そういった行為は彼ら自身がどういう生き物なのかを語っていた。

「今日のあなたは素敵ね」ヴェラはルビーの気持ちを楽にさせようとして言った。「どこか特別なところに行くの？」

「いいえ。いつも通り仕事よ。どうして？」

「着ているものがとても綺麗だから。首につけているのはルビーのペンダント？」

ヒツジは石に触れた。「ええ、そう。ちょっとしたジョークなの、わたしの名前にちなんで。すごくわたしらしいからって、プレゼントしてくれたのよ」

「毎日つけたくなる気持ちがわかるわ」だれからのプレゼントなのか、彼女が言わなかったことにヴェラは気づいていた。ひょっとしたら、自分で自分にプレゼントしたのかもしれない。

ルビーは席が半分埋まったコーヒーショップを見回した。「まだオットーの事件の記事を書いているの？」

「ええ、それと、フォン・ビーバーペルトの殺人未遂と」

「そうだった！」ルビーは小さくジャンプした。「そうよ、これは同じ狂気の一部に違いないわ。村に連続殺人犯がいるなんて信じられない。考えるだけでぞっとする。なにもかも終わってくれればいいのに」

「みんなそう思っているわよ。でも犯人が見つかるまでは、いままでのような暮らしには戻れない」

「あなたはずいぶん熱心なのね。警察以上だわ」

「警察も調べているのよ。ただやり方が違うだけ」

ルビーは笑った。「署長が仕事しているところを見たことがあるわよ。あれじゃあ、自分の尻尾もつかまえられそうにないわね」

ちょうどそのとき、ジョーが飲み物を運んできた。ルビーは自分の分――ホイップクリームとラズベリーをのせた、泡たっぷりのラテ――を眺め、ため息をついた。「かわいそうなオットーが見つかってからは、これもあまり楽しめないのよ」

「彼のことはよく知っていたの？」

「ほかの人と同じくらいだと思うわ。彼って、見た目ほど怒りっぽくはなかったのよ。池の脇を通っているときに、よく彼と話をしたわよ。ずいぶんと面白い人生を送ってきたみたいで、いろいろなところに行ったことがあったんですって」

「最後に会ったのはいつ？」

「彼が死んだ日。池のそばに用事があったの。帰りに手を振ったけれど、距離が離れていたから話はしなかった。日が落ちる二時間くらい前だったかしら？」

「〈竹藪〉に行ったことはある？」

「どうしてそんなことを訊くの？」ルビーは急に用心深くなった。

「あなたが以前あそこで働いていて、プラム酒を買ったって聞いたから」

「ああ、そういうことね。そうなの、あのプラム酒が好きなのよ。あそこでウェイトレスをしていたときに、飲むようになったの」

「あの日買ったプラム酒の瓶をまだ持っている？」

「え？　いいえ、ないと思う……なくしたの」

「瓶をまるごとなくしたっていうこと？」

ルビーが身構えたところを見ると、疑念がヴェラの顔に出ていたらしい。「用事をしているときにどこかに置いて、そのまま忘れてきたの」

「オットーの死体のそばで、似たような瓶が見つかったのよ」

ルビーはひどく気まずそうな表情になった。「彼は目がいいわ。わたしが瓶を置いたのが池のまわりだったなら、きっと彼が見つけたのよ」

「あれに毒が入っていたの」

「なんてこと！」ルビーは息を吞んだ。「どうしてそんなことが？」

「最初に瓶を見つけたのはオットーじゃなかったのかも。犯人が先に見つけて、毒を入れたのかもしれない」

「そしてそれをオットーに渡したの？　なんて卑劣な。オットーはそんな仕打ちをされるべきじゃない。あんな目にあっていいはずがない」ルビーは言葉を切り、物思いにふけりながら洒落たコーヒーを口に運んだ。

これ以上彼女から有益なことは聞き出せそうもないとヴェラは思った。自分のコーヒーを飲み終えると、荷物をまとめた。

「話を聞かせてくれてありがとう、ルビー。わたしは仕事に行かなくちゃ。それじゃあ」

ヴェラはそう言い残すと、空のマグカップをカウンターに戻し、ジョーに礼を言った。テーブルに残されたルビーは、ホイップクリームがぺちゃんこになった冷めたコーヒーを見つめていた。

〈ジョーのマグ〉の窓の脇を足早に歩いていたハワード・チターズは、ヴェラが店から出てくるのを見て、気づかれないように身をかがめた。

恐れ知らずの記者ヴェラ・ヴィクセンには、あまりいい印象を抱いていない。「あの生き物に製材所を嗅ぎまわられるのはごめんだ」彼は、フォン・ビーバーペルトの言葉を真似てつぶやいた。「それでなくても問題は山積みなんだ。ヘラルドみたいなくず新聞の一面に載る必要なんてない」ハワードは仕事場ではボスに、家では妻に命令されることに慣れていた。

昔からこんな臆病なネズミだったわけではない。かつては大きな夢と希望を持っていた。若いころには大きな町に住んでいたが、経理を勉強するために家を出た。退屈な仕事だと思う者もいるだろうが、ハワードは数字が好きだったし、計算が得意だった。

町で暮らしていたころ、画家を目指していた魅力的な若いネズミのアメリアに会った。ふたりは恋に落ち、結婚した。ふたりの暮らしはハワードが夢見ていたとおりのものだった——アメリアが妊娠するまでは。そしてすべてが変わった。アメリアは絵をあきらめた。最初のひと腹の子供たちを育てるため、屋根裏部屋を出て小さな村に引っ越そうと主張した。ひと腹という言葉にハワードは恐怖を覚えたが、愛する妻に渋々従った。ふたりはシェイディ・ホロウの小さなコテージに移り、ハワードは製材所で働き始めた。アメリアは五人の子供を産んだ。一度に生まれる数としては少ないが、ハワードにとっては充分だった。それ以来、彼の人生はシェイディ・ホロウに、製材所の帳簿に、増えていく子供たちに、そして妻に費やされてきた。かつて夢見ていたものではないかもしれないが、これがいま彼にあるすべてだったし、詮索好きなキツネに奪わせるつもりはなかった。

レジナルド・フォン・ビーバーペルトが回復すると聞いて、ハワードはほっとしていた。ときには製材所の責任者になった自分を想像することもあったが、指示に従うことに慣れすぎてしまっていた。ボスが早く戻ってきてくれることを願った。フォン・ビーバーペルトが妻と娘たちの看病に耐えられるのは、数日が限界であることはわかっていた。回復すればすぐにオフィスに戻ってくるだろう。それまであのヴィクセンを近づかせないようにすればいいのだ。

チターズがそんなことを考えているとは露知らず、ヴェラは〈ヘラルド〉社のオフィスに戻り、記事をいくつか書いた。サン・リーがレジナルド・フォン・ビーバーペルトの命を救った経緯を綴り、オットーについてわかったことを記した。そのあいだもBWはずっと自分のオフィスの窓から、彼女を脅すようににらみつけていた。ヴェラが記事を書きあげると、彼はつかつかとやってきて、インクが乾きもしないうちに彼女の手から紙を取りあげた。

「ヴィクセンが書き終えたぞ！　活字を組め！　見出しは〝シェイディ・ホロウに忍び寄る危機〟だ。さあ、働け。全部印刷するんだ！」

仕事をしていると飛ぶように時間が過ぎていく。ヴェラはヘラルド社を出ると、遠回りして帰ることにして、川の広い土手に一番近いリバー通りから自分のねぐらを目指した。村はひっそりしていて、ごくわずかな生き物がいるだけだ。通りの反対側を歩く洒落たベストと上着に身を包んだリス——銀行の出納係だ——を見かけたが、ヴェラが手をあげて挨拶をしても、彼は少し帽子を傾けただけでそのまま急ぎ足で通り過ぎていった。村全体の雰囲気が暗くなっている。ヴェラはため息をつくと、カエデ通りを曲がり、質素な自分の家に向かった。地上の混沌など知る由もなく、頭上では静かに星がまたたいていた。

ヴェラはだれかに見られていることに気づいていなかった。暗がりに潜んで、彼女のあとを追う生き物がいた。ヴェラが家に入ると、その生き物はしばらくそこにたたずんでいたが、やがて姿を消した。

家に入ったヴェラは、理由もなく身震いした。ドアに鍵がないことを改めて考えたが、やがて肩をすくめた。いまさらなにができる？　ベッド・アンド・ブレックファストで部屋を取る？　パニックに身を任せてしまえば、殺人犯を勝たせることになる。それに、自分が次の犠牲者になると考える理由もなかった――次の犠牲者がいるとすればだが。住民たちが感じている恐怖のせいで、わたしもばかなことを考えているだけ。それに今日は長い一日だった。メモを読み直して次の記事を書き始めるつもりだったが、あちこち走り回った疲れがいつしか忍び寄っていた。いくらかのドライフルーツ（丁寧に包装してあったソフトチーズをのせて）を食べてから間もなく、ヴェラは丸くなって眠りに落ちた。

第十四章

翌朝はよく晴れていたが、たっぷりした日差しと暖かな風に幸せを感じられるシェイディ・ホロウの住民はあまりいなかった。ほとんどの住民が怯えていた。親たちは子供の数を数えた。夫は妻の身の安全を確認した。ほぼ全員が食べ物にいくらか疑いの目を向け、もっとも安全であるはずの朝食にすら毒が入っているのではないかと怯えた。

ヴェラは朝早く目覚めたが、毒が入っているかどうか食べ物を確かめることはなかった——お腹が空きすぎて、そんなことを考えている余裕はなかった。朝食を終えると、メモをまとめ、話を聞く必要のある生き物のリストを作った。だれもがひとところに集まるから、ある意味、今日は仕事が楽かもしれない。

今日は、オットー・ズンフの葬儀が行われる。村の葬儀はたいていは簡素なものだが、オットーの死の状況を考えれば、かなりの住民が参列すると思われた。ヴェラは余裕をもって身づくろいをし、生まれながらの赤い毛並みに映える地味な黒の服をまとった。

小走りに家を出て、〈ネヴァーモア書店〉でレノーア（もちろん、もとから全身黒だった）と会った。ふたりは一緒に墓地に向かい、入り口ということになっている二本のイチイの木が作るアーチをくぐった。

墓地は静かなところだった。大部分が大きなヒノキの木立の陰になっているので、あまり草が生えていない。質素な墓石はどれも一年もたたないうちに苔に覆われ、真夏でもあたりの空気はひんやりしていた。

布に包まれたオットーの遺体が横たわる墓穴のまわりに、住民たちが集まり始めていた。レノーアはぐるりと見回し、あきれたように言った。

「こんなに大勢集まって、わいわい噂話をしているなんて。オットーは嫌がったでしょうね。死んでいなければ、さっさと逃げ出していたところだわ」

「シーッ」ヴェラは鼻を鳴らしたくなるのをこらえた。彼女の言うとおりだ。オットーがなにより嫌ったのが、こういう状況だった。孤独を好んだ彼は、ふたり以上の集まりを群衆だと考えていた。

住民たちは慣習通り、黒の服に身を包んでいた。ルビー・ユーイングは顔の上半分を隠すベールがついた、小さくて洒落た帽子までかぶっている。レジナルドはまだ人前に出られるほど回復していなかったが、フォン・ビーバーペルトの女性たちは三人とも参列していた。イーディスは夫の不在を埋め合わせるように、黒いレースのハンカチを顔に当ててこれ見よがしに洟をすすり、だれかれとなく〝かわいそうなオットー〟と夫が同じ運命をたどらなかった自分の運のよさについて語った。

「かわいそうなオットーだけじゃなくてミスター・フォン・ビーバーペルトまで襲うなんて、いかれた生き物の仕業にちがいありませんよ。だいたい、ふたりにどんな共通点があるっていうんです？　なにひとつない！」

イーディスの言葉が耳に入り、ヴェラはレノーアと顔を見合わせた。彼女の言っていることはもっともだ。ふたりにどんな共通点があっただろう？　ヴェラにはひとつも思い浮かばなかった。

「池？」レノーアがヴェラにだけ聞こえる声で言った。「オットーはあそこに住んでいたし、フォン・ビーバーペルトはあそこで働いていた。犯人はなにか理由があって、池からみんなを追い出そうとしたとか？」

ヴェラは考えてみた。「ウッドチャックの一家も池の近くに住んでいる。北側よ。なにか怪しいものを見なかったか、訊いてみてもいいわね」

「警告もしないと」

「もちろんよ」ヴェラはうなずいたが、心のなかでは池と毒とはあまり関係がないのでははないかと考えていた。池から生き物を追い払って、なんの得がある？　池は昔からあそこにあったのに。そもそも、本当に全員を追い払おうと思うなら、製材所を閉鎖する必要がある。自分もフォン・ビーバーペルトに同じことを言ったが、それがばかげた考えであることはわかっていた。あのときは、彼にショックを与えて喋らせようとしただけだ。だが池の支配が動機かもしれないとレノーアが言い出したことで、本当に何者かが製材所を閉鎖させようとしている可能性を考えてみた。想像するだけでぞっとした。村は製材所なしでは成り立たない。その閉鎖は殺人よりも恐ろしいことかもしれない。

　そのとき、牧師が咳払いをしたので、ヴェラははっと我に返った。ジェイムズ・〝ダスティ〟・コンカーズ牧師は、ほっそりしたジャックウサギだ。いくらかみすぼらしく見えるが、善意にあふれた真面目な牧師だった。見習い期間は、西のほうの広大な平原でウッドチャックのコミュニティの巡回牧師として働いていた。長時間の勤務とときに危険な状況を乗り越えてきたことで、ダスティ牧師にはすでに、たいていの聖職者が長年かけて身に着ける威厳があった。

　ダスティ牧師はもう一度咳払いをすると、口をつぐむようにと身振りで示した。

「シェイディ・ホロウの兄弟姉妹のみなさん」彼は話し始めた。「今日わたしたちはあまりに早くこの世を去った仲間のひとりに別れを告げるためにここに集いました。このヒキガエルは皆から愛された生き物とは言えないかもしれませんが、シェイディ・ホロウの昔からの住民であり、彼がいないこの村はこれまでと同じものではなくなるでしょう」

「確かに、もっと平和になるな」どこからか声がしたが、すぐにほかの者たちが黙らせた。

ダスティ牧師は声がしたほうにちらりと目を向けたが、そのまま言葉を継いだ。「オットーの友だちは多くありませんでした。彼は海の向こうの遠いところからやってきました。ほぼ一年中雪が降る国です。どんな生き物にとっても生き延びるのが難しい場所でしたが、オットーはそこを出て世界中をさまよったあと、シェイディ・ホロウに落ち着きました」

話が熱を帯び、ダスティの声が大きくなっていく。「オットーは長年働き続けてきました。船乗り、船頭、港湾作業員、スパイだったこともありました」不意にざわめきが起き、ダスティはうなずいた。「第三次ワニ戦争のころ、彼はグレート・グリーン沼地部隊の一員でした。そのことを知っている者は多くはないでしょう。彼は沼地のもっとも危険な箇所を幾度となく通り、反政府軍に情報を届けたのです。そのおかげで多くの命が助かり、彼はそこで沈黙の価値を知ったのです。

それ以来オットーは、自分のことを決して語らなくなりました。平和が戻ってくると、彼は再び北へと向かい、そしてようやく落ち着ける場所を見つけたのです。最後の日まで彼が過ごした、シェイディ・ホロウの水車池です」

ダスティはわざとらしく、手元のメモに目を向けた。それから悲しげに参列者たちを見回した。「オットーの友だちは少なかったと言いました。けれど、だれのことも敵に回したりもしませんでした。彼にははっきりした自分の意見があり、議論になったときに本来はそうすべきであっても、それを引っこめることはなかったかもしれません。けれど、この村の幼い者たちにはとても親切でしたし、だれも傷つけたことはありません」

数人がそのとおりだとつぶやいた。

「わたしたちはオットーを埋葬する前に、彼の死に責任がある者を必ず見つけると互いに——全員が——約束しなくてはなりません」ダスティ牧師の声が再び大きくなった。「オットーが安らかに眠れるように、彼を殺した犯人に正義の鉄槌を下すのはわたしたちの責任です。みなさんにお願いします、殺人犯を見つけるために警察に協力を惜しまないでください！」

さっきよりも反応は大きかった。アーメンの声に混じって、拍手が起きた。ダスティは強くうなずき、両手をあげて参列者たちを黙らせた。

「真実を求めるべきときはのちにあります。いまはオットー・ズンフに別れを告げるときです。どうかおひとりずつ、オットーに土をかけてあげてください。そして彼のことを心に刻んでください」ダスティは墓の横の土の山からひとつかみをオットーにかけた。

「さようなら、オットー」彼は言った。「次の世でいい沼地を見つけられますように」

生き物たちはひとりずつ、同じようにしていった。ほとんどは墓の前でひとこと、ふたことつぶやくと足早に墓地を出ていったが、しばらくその場にとどまる者もいた。改めて別れを告げているのか、もしくは自分の運命について考えているのかもしれない。

ジョーは墓にコーヒーも少し注いだ。「これは店のおごりだ、友人」

ヴェラはルビーがベールの下で激しくすすり泣いていることに気づいた。オーヴィルは墓の前でなにかをつぶやいたあと、十字を切った。

土をかけたとき、ヴェラはなにも言わなかったが、真実を見つけるまで調べ続けると心のなかで約束した。

その後、住民たちが集まったのは——ほかにどこがある？——〈ジョーのマグ〉だった。葬儀では静かだった生き物たちだが、いまは長らく会っていなかったかのように話がはずんでいる。オットーが村の一員であったことを皆に思い出させることが目的だったのだとしたら、ダスティ牧師の追悼の辞は大成功だった。

また、この犯罪はあってはならない、許しがたいことだという住民たちの思いをはっきりと形にさせた。犯人は捕まえなくてはならない。裁判を行わなくてはいけない。隣村のミラー・レイクにオフィスを構える著名な法律家である黒ネズミのミスター・ファロウは、裁判が始まったら検事を務めてほしいと要請されると、快く了承した（シェイディ・ホロウに常任の検事はいない）。

オーヴィルはこの機会を逃さず、話を聞く予定でいた生き物たちを順に呼び出し、問題の夜にどこにいたのかを問い詰めて、死ぬほど怖がらせた。ためらうことなく耳を澄ましていたヴェラは、表現こそ違うものの〝家だよ、家！　妻と子供に訊いてくれ！〟という内容のいくつかの返答を聞いた。

ルビーの辛辣で肝の据わった返答には感心した。「あの夜、わたしが友人をもてなしていたって言ってもあなたは驚かないでしょうね。わたしがその友人の名前を明かさない理由もおわかりですよね、おまわりさん」彼女の思わせぶりな口調にオーヴィルは耳まで真っ赤になり、あわてて彼女を解放した。

「なにかわかった？」一時間ほどたったところで、レノーアが近づいてきた。

ヴェラは首を振った。「たいしてなにも。オットーが死んだ夜、ここの住民たちは家から出ていなかったみたい」

「犯人には都合がよかったわけね」レノーアが言った。

「オットーが殺された理由がわかればいいんだけれど。それから、フォン・ビーバーペルトが毒を盛られた理由も。死ぬ前の日、オットーは彼と言い争っているけれど、たとえビーバーペルトが怒りのあまり彼を殺したんだとしても、毒を飲んで被害者のふりをしたりはしないでしょう?」

「そんなことをするとは思えないわね。それにオットーの死に方を考えてみてよ」(レノーアは前の夜に犯罪心理学の本を読んでいた)

「どういうこと?」

「オットーが喧嘩で殺されたか、頭のおかしな生き物が犯人だった場合、彼はナイフで刺されて死んでいたはず。突発的に行われた、暴力的なものだったはずなのよ。でも毒はもっと計画的よ。使うことがあらかじめわかっていなきゃいけない。準備が必要なの。毒を手に入れて、それを入れる容器もいる。激情にかられてするようなことじゃない」

ヴェラはうなずいた。「確かにそうね。喧嘩の犠牲になったように見せかけるために、オットーを殺したあとで刺して、フォン・ビーバーペルトを犯人に仕立てようとした可能性はある?」

「でもそれじゃあ、フォン・ビーバーペルトがどうして、そしてどうやって毒を盛られたのかの説明がつかない」

「ああ、そうね。訳がわからないわ。まるで霧のなかで目を凝らしているみたい」

「とにかく調べ続けることよ。犯人はどこかでミスを犯している——物語のなかでは、必ずミスを犯しているものなの。それを見つけ出して、事件を解決するのよ。そしてあなたはオットーのために記事を書いて、村はいつもどおりに戻る」

「そうなるといいんだけれど」ヴェラは情けなさそうに言った。「いまはまだなにひとつつかめていないんだもの」

第十五章

　翌朝ヴェラは、毒についてのパンダの警告を思い出しながら再び警察署に向かった。最後にオーヴィルと会ったときはあまりいい別れ方をしなかったが、彼に伝えなければならない重要な情報がある。

　警察署に着いてみると、オーヴィルは机の前に座り、書類を読んでいた。例によって、署長の姿は見当たらない。

「おはよう」ヴェラは静かに声をかけた。「お邪魔かしら？」

　オーヴィルは顔をあげ、だれであるかを見てとると、座ったまま背筋を伸ばした。ヴェラは彼の表情が変わったことに気づいたが、それが怒りなのか、ただいらだっているだけなのかは判別できなかった。「ヴィクセン、いや、別に邪魔ではない」オーヴィルは書類を示した。「これはドクター・ブロードヘッドの報告書だ。オットー・ズンフを殺し、レジナルド・フォン・ビーバーペルトをもう少しで殺すところだった毒の検査結果をようやく送ってくれた。彼は専門家だということだが、なんの毒なのかはわからなかったそうだ」

「鎮心剤って呼ばれているそうよ」ヴェラは言った。

オットーは目を細くした。「どうして知っている？」

「サン・リーが教えてくれた」ヴェラは〈竹藪〉を訪れたことを話した。サン・リーがかつては外科医だったことを教え、鎮心剤について説明した。オーヴィルは猛烈な勢いでメモを取り、残ったその謎の毒を今日中に押収して安全な場所に保管すると言った。

「でも」ヴェラは穏やかに言葉を継いだ。「鎮心剤のひとつ目の箱を盗んだ何者かは、シェイディ・ホロウの住民全員を殺すのに充分な毒を手に入れているの。ふたつ目は必要ないのよ」

オーヴィルはうなずいたが、放っておくわけにはいかないと言った。「念のため、わたしが預かっておく」

留置場にいるレフティが歌い始めた。オーヴィルはそちらに顔を向けて言った。「レフティの釈放を考えるべきだろうな。寝心地のいい寝台と無料の食事はもう満喫しただろう」

ヴェラはうなずいた。レフティがこの一連の事件の犯人でないことはオーヴィルにもわかっているのだろうし、彼が事件解決に役立ちそうななにかを目撃しているとも思えない。解放する潮時だろう。

「わたしも心配の種がひとつ減るというもんだ」オーヴィルが言った。「署にだれかがいるのは悪くはなかったがね」

彼は立ちあがると、釈放を告げるため留置場に近づいた。

レフティは寝台に寝転がっていたが、クマの重々しい足音を聞いて、期待のまなざしをそちらに向けた。鍵がぶつかるがちゃがちゃという音が聞こえてくると、あわてて立ちあがった。

「さてと、レフティ」オーヴィルは言った。「釈放だ。おまえがだれも殺していないことはわかった」

アライグマはほっとした様子だったが、すぐに恐怖の表情が取って代わった。「それはだめだ」悲鳴にも近い声で訴える。「おれはここにいるよ。人殺しの手の届かないここに」

オーヴィルはその反応に少なからず驚いていたが（それはヴェラも同じだった）、そのままキーリングをベルトに戻した。

「わかった。犯人を捕まえるまで、ここにいればいい」オーヴィルは机に戻った。どうしようもないと言うように、ヴェラに向かって肩をすくめる。「留置場にいさせてくれと頼んできた奴は初めてだ。まあ、数日延びたところでどうということはないがね」

「捜査は進展しているの？」ヴェラはためらいがちに訊いた。

「どうしてだ？　きみはどうなんだ？」

「あまり。わたしはただつかんだことを記事にしているだけ」

オーヴィルは彼女をにらみつけた。「わかりきったことを訊くものじゃない。犯人がだれなのかを知っていたら、わたしはここには座っていない」

「それじゃあ、ここでなにをしているの？」

「住民に話を聞いた。あとは、被害者たちの飲み物に毒を入れたのがだれなのかを探り出すだけだ」彼は机の前に腰をおろすと、なにも書かれていない紙を取り出し、鉛筆を削った。

　彼は一番上に〝殺人〟と書いた。その左下に〝容疑者〟と書き、子供と警察官を除いたシェイディ・ホロウの住民全員の名前を順に記していった。次の列は〝オットーの事件のアリバイ〟、三つ目の列が〝ＲＶＢの事件のアリバイ〟だった。「いまできるのはこれくらいだ。だれもなにも知らないようだった」

「この表を埋める手伝いならできるかも」ヴェラは言った。これまでわかっている住民たちのアリバイを伝えると、オーヴィルは熱心に表を埋めていった。彼がつかんだアリバイも記した。いくつかの名前を消したときには、彼は笑みすら浮かべていた。

「きみは、疑わしきは罰せずということにしておくよ、ヴィクセン。ひとりで家にいたと言っているが、それを証明できる者はいない……だがもしきみがオットーを殺していたのなら、これほど熱心に記事を書こうとはしないだろうからね」

「わたしは家にいて……ひとりだったの。だれかと一緒だったわけじゃない！」ヴェラは不意に顔を赤らめた。警察官のクマにわたしの私生活をどう思われようと、なにを気にすることがあるっていうの？

大きな音を立ててドアが開き、ヴェラはそちらに顔を向けた。

「ミード署長！」オーヴィルが驚きの声をあげた。「ここでなにをしているんですか？っていうか、お会いできてうれしいです、サー！」

署長はすぐには答えなかった。数か月分のほこりが積もった自分の机に近づき、悔しそうな表情でその前に立った。

「報告することはないのかね？」ミードは大声で訊いた。

「オットーを殺した毒についてはわかりました、サー。ミスター・サンが自分のレストランに保管していた珍しい毒です。彼は以前は医者で、正しく使えばそれは薬になるそうです。ですが大量に使うと――実際のところ、それほど大量である必要はなかったようですが――生き物の心臓を止めてしまいます。眠りに落ちるように見えるそうです。ただ二度と目覚めないというだけで」

「で、そいつを逮捕したのかね？」

「だれをです？」オーヴィルはぽかんとして訊き返した。

「そのパンダだ！」

「なぜです？　彼にはオットーを殺す理由も、フォン・ビーバーペルトを殺そうとする理由もありません。毒がなくなっているのに気づいたのは数日前ですが、実際には数か月前に盗まれていたのかもしれない。いままで確認する理由がなかったんです。これで実際の凶器がわかりましたから、あとはだれがそれを使ったかを見つけ出すだけです」

ミード署長はそのときになって初めてヴェラの存在に気づいたらしかった。「きみは記者にそのことを話したのか？」オーヴィルを怒鳴りつける。

「いえ、違います。これは……」オーヴィルは口ごもった。

「というよりも」ヴェラが口をはさんだ。「話したのはわたしの方です。いずれは警察もつかむだろう情報を伝えただけです」ヴェラがオーヴィルにウィンクをすると、お礼代わりの小さな笑みが返ってきた。

「そういうことです、署長。ヴェラ……ミス・ヴィクセンのことです……は、とても協力的でした」

「ふむ、そうでなくてはならん！」署長はうなるように言った。「ここの責任者はだれなのか、忘れてもらっては困る」

「もちろんです、サー」オーヴィルは目をぐるりと回した。

ヴェラは帰る潮時だと判断した。オーヴィルに挨拶をして、警察署を出た。オーヴィルには言わなかったが、ヴェラも同じようなアリバイ表を作っていた。だが彼女のもののほうが埋まっている箇所が多かったし、それ以外にも特徴があった。アリバイの隣に小さな赤い星が描かれているところがある。表の下にも同じような星の絵があり、その横に〝確認済〟と書かれている。このやり方を提案したのはレノーアで、ヴェラは彼女に感謝していた。最新の情報について彼女と話し合うため、ヴェラは書店に向かった。

それから間もなく、カラスとキツネは書店のテーブルの前に座り、ヴェラのメモを見つめながらあらゆる角度から事件について議論していた。

レノーアは名前のひとつを指さした。「オットーの殺人については、フォン・ビーバーペルトに星をつけてもいいと思う。彼が狙われたんだとしたら、最初の殺人の犯人である可能性は低い」

「でも彼のアリバイは弱いわよ」ヴェラは言い張った。「家にいたって言っているけれど、ミセス・フォン・ビーバーペルトが彼に反論することは絶対にないもの」

「でもわたしだって、アリバイを証明してくれる者はいない」レノーアが指摘した。

ヴェラは首を振った。「あなたがオットーを殺していないことはわかっているもの」

「あなたでないこともわかっている。もしそうだったとしたら、あなたはとんでもなく演技が上手だっていうことね」レノーアは言葉を切り、紅茶を飲んだ。「証拠という点からすると、ほとんどないという事実は変わりはないまま。殺人って変なものね。隣人について想定していたことが、きれいさっぱり消えていく。ある時間にだれがどこにいたかなんて、普段なら気にもかけないものよ。それが殺人事件が起きると、だれよりも尊敬されていた住民まで疑いの目を向けられるんだから」

ヴェラはため息をついた。「ずいぶんひねくれた見方ね」

「わたしはカラスだもの」レノーアは肩をすくめた。「太陽と音楽が欲しかったら、ツバメを探すのね」

「オットーが死んで、村はまとまったんじゃないかと思うの。みんながお互いに気をつけ合っている」

レノーアは鼻を鳴らした。「みんな、ただ用心しているだけよ。殺人が起きて、だれもが背後に注意するようになった。でも、隣人に目を向けるようになったおかげで、隣人らしいことを言わなきゃならなくなった。木曜日には雑貨店に鍵が入荷するって、何回聞かされたと思う？　村の噂話によれば、鍵を買わない者は自白したも同然らしいわ。覚えておいてね、もう一度殺人が起きたら、隣人の本当の姿がわかるから」

「もっと前から隣人に目を向けてくれる人がいればよかったのに」ヴェラは言った。「オットーが死んだ夜は、だれもあのあたりにいなかったみたいなの。ハイデッガーは出かけたことを認めたけれど、遠くまで行っていたのよ。彼が訪ねたっていう同僚にメッセージを送ったら、月がのぼって間もなくハイデッガーが来て、オットーが殺された時間のあとまでいたって教えてくれた」

「地上にいる生き物を見たのがハイデッガーなのね？」レノーアが訊いた。

ヴェラはうなずいた。「そう。でもはっきりとは見えなかったみたい。それがだれであってもおかしくない。だれであってもっていうのは違うわね。たとえば、ネズミやウサギではなかった。もっと大きかったんですって」

「だとすると、残るのはだれ？」レノーアは可能性のある生き物をあげていった。「ビーバー、アライグマ、ヒツジ……」

「キツネ」ヴェラはにやりと笑った。

「キツネ、アナグマ、スカンク、ウッドチャック」

「でもヘラジカとクマは除外できる」

「それにその生き物を見つけたからといって、殺人犯を見つけたことにはならない」

「でも、なにかを見ているかもしれない。手がかりが必要だし」

「もう一度、考え直してみない？」レノーアが言った。彼女の本のなかに、〝その犯罪によって利益を得るものを探せ〟という行動原理を説いたものがあった。殺人の動機を追えば、犯人を見つけることができるはずだ。だが証拠があまりにも不足している。オットーは、なぜ殺されたのだろう？　それが、ヴェラが自分に問い続けている疑問だった。だれに訊いても、オットーが殺された理由はわからない。肝心の点が判明しないかぎり、謎は解けそうになかった。

「動機を考える必要がある」レノーアが言った。「表を作りましょうよ、あなたが作った容疑者の表みたいに。考えられる理由が見つかれば、ありえないものは除外できる」

ヴェラは言われたとおり、ノートの新しいページを開いた。「考えられるひとつ目の理由――オットーはだれかを敵に回すのを趣味にしていた変人だった。そのため、彼を憎んでいる者がいた」

「でも、だれもがどこかの時点でオットーと口論をしているわよ。それって弁明だわ。動機じゃなくて」

「製材所の音やゴミが原因で、オットーはフォン・ビーバーペルトと何度となく言い争いをしていた」ありそうな理由だとヴェラは思った。もっともらしく聞こえる。

レノーアは首を振った。「でもフォン・ビーバーペルトは、オットーに脅されていると は感じていなかった。村は製材所を必要としているんだもの。オットーみたいな変わり者に、操業を停止させるような真似をさせるはずがない」

「それにフォン・ビーバーペルトが自殺なんてするはずがないから、彼がオットーの殺人に手を貸したとも考えにくい」ヴェラはため息をついた。

ふたりは考えられるほかの動機についても議論をかわした。オットーは詮索好きだったから、自分で思っている以上に重要ななにかを見たか、聞いたかしたのかもしれない。彼はしばしば言い争いをしたが、ばったり会った生き物と雑談をするのも好きだった。偶然知ったことを間違った相手に話してしまい、そのせいで狙われたとか？

「聞いたといえば、最近、なにか聞いていないかってグラディスに尋ねたほうがいいわね。重要なことを知っているけれど、犯人の注意を引かないためにコラムには書いていないのかもしれない」

「でも、彼女がオットーからなにか聞いたとは考えにくいわ。ふたりが話をすることはなかったのよ。オットーは彼女以上の噂の情報源になりたがっているって、グラディスはいつも感じていたみたい」

「それに、死体を最初に見つけたのは彼女だった」

ヴェラはレノーアの口調が気にかかった。「彼女がなにか知っていると思うの？」

「犯罪を通報するのって、自分から注意を逸らす最善の方法じゃない？」

ヴェラはうなずけなかった。「あの朝、わたしはグラディスと会っている。すごく取り乱していた。彼女は演技ができないもの。去年の『真夏の夜の夢』の彼女の台詞、覚えているでしょう？」

レノーアは面白そうにひと声鳴いて、うなずいた。

「彼女にお芝居は無理だってわかっている」

「つまり、グラディスでもないし、フォン・ビーバーペルトでもないっていうことね」レノーアは、ヘラルド紙の記事を書くためにヴェラが作ったメモに目を通した。「あの日の朝早く、ルビーが村を歩いているのをジョーが見たって書いてある」

「ええ、そう。でもルビーにはオットーを殺す理由がない。それどころか彼女は、ほかの住民たちよりも彼とは親しかった。彼の死を悲しんでいた。話をしたとき、そう感じたわ」

「オットーは、彼女のプラム酒に入っていた毒で死んだのよ」

「罪悪感は覚えているでしょうね。犯人は、彼女の不注意を利用したわけだから」

レノーアはため息をついた。「結局、どこにも行き着かないままね。もっとピースが見つからないと、パズルは完成できない」

「運がよければ、次のピースとしてまた死体が出てくるかも」ヴェラはそう言ったものの、自分の軽率な言葉が本当にならないよう、森でよく知られた悪運を払う仕草をした。

第十六章

ヴェラにはまだやらなければならないことが山ほどあった。「新聞社に行かなくちゃ」あくびをしながら言う。「匿名の密告があったかもしれない」

だが新聞社に向かっている途中で、容疑者やアリバイの捜査で手一杯になっている自分に気づいた。シェイディ・ホロウの住民に忍び寄っている殺人犯の正体に、少しも近づいているとは思えない。

通りかかった〈ジョーのマグ〉の窓を物欲しげにのぞきこんだが、欲望に屈することはなかった。ずいぶん長い時間をここで過ごしてしまったし、コーヒーの飲みすぎは財布にも神経にも優しくない。村の噂話を聞くのにこの店は最適な場所だったが、これまでのところなにも有益な情報は得られていなかった。

自分のオフィスに着いてみると、机の中央にピンク色の付箋が貼られていた。〝フォン・ビーバーペルトが会いたがっている。彼の家で〟書かれていたのはそれだけだった。補助スタッフに訊いても無駄なことはわかっていた。だれも伝言を受け取ったことを認めないだろう。ウサギたちは号外を出す準備で殺気立っていたから、伝言を受け取れただけでも感謝すべきだろう。レジナルド・フォン・ビーバーペルトはなにか彼女に伝えたいことがあるのだろうとヴェラは考え、胸のあたりがぞくりとした。これは探していた突破口なんだろうか？ 彼は犯人の正体についてなにか知っているんだろうか？

だがフォン・ビーバーペルトの屋敷に着いてみると、警備は厳重だった。ヴェラがノックをすると、上の娘であるアナスタシアが応じた。

「なんの用？」彼女は立ちふさがるようにドアの前に立ち、横柄な口調で訊いた。

「あなたのお父さんに会いに――」

ヴェラが言い終えるのを待つことなく、アナスタシアは言った。「パパはだれとも会えないから。とても具合が悪いのよ。知っているでしょう？」

ヴェラはだてに花形記者と呼ばれているわけではなかった。強引にドア口に足を入れ、若いビーバーを押しのけてなかに入った。

「わかっていないみたいだけれど」きびきびした足取りで階段に向かいながらヴェラは言った。「あなたのお父さんがわたしに会いたいって言ってきたのよ。だから邪魔しないでちょうだい」

そう言い残すと、曲線を描く階段を駆けあがり、主寝室を探してよく知らない廊下を進んだ。うしろではアナスタシアが家じゅうに聞こえるような声で、侵入者がいると叫んでいる。

廊下には分厚い絨毯が敷かれ、金の額縁に入った家族の肖像画が壁にずらりと並んでいた。けれどヴェラは家族より先にレジナルドの部屋に行き着かなくてはならなかったから、絵には目もくれずに進み、廊下の突き当たりにある閉じた扉に行き着いた。軽くノックをしてから、ノブに手をかけた。

「こんにちは？　だれかいますか？」

「入りたまえ」と声がした。聞き慣れたレジナルド・フォン・ビーバーペルトのものよりは、かなり弱々しい。

ヴェラはドアを押し開け、部屋に入った。レジナルドはたくさんの枕とふわふわしたダウンの布団に包まれて、マホガニー製の四柱式ベッドに横になっていた。ヴェラを見ると、体を起こし、パジャマのしわを伸ばした。

「ミス・ヴィクセン」彼は咳払いをした。「わたしの伝言を受け取ってくれたようだね」

ヴェラはドアを離れる前に、内側から鍵をかけた。こうしておけば、彼から話を聞くあいだ、彼の妻と娘たちに邪魔されずにすむだろう。それからベッドに近づき、具合はどうだと彼に尋ねた。

「きみはどんな感じがする？　だれかに殺されそうになったら？」

ヴェラはその冗談を聞き流すことにして、ノートを取り出した。

「その件についてどう思っていますか？　あなたに毒を飲ませようとしたのがだれなのか、わかっていますか？」ヴェラは単刀直入に訊いた。「この村のだれにそんなことをする理由があるんでしょう？」

「だれの仕業かって？　もちろんわかっているとも！」ビーバーは間髪を入れずに答えた。

「だれですか？」ヴェラは促した。

レジナルドは抜け目のなさそうな顔でヴェラを見た。「言うわけにはいかない。警察が行動を起こす前に、犯人に聞かれたらどうする？」

ヴェラはノートを置いた。「警察に連絡しましょうか？　オーヴィル副署長に直接話をしたらどうでしょう？　彼はとても有能です」

「いや、それはだめだ」レジナルドは即座に拒否した。「実のところ、警察には関わってほしくない」

「それはもう無理だとは思いませんか？」

レジナルドは咳をした。「その……警察はあれこれと訊くだろう？　なんというか……

答えなくてもいい質問というものがあるんだ！」唐突に結論づける。

「わたしはそうは思いません。答えを見つけるのがわたしの仕事です。とにかく、本題に入りませんか？　わたしになにをしてほしいんです？」

レジナルドは惨めそうな顔になった。「微妙な状況なんだよ、ミス・ヴィクセン。これは特ダネだと言えば……おそらくちょっとしたおまけもついてくる……わたしが話すことを報道してくれるかね？」

「続けてください」ヴェラは目を細くした。

「いいかね、もしこれが――」

まさにここぞというところで、ドアを激しく叩く音と金切り声が聞こえてきた。フォン・ビーバーペルト家の三人の女性たちが、厚いオーク材のドアをどんどんと叩いている。

「いったい何事です？　どうして鍵がかかっているの？」イーディスの声だ。

「そのキツネと話をしちゃだめ！」「パパは病気なの！」同時に叫んでいるのは娘たちだった。

レジナルドはドアを見つめ、それから困惑したようにヴェラに視線を戻した。

予備の鍵が差しこまれる音がして、ドアが乱暴に開いた。イーディスとアナスタシアとエスメラルダが部屋になだれこんできた。三人は非難のまなざしでヴェラをにらみつけた。

「また今度話をしよう」レジナルドは小声でヴェラに告げると、力なくベッドに横たわった。

ヴェラはすかさず荷物をまとめ、逃げ出す準備をした。怒り狂っているビーバーたちの脇を通り抜け、廊下を走り、曲線を描く階段をおりる。ひどく複雑な思いで玄関を出た。フォン・ビーバーペルトからもう少しで重要な話を聞けるところだったのに！　今度はいつ彼と話ができるだろう？

第十七章

ヴェラはいらだちと怒りを抱えたまま、〈シェイディ・ホロウ・ヘラルド〉社のオフィスへと戻り始めた。フォン・ビーバーペルトは妻と娘たちを怖がっているようだと彼女は思った。彼とふたりきりで話ができる機会をどうにかして作らなくてはいけない。彼はなにかを知っている――それは間違いなかった。〝ちょっとしたおまけ〟というのはどういう意味だろう？　袖の下？

オフィスに着いてみると、またもや机の真ん中にピンク色の付箋が貼られていた。〝特ダネが欲しければ、村の北側の森にある大きなオークの木立に真夜中にひとりで来るように〟と書かれていた。送り主の名前も、だれが伝言を受け取ったのかもやはり記されていない。ヴェラは興味を引かれると同時に、不安も覚えた。危険かもしれないが、好奇心は伝言に従えと彼女をそそのかす。

ヴェラは再び書店に行き、レノーアに相談しようと決めた。そうすれば、万一自分の身になにか起きても、居場所だけは彼女に知っておいてもらえる。ネヴァーモア書店に着いてみると、カラスは棚のほこりを払ったり、本を並べ直したりしているところだった。ヴェラの話を聞いた彼女は真っ向から反対した。

「危険すぎるって」レノーアは言った。「森にひとりで行くなんて、なにが起きるかわからないじゃないの。せめてオーヴィルに話しておけば？」

ヴェラは首を振った。「それはだめ。伝言を残したのがだれにせよ、知っていることを絶対に警察には話さないもの。わたしがひとりで行かないかぎり、なにもつかめないわ」

「ひとりで行かせるわけにいかない」レノーアは譲らなかった。「わたしが飛んでいく。だれにも見られないように、川の縁まで行くから。オークの木立のすぐ向こうよ。真夜中から数分すぎてもあなたがそこに来なかったら、わたしがあなたを探しにいく」

「あなたを危険な目に遭わせるのは気が進まない」

「ハン」カラスは鼻で笑った。「あなたが頭から危険に突っこもうとしているのに？　こんな冒険をあなたひとりに楽しませたりはしないんだから」

真夜中までの時間は遅々として進まなかった。ヴェラはレノーアの書店に座り、事件の進展具合についての記事をひたすら書き続けた。自らを記者だと名乗りながら締め切りを守らない生き物は軽蔑に値すると彼女は考えていた。以前大きな町に住んでいたころ、そんな生き物がいた。自分は史上最高の事件記者だとうぬぼれていたネズミだ。彼が本当に記事を書くより先に世界は終わるだろうとヴェラは考えていたし、そうではないと考える根拠はなにもなかった。一方のヴェラは勤勉だった。

ヴェラは、署長が直々に捜査に関わるようになったこと、使われた毒の種類がサン・リーによって判明したことを書いた。さらに、フォン・ビーバーペルトの命を救ったパンダの素早い行動を称賛——いくらか大げさに——した。記事の最後は、楽観的な見通しで締めくくった——事件は近いうちに解決を見るだろう。シェイディ・ホロウの住民はなにも心配する必要はない。正義は行われる。

最終的にいくらか手を加えてから、締め切りのわずか数分前に編集室へと駆けこんだ。ウサギたちは明らかにほっとした様子で原稿を受け取った。ヴェラは必ず締め切りを守ると彼らは知っている。けれど、BWにせきたてられながら号外の活字を組んでいるウサギは、気が気ではなかっただろう。ヴェラの記事のために空けられている大きなスペースは、ひどくがらんとして見えた。

「ありがとう！」ウサギはキンキンした声で礼を言った。急いでいるときですら、彼らはとても礼儀正しい。「さあ、そこをどいてくれ！」

ヴェラはひょいと脇によけ、BWを探しに行った。彼はだめな軍隊の前に立つ小さな将軍のように、また自分の机の上でうろうろと歩きまわっていた。

「ヴィクセン！」ヴェラに気づくと、彼は大声をあげた。「入れ！」

「入ってますけど。原稿整理編集者に記事を渡してきたところです」

「よし！　いい見出しをつければ、完売するな」建物の外に書かれた文字を見ているかのように、彼は両手を広げた。「〝野放しの殺人犯！〟か〝殺人犯が逆上！〟はどうだろう？」

「〝殺人犯が逆上〟？」ヴェラは信じられないというように繰り返した。

「〝狂暴な連続殺人犯が逆上〟にするか？　長すぎるか？」

「ばかなことはやめてください、BW。新聞を売るために、住民を怖がらせる必要はありません」

「おれはただテーブルに食べ物を並べようとしているだけだ」BWは悲しそうな顔をしてみせた。「一家の稼ぎ手として」

ヴェラは首を振った。「わたしは今夜、もうひとつの手がかりを追ってみます。明日、面白いことが報告できるはずです」

BWはたちまち耳をそばだて、内容を聞きたがった。

「知りたいですか？　新聞を買ってください！」ヴェラは「ヴィクセーーーン！」と叫ぶ

声を背中で聞きながら、その場を逃げ出した。

してやったりといった気分だったが、ひんやりした夕方の空気に包まれると、その思いも消えていった。レノーアの言うとおりだ。今夜の約束は危険かもしれない。だがこれが、いまなにが起きているのかを探り出すうってつけのチャンスだということもわかっていた。メッセージを残したのは、家族の監視の目の届かないところでヴェラと会おうとするフォン・ビーバーペルトなのかもしれない。本当のことを打ち明けるためには、自分の家をこっそり抜け出さなくてはならないのだろうか？　ヴェラは、フォン・ビーバーペルト家での暮らしがそれほど恐ろしいものではないことを願った。

通りを歩いていると、意外な姿が目に入った。「レフティ！」ヴェラは呼びかけた。「あなたなの？」

アライグマは驚いたのか、あるいはやましいことがあるのか、名前を呼ばれて飛びあがった。彼は、なにをしていてもやましいことがあるように見える。そうでなければ、問題を起こすことは少なかったかもしれない。「やあ、ヴィクセン。あんたか」

「留置場にいてもいいいってオーヴィルは言っていたんじゃなかった？」声を張りあげなくても聞こえる距離にまで近づいたところで、ヴェラは訊いた。

「オーヴィルはな」レフティは悲しそうに答えた。「だがあのあと署長がまた来たんだ。

追い出されたよ。住民の払った税金にたかっていると言われた。仕出し料理とダウンのマットレスでも用意してあるつもりかね！」

「殺人の容疑者じゃなくなって、うれしくないの？」

「被害者になるよりは容疑者のほうがいいね。おれの言いたいこと、わかるだろう？」

「わからない。どういう意味？」

レフティはあたりを見回し、声を潜めた。「おれは時々、深みにはまることがあるのさ。おれは現金が必要になると、仕事をする。くわしい話は聞かない。あれこれ訊くために金をもらうわけじゃないからな。答えなくてもいい質問ってやつがあるんだよ」

ヴェラは叫びたくなった。ここにも答えを怖がる生き物がいる！「わたしは質問することは怖くないわよ、レフティ。あなたのいう仕事ってなに？殺人犯に狙われるかもしれないって思うなんて、あなたはなにをしたの？」

「それは言えない」彼は言った。「気を悪くしないでくれよ、ヴィクセン。だがあんたに理解できるとは思えない。おれが間違っていたら、全部丸く収まるさ。だがもしおれが考えているとおりなら……さっさとシェイディ・ホロウを逃げ出すだけだ。まあ、見ていてくれ」

ヴェラが引き留める間もなく、レフティはその場から逃げ出した。川の方角に向かって横道を駆けていく彼に、追いつけないことはわかっていた。

「留置場に入れたままにしておくべきだったかもしれないわね」レフティの妙な告白を頭のなかで反芻しながら、ヴェラはつぶやいた。

レフティとの妙な会話のあと、ヴェラはねぐらに戻った。ヴェラを待っている何者かを驚かせることがないように、ふたり別々にオークの木立に向かうとレノーアと決めてあった。

ヴェラが再びねぐらをあとにしたのは、すっかり日が落ちたあと、真夜中の一時間ほど前のことだった。オークの木立は村のすぐ近くというわけではなく、歩けばそれなりの時間がかかる。幸いなことにヴェラはとても夜目が利いたし、踏みならされている道も見つけることができた。けれど村を出たとたんに、道ははっきりしなくなり、片足分の幅にまで狭まった。森のあまりの静けさに、ヴェラは何度となくあたりを見回した。

背の高い木々の葉が夜空を遮っているせいで星はよく見えなかったし、月はすでに沈んでいた。枝の下は真っ暗だ。普段ならそこここにいるはずの夜行性の生き物たちは、今週はねぐらにとどまっている理由を見つけたらしい。殺人犯とばったり遭遇したがる生き物はいない。小道の脇で茂みがごそごそする音がしてヴェラは飛びあがったが、その原因となった生き物が姿を見せることはなかった。その生き物もヴェラと同じくらい、驚いていたのかもしれない。

ようやくのことで小川にかかる苔に覆われた丸太橋を渡り、森でもっとも古く、背が高いことで広く知られているオークの木立に行き着いた。木立の向こうは急斜面になっていて、いまはすっかり闇に包まれている丘の頂上へと続いている。夜の木立は邪悪に見えた。生き物らしいものは見当たらなかったから、ヴェラは手近にある丸太に座って待った。

森は静かだった。夜に活動する虫たちの羽音がかすかに聞こえていた。はるか彼方の丘の頂上でなにか物音がした気がしたが、目を凝らしてもなにも見えなかった。

ヴェラは再び腰を落ち着けて待った。フォン・ビーバーペルト——もし、彼なのだとしたら——はまだ現れない。あきらめてねぐらに帰ろうかと思い始めたそのとき、背後で確かになにか音がした。こすれるような、転がるような、地響きのような……そして頭上から金切り声がした。空からレノーアが叫んだ。「危ない！」

さっと振り返ると、大きな岩が斜面を転がり落ちてくるのが見えた。まっすぐこちらに向かってくる！　つかの間ヴェラは、純粋な恐怖に凍りついた。だが岩がぶつかる直前、ありったけの力で横へと跳んだ。激しい痛みを感じた。そしてすでに暗かった世界は真っ黒になった。

第十八章

「ヴェラ！」遠くから声がする。「ヴェラ！　聞こえる？」

ヴェラはゆっくりとまばたきをした。頭が痛む。目を開けると、丘の麓で仰向けに倒れていることがわかった。レノーアが心配そうな顔で、のぞきこんでいる。

「気分が悪い」ヴェラは言った。

「当たり前よ。気を失っていたんだから」

ヴェラは体を起こそうとしたが、無理だった。目が回る。

「動かないで」レノーアが命じた。「歩いちゃだめ。助けを呼んでこないと」彼女は暗い森のなかを見回した。「でもあなたをひとりにするわけにはいかない。こんなことをした生き物が、わたしがいなくなるのを待っているかもしれない……」

「自分の身は自分で――」ヴェラは言いかけた。

「ハン。自分の身は自分で守れる？　ろくに喋ることもできないのに」レノーアはためらいながらはばたいて、ふわりと浮きあがった。「ここは遠すぎる。わたしが村まで飛んで帰ったとしても、助けは空からは来られない。あなたは少なくとも一時間はひとりになってしまう」

「すぐに起きられるようになるから」

「わたしに言わせれば、ならないわね」

レノーアがそう反論したとき、頭上を通り過ぎるひとつの影があった。

レノーアはすぐに気づいて、カーと大きな声をあげた。「ハイデッガーよ。教授〜〜〜！」音もなく高速で飛んでいくフクロウを捕まえようと、レノーアは叫びながら一直線に舞いあがった。「教授！」

ハイデッガーは空中でくるりと向きを変えると、取り乱しているカラスのまわりを旋回した。「だれだね？」

「助けて——ヴェラ——大きな岩——怪我！」レノーアはこれだけ言うのがせいいっぱいだった。「警察！」

ハイデッガーは森の地面をちらりと見た。その大きな黄色い目は一瞬ですべてを見て取ったようだ。彼にとって闇は妨げとはならない。

「すぐにクマを連れてくる」彼はホーと声をあげると、再び向きを変えて上昇気流に乗り、シェイディ・ホロウの方角へと飛び去っていった。

レノーアは地面に舞い降りた。「フクロウが助けを呼んできてくれる。気をしっかり持って、ヴェラ」

ヴェラは最善を尽くしたが、意識を集中させておくのは難しかった。岩とぶつかりそうになったせいで、頭だけでなくあちこちの筋肉が痛み始めていた。どれくらいの時間がたったのかはわからなかったが、やがて近づいてくる大きな物音が聞こえてきた。

「オーヴィルよ」レノーアが静かに告げた。「ここまで走ってきたのね」

その言葉どおり、ヴェラとレノーアの前で足を止めた大きなクマはゼイゼイと息を切らしていた。

「なにがあった?」彼は仰向けに倒れているヴェラを険しい目で見つめながら、うなるような声で訊いた。

「彼女のせいじゃないの」レノーアは説明しようとした。

「そんなことは言っていない。なにがあったかと訊いているんだ」

「ブナの木の倒木に座っていたの」ヴェラの声は弱々しかった。「そうしたら突然レノーアが——頭上を飛んでいたのよ——危ないって叫んだ。あの岩が斜面を転がり落ちてきたの。彼女が気づかなかったら、わたしは押しつぶされていた」

オーヴィルのうしろに、フクロウが音もなく着地した。「あの岩は丘の頂上にあった……はるか昔から」

「今夜までは」オーヴィルは斜面を見あげた。「わたしは暗いところはよく見えない。教授、協力してもらえるだろうか？」

フクロウは片方の翼で敬礼をした。「警察の手助けができるのは光栄だ！」彼はぎこちない助走のあと再び舞いあがり、丘の頂上に向かって飛んでいった。森の闇にその姿が呑みこまれたが、やがて落ちてきた岩と同じ道筋をたどって戻ってきた。

「思ったとおりだった。てことして使われたことを示す跡が両端に残った長い枝があった。そのうえ、一定の方向に土が掘られていた。岩がそちらの方向に転がるようになっていたのだ……倒れたブナの木に向かって」

「疑問の余地はない」オーヴィルは苦々しい表情で言った。「あの岩は偶然落ちてきたのではない」

ヴェラはそのあと聞かされるであろう言葉を思って身構えたが、オーヴィルは彼女を見ただけだった。「きみをシェイディ・ホロウに連れて帰らなくてはいけない、ミス・ヴィクセン。その傷は医者に診てもらう必要がある」

「我が輩はミスター・サンを探してくる」だれに言われることもなく、ハイデッガーが告げた。「ミス・ヴィクセンの家で待つように言っておく」

オーヴィルはうなずいた。「それがいいだろう」

「わたしは先に行ってドアを開けておくわ」レノーアも返事を待つことなく飛びたった。

ヴェラとオーヴィルだけが残された。「どうしてここにいたのか、訊かないのね」ヴェラは切り出した。

「いまは訊かないが、いずれ訊く。そのつもりでいることだ」オーヴィルはそれ以上なにも言わず、身をかがめたかと思うと、ネズミほどの重さしかないかのようにひょいとヴェラを抱えあげた。

「村までわたしを抱えていくの?」ヴェラは信じられずに訊いた。気恥ずかしさもあった。

オーヴィルはうなずいた。「きみは自分では歩けないだろう」

彼とごく最近言い争ったことや、警察のクマたちは役立たずも同然だと思いこんでいたことを思い出して、ヴェラはかっと顔が熱くなるのを感じた。毛皮が元から赤くてよかった!「ありがとう」彼女は言った。

「気にしなくていい」オーヴィルは歩きだした。「ただし、記事にはしないように」

気分がよければ、笑っていただろう。オーヴィルが家まで抱えていってくれたなどと書くより先に、恥ずかしさで死んでしまうに違いない。

ヴェラのねぐらでは、サン・リーが待っていた。オーヴィルはそっとヴェラをおろし、パンダは彼女を診察して、折れている骨はないか、出血はないかを確認した。頭にできたこぶに包帯を巻き、できるだけ体を休めるようにと言った。縫合の必要はなく、じきに回復するだろうとのことだった。

ずっとやきもきしていたレノーアはそれを聞いて安堵のあまりくずおれそうになり、サン・リーに何度も礼を言った。

ヴェラを休ませるようにと言い残し、サン・リーは帰っていった。

だがオーヴィルは残っていた。訊きたいことがあるのは明らかだ。「さてと、聞かせてもらおうか。こんな夜中に、きみたちふたりはあそこでなにをしていた？」

ヴェラが小さくうなずくと、レノーアは手短に事情を説明した。

「だれかがわたしをあそこにおびき出そうとしたみたいね」ヴェラは締めくくった。フォン・ビーバーペルトその人なのではないかと、ひそかに考えていた。彼は自分で言っているほど、体調は悪くないのかもしれない。

「心当たりは？」オーヴィルが訊いた。

レノーアが翼を広げた。「いまあれこれ尋ねなくてもいいんじゃないの？　ヴェラはまだ混乱しているし、時間も遅い。明日また来ることにしたらどう？」

「そうしてほしい」ヴェラはうなずいた。「考えを整理する前に、体を休めたい」

「いいだろう」オーヴィルは帰る準備をしながら、じっとヴェラを見つめた。「ずいぶんと危険を冒したね、ヴィクセン」そう言い残し、彼は帰っていった。

「いまのは警告なのか、なんなのか、よくわからないわ」ヴェラは言った。「わたしには皮肉なお世辞に聞こえたけれど」

殺人犯の正体にいくらかでも近づけたのだろうかとヴェラは考えた。レノーアが警告してくれなかったら、事態は大きく違っていただろう。ヴェラは目を閉じた。

「朝になったら話し合い……」

言い終える前に、彼女は眠りに落ちていた。

第十九章

翌朝は、村じゅうが大騒ぎだった。ヘラルド紙の号外が飛ぶように売れていた。ヴェラが襲われたという話も広まり、夜明けごろにハイデッガーがふともらした言葉がさらに不安をあおった。カフェは最新ニュースを知りたがる生き物たちであふれ、ジョーは注文を取るのが追いつかないほどだった。

万一のことを考え、レノーアはひと晩じゅうヴェラに付き添った。ヴェラはそれなりによく眠ったが、当然とはいえ、目が覚めたときにはひどい頭痛がした。

「サン・リーが薬を置いていってくれた」レノーアは、ベッド脇のテーブルの上に置かれた小さな瓶を示して言った。「一錠、飲むといいわ。少し、頭がぼうっとするかもしれないけれど」

ヴェラは首を振った。「いまわたしが欲しい薬はジョーのコーヒーよ。彼の店に噂話を聞きに行きましょうよ」

「あなたが大丈夫なら」

「大丈夫。あなたのおかげよ」ヴェラの言葉に、レノーアは落ち着かない様子で化粧台の上のものを並べ直した。「わたしの命を救ってくれた」ヴェラはさらに言った。「怖くてたまらなかったわ。あなたがいなくなったら、どうしていいかわからない。あなたはわたしの一番の友だちだもの」

ヴェラは洟をすすったが、気を取り直して言った。「犯人を捕まえなきゃいけない」鏡を見つめながら宣言する。「わたしに包帯は似合わないし、もうひとごとじゃない」

ふたりは〈ジョーのマグ〉に向かった。店内の客たちは好奇のまなざしをヴェラに向けたが、だれもが森の礼儀を守り、騒ぎたてる者はいなかった。

ヴェラは店内をぐるりと見回した。驚いたことに、あるブースにエスメラルダ・フォン・ビーバーペルトがひとりで座っている。「あそこに座りましょうよ」

「え？　どうして？　空いているブースがいくつもあるのに」

「でも空いているブースじゃ、フォン・ビーバーペルトの回復具合についての情報は得られない」

「あなたって、仕事のことしか頭にないのね」レノーアはそう言ったものの、問題のブースに向かって歩いていくヴェラを止めることはなかった。

「ここ、いいかしら？」ヴェラは、まったく記者らしくない穏やかな口調で訊いた。顎を引いて、包帯を見せつけることは忘れなかった。

エスメラルダは驚いて目をぱちぱちさせた。「え……どうぞ」

ふたりが腰をおろすと、ウェイトレス――ルーシーという名の黒い毛のミンク――が近づいてきた。

「元気そうでよかったわ、ヴェラ」彼女が言った。「いつもの？」

「ええ、お願い」ヴェラは答えた。

「わたしはコーヒーだけでいいわ」レノーアが言い添えた。

ウェイトレスはうなずき、厨房に戻って叫んだ。「お日さまのパン、雪はなし……それから砂入りのブロンド」

「了解」ジョーが朗らかに応じた。

「あなたは目玉焼き乗せトーストね、塩は抜き」エスメラルダはヴェラに向かって言った。

「そしてレノーアはクリームと砂糖を入れたコーヒー。この店で使われている用語を学んだわ」

「最近はこの店によく来るの？」レノーアが訊いた。

「家にいるよりましだもの。パパが寝込んでいるし、人が多すぎるの」

「お気の毒に」ヴェラが言った。

「それに、わたしはここのブルーベリー・マフィンが好きなの」エスメラルダの視線の動きからすると、忙しい朝の時間に立ち働いているウェイトレスたちにも興味を抱いているようだ。「あのミンクは、まるでジョージじゃなくて自分がこの店のオーナーみたいな振舞いね」

「ルーシーのこと？」ヴェラは訊き返した。「そうね、そう見えるわね」

「どんな感じなのかしら。一日中、注文をするんじゃなくて、受ける側でいるのは？　一度も座らずに、立ちっぱなしでいるのは？」

「雇ってもらえば、わかるわよ」レノーアは言ったが、傲慢なエスメラルダが実際にそんなことをするとは夢にも思っていなかった。

「やってみてもいいわね」エスメラルダがつぶやいた。

彼女にはいい経験かもしれないとヴェラは考えた。〈ジョーのマグ〉では、ウェイトレスたちは客たちと冗談を交わしながら、みんな笑顔で働いている。それに給料も悪くない。当のエスメラルダは、増えていくチップの山を熱心に眺めていた（彼女はお金を数えるのが得意だった）。

窓の外に目を向けたヴェラは、通りを歩いているルビー・ユーイングに気づいて、レノーアをついた。「見て。どこから来たのかしら？　たったいま起きたばかりみたい」

エスメラルダはふたりの視線をたどった。その目が細くなる。「あのとんでもないヒッジ！　母さんは彼女が大嫌いなのよ」

理由は想像できた。ルビーの不品行はよく知られている。レジナルド・フォン・ビーバーペルトが軽率だと評されることはないが、ルビーとの関係が噂されたことは何度かあった。

伸び続ける歯と抑圧された怒りの持ち主であるイーディスは、ルビーに関連するいくつもの逸話を残している。彼女は今年、『シェイディ・ホロウの冬の祭り』の氷像コンテストで優勝していた。秋のあいだ、レジナルドが〝突然の仕事〟で外出することが多かったからだろうとヴェラは推測していた。

それはふたりの娘をモデルにした、驚くほど細かいところまで作りあげた見事な氷像だった。ヴェラはその氷像についての記事を書いていた。

優勝賞品は美しいマフラーだった。

ウールのマフラー。提供したのはルビー。

ヴェラはなにもコメントは書かず、その事実だけを記事にしたが、問題のマフラーはその後どうなったのだろうといつも気になっていた。

レジナルドに毒を盛る動機になるかもしれない。フォン・ビーバーペルトの屋敷での暮らしは、思っていたよりも危険なのかもしれない。

食べ物が運ばれてきたので、尋問されていると感じることなくこちらが知りたいことを答えてくれるように、ヴェラは慎重にエスメラルダを誘導した。

勘定書が運ばれてくると、エスメラルダはため息をついた。「もう家に帰らないと。わたしたちの居場所がわからないと、ママは機嫌が悪くなるの」

「お父さんは回復してきているようだけれど、まだあなたたちの手助けが必要なんじゃないかしら」

「もう寝ているのはうんざりだって今朝言っていたわ」エスメラルダが言った。「仕事に戻りたいんだと思う」

「仕事熱心なのね」レノーアがナプキンを丸めながら言った。彼女がなにを考えているのか、ヴェラにはわかっていた。レジナルドは妻から離れたくて仕方がないのだ。

ヴェラは家まで送っていくとエスメラルダに言った。「お父さんと話の続きがしたいし、あなたの家は警察署の近くだもの。このあと、行くことになっているのよ。ゆうべの件について、オーヴィルが訊きたいことがあるらしくて」

「彼が森からあなたを抱いて連れて帰ってきたって本当？」

「ええ、まあ」ヴェラは答えた。だれが喋ったんだろう？

エスメラルダはくすくす笑った。「ロマンチックね」

「全然ロマンチックなんかじゃなかったわ。ずっと、落とさないでって思っていた」実を言えば、オーヴィルに落とされるかもしれないとは、一度も思わなかった。そんな危険を感じさせないほど、彼はたくましい。だとしても。ロマンチック？　ありえない！

三人は店を出た。書店を開けなければならないレノーアと別れて、ヴェラとエスメラルダはフォレスト通りを進み、高級住宅街であるメイプル・ハイツを目指した。フォン・ビーバーペルトの屋敷はその大きさと優雅さで、他を圧倒していた。

歩きながらヴェラは、オットーとレジナルドの身に起きたことについてあれこれとエスメラルダに尋ねた。

エスメラルダは、ヴェラが考えもしていなかった仮説を披露した。「実際に起きたことなのかどうかも怪しいと思っているのよ。オットーの死は悲しいことだけれど、本当に殺されたのかしら？」

「あの瓶から毒が検出されたし、彼の背中にはナイフが刺さっていたのよ」

エスメラルダは首を振っただけだった。「全部、誤解なんじゃないかしら。オットーが殺されたのは事実だとしても、だからと言ってパパが毒を盛られたことにはならない。朝食かなにかに当たっただけだと思うの。それとも、注意を引きたかったとか。ここ最近、いつもよりお金について文句を言うことが多かったの。ママがすごく嫌がっていた。無作法だって言って」

屋敷に着くと、ふたりはイーディスとアナスタシアに簡単に挨拶をしてから、二階にあるレジナルドの寝室に向かった。「パパ、起きている？」エスメラルダは声をかけながら、ドアを開けた。「ミス・ヴィクセンが来ているの。訊きたいことが――」

空のベッドに気づいたエスメラルダはつかの間動きを止めたが、すぐに気を取り直した。

「パパ？　具合がよくなったの？　どこにいるの？」

答えはない。

「どうしたの？　レジナルドはどこ？」イーディスに続いて、アナスタシアが部屋に駆けこんできた。

「いないの。今朝までベッドにいたのに」

「なんてこと！　大変だわ！」イーディスが叫んだ。

エスメラルダはそれほど大変だとは思っていないようだ。「具合がよくなって、仕事に行く気になったんじゃないかしら。製材所でなにが起きているのか、一から十まで知っていないと気が済まない人だから」

「よくなるまで外に出てはいけないのに」イーディスが言った。

「ママ、パパの好きなようにさせてあげてよ」アナスタシアはヴェラを部屋の外に連れ出そうとしたが、イーディスが悲鳴をあげたので動きを止めた。

「あの人の時計！　仕事に行くときは、必ず懐中時計を持っていくのに」

アナスタシアは天を仰いだ。「届ければいい？」

「そうしてちょうだい。お父さんの様子を見てきてね。少しでも熱があったら、家に帰せるのよ」

「わかった」アナスタシアは懐中時計を持って家を出た。もうひとりの娘に話を聞くチャンスとばかり、ヴェラは彼女に同行した。ふたりは足早に製材所に向かい、十分ほどで到着した。朝のうちは曇っていたが、いまは太陽が明るく輝いていて先週起きた不快なことすべてを忘れてしまいそうなくらいだ。

本館の入り口にたどり着いてみると、ハワード・チターズが急ぎ足で出てくるところだった。ヴェラとアナスタシアに気づいて、ぱっと足を止めた。

「ミス・フォン・ビーバーペルト！」チューチューと叫んだ。「お父さんの指示を伝えに来てくれたんですか？」

「え？」アナスタシアはけげんそうに訊き返した。「パパがここにいると思ったの。時計を届けにきたのよ」時計を掲げてみせた。

「いえ、いえ。彼はここにはいませんよ。いまからお宅を訪ねようとしていたところだったんです」

「パパは家にもいないのよ」

ヴェラは手をあげてふたりを黙らせた。「いるのかもしれないわよ。ほら、お母さんはろくに探そうとしなかったし、あの家はとても大きいもの。まだ家のどこかか、庭にいるのかもしれない」

「そうかもしれない」アナスタシアはうなずいた。「確かめましょう」

ふたりはハワードとともに来た道を引き返した。アナスタシアはチターズの子供たちの様子を話題にするなどして、ぎこちなく会話を続けようとした。

ハワードは上の空で返事をしていた。ボスのことが気になっているようだ。「連絡がつかないなんて、彼らしくありません！」

屋敷に帰り着くと、全員でフォン・ビーバーペルトを探した。家のなかにも、温室にも、庭にもその姿はない。なにも荒らされてはいなかったが、イーディスは次第に冷静さを失っていった。それはまるでこの屋敷の主人がふらりと出ていったかのように見えた。

イーディスが不安のあまり居間の長椅子に倒れこむと、ヴェラは最悪の可能性を口にした。

「製材所に行こうとして、どこか途中で倒れたのかもしれない。もう大丈夫だって、自信過剰だったのかも。ほかの人たちにも手伝ってもらって、探しましょう」

ハワードは製材所に駆け戻り、フォン・ビーバーペルトを探すようにと従業員たちに告げた。従業員たちは仕事を早く切りあげられることは喜んだが、なにかがおかしいと感じていた。とんでもなくおかしい。社長の居場所を見つけるくらい、簡単なはずだ。フォン・ビーバーペルトがいなくなるなんてありえない。彼はシェイディ・ホロウそのものなのに。

作業は即座に中断され、オーヴィルも（知らせを聞いて）捜索に加わった。村をぐるりと回って調べるようにと、彼はツバメに命じた。ツバメは言われたとおり、上空をひとまわりしたあと、池の近くで高度をあげた。なにも不審なものは見当たらなかったが、西側の岸にある妙な物体が視界に入った。さっと舞い降りてみると、一本の枝に縞模様のシルクのパジャマ――考えにくいことだったが――が引っかかっているのが見えた。妙だ。

戻って報告しようとしたとき、ツバメの視線は池の水面に浮かぶものをとらえた。無意識のうちに叫び声をあげて、恐ろしい現場から即座に逃げ出した。かなうかぎりのスピードで、オーヴィルたちのところに舞い戻った。

「フォン・ビーバーペルト！　溺れて！　パジャマ！」彼はあえぎながらそれだけオーヴィルに報告すると、気を失った。

ツバメの言葉を耳にしたヴェラは顔を歪めた。「嘘でしょう」つぶやくように言った。

フォン・ビーバーペルト家の女性たちを先頭にした一行は、ツバメの指示に従ってレジナルドが発見された地点へと向かった。そこではオットーと同じように、彼が水面に浮いていた。

「なんてこった！」チターズは何度も繰り返した。「これからどうすればいい？」

ヴェラは脳が麻痺してしまったかのように、その恐ろしい光景をただ見つめるだけだった。シェイディ・ホロウにいったいなにが起きているの？

第二十章

「さがれ！」オーヴィルが叫んだ。「全員、さがるんだ！　遺体に触るな！」

　現場は大混乱だった。ミセス・フォン・ビーバーペルトとふたりの娘は、岸に引きあげられたずぶぬれのレジナルドの遺体にすがりついた。イーディスは体を前後に揺らしながら泣き叫んでいる。彼女を夫から引きはがすには、リス部隊全員の協力が必要だった。娘たちはすすり泣きながら、手をもみしだいている。

　レノーアとグラディスは、彼女たちを屋敷へと連れ戻す役目を担った。悲しみに取り乱しているビーバーたちの頭上を飛びながら、翼を使って彼女たちが立ち止まらないようにしていた。

　現場が落ち着いたところで、オーヴィルはレジナルドの死体をのせられる板を探し出した。ほかの何人かの生き物の手を借りて、死体を警察署へと運んだ。ヴェラは、シルクのパジャマが残されている奇妙な現場をじっくりと観察した。何枚か写真を撮ってから、死体を運んでいる一行のあとを急いで追った。

　警察署に到着してみると、そこでは当たり前のように自分の机の前に座っているミード署長をオーヴィルが呆然として見つめていた。

「ここでなにをしているんですか？」署長は本来、毎日ここにいるべきだという事実を忘れて、オーヴィルが訊いた。

「仕事に決まっている！　解決すべき殺人事件があるんだ」

「二件の殺人事件です」オーヴィルが言い直した。「たったいま、フォン・ビーバーペルトを池から引きあげたところです」

「フォン・ビーバーペルト！　なんということだ」

　オーヴィルたちは空いている留置場に死体を運び、寝台に寝かせた。もうひとつの留置場の前で、オーヴィルはぴたりと足を止めた。「レフティはどこです？」

「釈放した。彼を留置しておく証拠はないとおまえが言ったんだ」

「釈放した？」

「そうだ」署長はいらだった口調で答えた。「奴がまたなにか悪さをしたら、そのときに捕まえればいい」

「悪さ？　フォン・ビーバーペルトを殺したとか？」

「奴の仕業だと決まったわけじゃないだろうが」

オーヴィルは爆発寸前だった。「あなたがレフティを釈放した。そして翌日の午後、フォン・ビーバーペルトが死んだんですよ！」

署長は青ざめた。「それは……状況証拠にすぎず……」

手遅れだった。死体を運ぶ手助けをした生き物たちは、最新のニュースを一刻も早く広めるべく、一斉に警察署を飛び出していった。ヴェラはあわただしくメモを取った。忘れることのないように、ふたりの言葉をそのまま書き留めた。

「ミス・ヴィクセン」オーヴィルが彼女に視線を向けた。「帰ってもらえるだろうか。これは警察の仕事だ」

今回ばかりは、ヴェラは反論しなかった。異論は一切受けつけないと、オーヴィルの目が語っていた。

オーヴィルは遠ざかっていくキツネの姿を見つめていた。彼女がすでに頭のなかで、彼とミードの無能さを暴く記事を書きあげていることはわかっていた。彼はひどく打ちのめされていた。こうなる前に犯人を捕まえていれば、こんなことは起きなかった。もう一度、葬儀社に連絡をするという悲しい仕事をしなければならなくなった。今度は、ビーバーの遺体を運んでもらうために。彼の頭部に残された大きな傷を見れば、事故でないことは間違いないだろうが、まずは解剖をしなくてはならない。

ショックが徐々に薄れていくと、オーヴィルの警察官としての脳が働き始めた。レフティは自分の身が危険だと言って怯えていたが、あれは演技だったのだろうか？　彼はいまどこにいる？　もう一度捕まえることはできるだろうか？

オーヴィルはハトを飛ばして、レフティを探してほしいという指示を近隣の村に伝えた。彼がどこかに姿を見せれば、オーヴィルの仲間のだれかが連絡してくれるだろう。だがレフティはおそらく森のどこかに身を隠しているだろうから、あまり期待できないことはわかっていた。

点在する小さな村のすぐ外は、野生の森が広がっている。分別のある生き物は、身を守るものを持たずに森の奥まで入りこむことはない。洞窟には野蛮な獣が潜み、道はしばしば途中で消えて、生き物たちの方向感覚を狂わせるからだ。

レフティのような一部の住民は、その事実を利用することがあった。アライグマは隠れ場所を作るのがとても巧みだ。なかには、その屋根に座っても気づかないくらいうまく作られているものもある。森の奥まで捜査を広げる羽目にならないことをオーヴィルは願った。そこは、クマですら二の足を踏むくらい危険だ。

一方のヴェラも、オーヴィルと同じくらいショックを受けていた。レジナルド・フォン・ビーバーペルトが死んだ！　どうしてこんなことに？　シェイディ・ホロウの住民全員が呆然としていた。オットーの死は悲しかった。だがレジナルドはだれもが知っている立派な住民で、その彼が残酷に殺されたのだ。

ヴェラは動揺しながらも、現場の光景を頭のなかで再現しようとした。なにか手がかりがあるはずだ。

しばらくすると、彼女の家のドアをノックする小さな音がした。ヴェラは目を開けた。

「ちょっと待って」

ドアの鍵を開けるとそこにいたのはレノーアで、ヴェラは喜んで彼女を招き入れ、お茶を飲んでいってと誘った。

「あなたもついに鍵をつけたのね」レノーアが言った。

「まあ、いまの流行だもの」ヴェラはそんなものが流行でなければよかったのにと思いながら応じた。

やがてヴェラはお茶の用意をしていた手を止めて、レノーアをまっすぐに見つめた。

「このあいだ、彼が話してくれていたらと思うわ」ヴェラは残念でたまらなかった。「フォン・ビーバーペルトはなにか知っていたのよ。わたしになにか警告しようとしていたのに、家族が話させなかった。あのとき、わたしがもう少し強く出ていれば」

レノーアはなだめるように言った。「自分を責めることはないわよ、ヴェラ。あなたは警察が解決できない事件を解き明かすために、危険に身をさらした。この一連の出来事で責められるべきは、犯人だけよ。あなたはいずれ事件を解決するだろうけれど、気をつけなきゃだめ」

彼女の言うとおりだとわかっていた。わたしは刑事ではなく、記者なのだから。もうすでに求められている以上の働きをしている。シェイディ・ホロウで起きていることは、終わらせなくてはいけない。そうしたら以前のように、〈ジョーのマグ〉のコーヒーの新しいフレーバーやハイデッガー教授の最近の退屈な講義の記事を喜んで書くつもりだ。けれどいましばらくは、殺人事件が一面を飾るだろう。

第二十一章

レフティが姿を消したことがシェイディ・ホロウじゅうで噂になっていたが、それ以上に住民たちが気にかけていたのがフォン・ビーバーペルトが殺されたことと、それが村にどういう影響を与えるかということだった。

〝厳密に言えば、イーディス・フォン・ビーバーペルトが責任者ということになるが、彼女は製材所の運営のことなどなにも知らない。シェイディ・ホロウの未来は絶望的だ〟といった内容の話が、その後数日間あちらこちらで聞かれた。

だがそれが大声で語られることはなかった。フォン・ビーバーペルト家はいまも、この村でもっとも力のある家だったからだ。

だれもが葬儀に参列する予定でいた。オットー・ズンフの簡素な式よりはるかに盛大になることは、間違いなかった。イーディスと娘たちはあらゆる手立てを尽くしていたし、住民たちはこの大がかりな見世物を見逃すつもりはなかった。もちろん著名な住民の死はショックだったし、悲しくもあったが、だからといってショーとしての価値を無視することはできない。

レジナルド・フォン・ビーバーペルトは家族に見守られながら一族の墓に埋葬されたあと（ビーバーたちに特有の習慣だった）、シェイディ・ホロウ教会で葬儀が行われた。当然のことながら、村でただひとりの聖職者であるダスティ牧師が家族の礼拝を取り仕切ったので、フォン・ビーバーペルト家以外で実際の埋葬に立ち会ったのは彼だけだった。

一方で、ヴェラとレノーアが到着したときには、教会には村の住民すべてが集まっているようだった。ヴェラは頭の包帯が隠れる帽子を探すのに、午前の半分を費やした。結局見つからなかっただけでなく、葬儀にももう少しで遅れるところだった。ふたりはこの場にふさわしい黒の服に身を包んでいたものの、ヴェラの頭には大きな白い包帯が巻かれていた。

だれもが一番上等の服をまとっていたが、もっとも入念に装っていたのがフォン・ビーバーペルト未亡人と娘たちだった。イーディスは爪先まで届く長い黒のケープに、凝った羽根飾りのついた黒い帽子をかぶっている。厚いベールのせいで顔は見えなかった。娘たちも同じような装いで、三人はいずれも大きな黒いハンカチを手にしていた。ダスティ牧師が教会前方にある説教壇に立つと、一番前の信者席から聞こえていた泣き声はいくらか小さくなった。

ヴェラとレノーアがうしろのほうの信者席に座ったところで、牧師が咳払いをした。

「みなさん、わたしたちは再び悲しい場面に集うことになりました。今日は、あまりに早くこの世から連れ去られた立派な住民のひとりに別れを告げなくてはなりません。レジナルド・フォン・ビーバーペルトはシェイディ・ホロウにある製材所の経営者であり、もっとも寛大で尊敬されている隣人のひとりでした。彼は愛する妻のイーディスと美しいふたりの娘アナスタシアとエスメラルダを残して旅立ちました」

その言葉に家族席の泣き声はいっそう大きくなり、それ以外の場所からはわざとらしい咳払いの声があがった。ダスティはきっとにらみつけてそれを黙らせると、説教を続けた。

「レジナルド・フォン・ビーバーペルトは、最初からわたしたちがよく知っているような地域の中心人物だったわけではありません。かつての彼は、必ず成功すると心に決めて森の貧しい地域からやってきた、レジー・ペルトという名の若くたくましいビーバーでした。何年も懸命に働いた結果、彼は自分の帝国を作りあげ、レジナルド・フォン・ビーバーペルトとなったのです。ですが彼は夫でもあり、父親でもありました。家庭だけでなく、このコミュニティでも彼を失ったことは大きな痛手だと言えるでしょう。ここで、いま一度言わせてください……わたしたちは彼のために正義を見出さなくてはいけません。彼を殺した生き物には罰が与えられるべきなのです!」

ダスティ牧師はいささか熱がこもりすぎて、自分の言葉を強調するべく説教壇を叩き始めた。家族席でだれかがなにかをつぶやく声がして、牧師は我に返ったようだ。「参列してくださって感謝します。レセプションはフォン・ビーバーペルトの屋敷で行われます」

イーディスと娘たちは威厳たっぷりに教会をあとにした。参列者たち全員が、あわててそのあとを追った。だれひとりとして、フォン・ビーバーペルトの屋敷を見る機会を逃すつもりはなかったからだ。一家は客をもてなすということをしなかったし、自分より貧しい隣人たちに自宅を開放することもなかった。この村の住民たちにとって、彼らは王族にもっとも近い存在だった。これは、彼らの暮らしぶりを確かめる絶好のチャンスなのだ。

レセプションのための食事の準備をジョーとサン・リーが依頼されていた。客があまりに多すぎて、ひとりではとても賄えなかったからだ。ジョーの店の従業員が給仕係として駆り出され、小さな野菜ロールがのったトレイを手に部屋から部屋へと移動していた。

ほとんどの住民が、凝った装飾が施された部屋に立ち尽くし、ぽかんとして家具を眺めていた。シェイディ・ホロウの住民たちの暮らしは質素で、家具はシンプルなものだったし、所有物もわずかしかない。フォン・ビーバーペルト一家の暮らしは、それとはまったく違っていた。家具はおしゃれなアンティークで、すべての部屋には柄のあるシルクの美しい敷物が敷かれている。壁には、どっしりした金の額に入れられた油絵がかけられていた。ほとんどが、フォン・ビーバーペルト家の祖先の肖像画のようだ。

ヴェラはレノーアをつついた。「あの金持ちの親戚たちはだれなの？　フォン・ビーバーペルトは貧しい家の出だってダスティ牧師は言っていたわよね？」

レノーアは肩をすくめ、野菜ロールをまたひと口かじった。「レジナルドは自分で資産を築いたんじゃなくて、結婚して裕福になったのかもしれないわね」

「財産があったのはイーディスのほうだっていうこと？」

「きっとそうよ。だからレジナルドは、彼女と離婚したくなかったのよ」レノーアは言った。「そもそも、それが理由で彼女と結婚したのかも」

ヴェラはレノーアが言ったことを考えながらプラム酒を飲み、部屋のなかを見回した。ほとんどの生き物たちは仮設バーに集まって、あれこれと言葉を交わしている。ヴェラと目が合ったBW・ストーンはウィンクをして、酔っぱらった生き物に探りを入れれば面白い話がたっぷり聞けるはずだと暗にほのめかしたが、ヴェラは気づかないふりをして視線を逸らした。

ヴェラとレノーアは話し声とグラスが当たる音でいっぱいの部屋の隅に立ち、住民たちを観察していた。

突然、叫び声が響いた。「出ていって!」

全員が一斉に玄関に目を向けた。

ドアのすぐ内側に、イーディス・フォン・ビーバーペルトと同じくらい未亡人のように見えるルビー・ユーイングが立っている。客たちがざわつき、フォン・ビーバーペルト未亡人は新参者に歩み寄りながら再び金切り声をあげた。

「泥棒ヒツジがいったいなにをしに来たの?」ひとこと発するごとにイーディスの声は大きくなっていき、最後はほとんどありえないくらいの音量になった。帽子の羽飾りは感情の高まりに合わせて揺れている。娘たちは家族の結束を示すかのように、彼女の両脇に立っていた。

「これは、パパの家族と友人たちの集まりなの」エスメラルダが母親を落ち着かせているあいだに、アナスタシアがルビーに向かって言った。「あなたはそのどちらでもない。帰ってください」

ルビーはその場から動こうとしなかったので、暴力沙汰になるのではないかとヴェラは不安になった。これ以上口論が続くようなら仲裁に入ろうとしているのか、ジョーがドア近くに立っているのが見えた。部屋の反対側ではオーヴィルが客たちのあいだをゆっくりと移動している。喧嘩になったとしても、長くは続かないだろう。

だがルビーが行動を起こすことはなかった。

「わたしも彼を愛していたの」ルビーはヴェラがかろうじて聞き取れるほどの低い声でつぶやくと、くるりときびすを返して屋敷を出ていった。

ジョーは大きく安堵のため息をついた。部屋をぐるりと見回してから、急いで屋敷を出ていく。ルビーが大丈夫かどうかを確かめに行ったのだろう。彼女はジョーの店で働いていたことがあったし、ジョーはたいていの住民たちよりも彼女のことをよく知っていた。

ジョーが出ていくと、アルコールと噂話で燃料を補給した客たちのお喋りが再開した。感情を爆発させたイーディスはすっかり消耗してしまったので、彼女を休ませようと娘たちが二階の寝室に連れていった。しばらくして気を取り直したアナスタシアとエスメラルダが戻ってきた。給仕係たちは仕事を続け、客たちは無難な話題ができたことを喜んだ。

だがこの日のハイライトは、イーディスとルビーの対決だったと言っていいだろう。

飲み物を飲み終え、食べ物をナプキンに包んだ住民たちは、ひとり、またひとりと帰る準備を始めた。やがて広いリビングルームはほとんど空になり、残っているのはヴェラとレノーア、給仕係たち、そして残ったトレイを片付けているサン・リーだけになった。

ヴェラとレノーアは事件解決の糸口を見つけることはできなかったので、帰ることにした。だがその前にアナスタシアとエスメラルダにお悔やみの言葉を述べた。娘たちの態度はあまり丁重とは言えなかったが、それでも来てくれたことに対してふたりに礼を言った。ヴェラは尋ねたいことがまだいくつかあったのだが、今日はだれにとっても長く、感情を揺すぶられる一日だったから、いまは控えることにした。

家へと向かいながら、ヴェラはレノーアに言った。「あなたがワインのお代わりをしに行ってグラディスと話をしているあいだ、オーヴィルがわたしのところに来たのよ」

「あなたのアリバイを尋ねたの？」

「ううん。事件についてわかったことを話し合いたいから、明日来てほしいって」

レノーアは首を振った。「マスコミに協力を依頼するなんて、警察はこの事件を解決したくて必死なのね」

ヴェラは顔をしかめたが、レノーアはさらに言った。「わたしが言いたいこと、わかるでしょう？　これまでオーヴィルは、あなたを遠ざけようとしていたのに」

「それはわたしも思った」ヴェラはうなずいた。「でも、断るわけにはいかなかった。明日の朝早く、警察署で会うことになったの」

第二十二章

　翌日ヴェラは早くに起き出して、容疑者ひとりひとりについて書いたメモとアリバイにもう一度目を通した。ゆうべはあまりよく眠れなかった。岩がぶつかったことや、もう少しで死ぬところだったことを何度も夢に見た。警察署でオーヴィルと会う前に、ジョーの店に寄ってコーヒーを買おうと決めた。

　早い時間だったので、コーヒーをいれながら焼き立てのペストリーを並べているジョー以外、店にはだれもいなかった。

「昨日はなかなかのイベントだったね」ジョーが言った。「あれほどの屋敷だが、シェイディ・ホロウの住民全員が入れるかどうか、心配だった」

「ルビー以外の全員がね。あのあと、彼女と話をした？」

「したよ」ジョーはうなずいたが、それ以上なにも言おうとはしなかった。ふたりのあいだでどんな会話が交わされたとしても、それを話すつもりはないようだ。

ヴェラは言うべき言葉を見つけられずにいた。イーディスの反応は極端ではあったが、ルビーの素行はだれもが知るところだったし、非難されて当然だと思えたからだ。

「今朝はコーヒーをふたつもらえる？」ヴェラは安全な話題を選んだ。

「眠れなかったのか？」ジョーはふたつの大きなカップにコーヒーを注ぎながら訊いた。

「あんまり。でも、そういうことじゃないの」ヴェラは、警察署のコーヒーに不満を抱いているオーヴィルにこれから会いに行くのだと説明した。ジョーが相手であってもこれ以上噂話をする元気はなかったので、代金を払って店を出た。

警察署に着いたときには、オーヴィルはすでに机の前に座っていた。彼もヴェラと同じくらい、眠れなかったようだ。彼は大きなカップに入ったコーヒーをありがたく受け取ると、向かい側に置かれている客用の椅子を彼女に勧めた。

オーヴィルがオットー・ズンフとレジナルド・フォン・ビーバーペルトの解剖報告書を読み直しているのを見て、ヴェラは興味を引かれた。ドクター・ブロードヘッドによる毒についての複雑そうな説明もあった。

ヴェラは自分のノートを取り出した。可能性のあるすべての容疑者のリストと彼らのアリバイ――というよりは、アリバイがないこと――が記されている。シェイディ・ホロウの住民は、ある一定の時刻に自分たちがどこにいたのかを説明することに慣れていなかった。オットーが殺された時刻が、〝日没から日の出のあいだ〟としかわかっていないことも状況を難しくした。当然ながら、ほとんどの住民は家にいたと主張したが、それを立証できる者はいなかった。

オーヴィルはレフティの経歴を含め、それ以上のことを調べだしていた。

「まだ彼を連れ戻せてはいないのね？」ヴェラは訊いた。

オーヴィルは大きな頭を横に振った。「レフティについて言えることがひとつある。奴は隠れ方を知っている。いまこの瞬間、森のどこにいてもおかしくない」

「でも手がかりはあるはずよ」

「ひとつある。レフティには恋人がいる。奴が釈放された翌日、彼女の家に行ってみた。当然ながら、奴には会っていないと言っていたが、どこに隠れているのかを知っている可能性は高いとわたしは思っている。彼女の家を監視させているよ」

ヴェラは報告書を興味深く読んだ。レフティの恋人ロンダは、川下にある小さな村エルム・グローヴにあるこぢんまりとしたコテージで暮らしている。報告書によれば、彼女も恋人と同じくこそ泥だが、隣人のほとんどは彼女に好意的らしい。

「フォン・ビーバーペルトが死んだことを聞いて、彼女はショックを受けたように見えた」オーヴィルが言った。「なにも知らなかったんだと思うね。オットーを殺した容疑で逮捕されたことをレフティが彼女に話していたとしても、フォン・ビーバーペルトについてはなにも言っていなかったんだろう」

「レフティは、彼が死んだことを知らないまま、村を出た可能性もあるわ」ヴェラは言った。「彼が無実だとしたらだけれど」

「そうは思えない」オーヴィルはうなるような声で応じた。「でなければどうして、こんなにあわてて姿を隠す必要がある？」

「そうしないと、彼のせいにされてしまうからよ。実際にそうだったでしょう？」

「レフティの仕業じゃないときみは考えているのか？」

「フォン・ビーバーペルトが毒を盛られたとき、彼は留置場にいたのよ。どうやったら彼にそんなことができるの？　そもそも、どうしてレフティがオットーやフォン・ビーバーペルトを殺すの？　彼には動機がない」

「きみは弁護士になるべきだよ、ミス・ヴィクセン」

「わたしはただ、真実を見つけようとしているだけ」

「わたしもだ」オーヴィルは椅子の背にもたれ、ため息をついた。「だが、まったく筋が通らない。パズルのピースが足りないんだ」

オーヴィルとヴェラは互いが探り出したことを話し合った。ヴェラは鉛筆を噛みながら、あれこれと考えを巡らせた。答えは出てこなかった。

オーヴィルとの話し合いを終えたあと、ヴェラは墓地に戻った。これといった目的があったわけではないが、シェイディ・ホロウの〝永遠の住民〟たちが眠る丘の平穏さが恋しかった。気がつけば、レジナルドの墓の前に立っていた。

彼は本当は何者だったのだろう？　オットーの死のあと、ダスティ牧師はどんな隣人を失ったのかを住民たちに知らしめる、とても感動的な説教をした。だがフォン・ビーバーペルトへの追悼の言葉は、答え以上に疑問を残した。彼は牧師が言ったとおり、本当に貧しい生まれだったのだろうか？　彼の資産は懸命に働いた結果なのか、それとも結婚で手に入れたものだった？　どちらであるかは重要？　イーディスの悲しみは本物なのか、それとも見せかけか？　そして最後に、だれが、なぜ彼を殺したのだろう？

「こんにちは、ミス・ヴィクセン」彼女のすぐ脇で滑らかな声がした。

ヴェラはびくっとした。だれかが近づいてくる足音など聞こえなかったのに、気づけば喪服姿のままのルビー・ユーイングがすぐ隣に立っていた。

「こんにちは、ルビー」驚きが態度に出ていないことを願いながら、ヴェラは応じた。キツネであるヴェラの脇を、気づかれずに通り過ぎることのできる生き物はそういない。それが、決して繊細とは言えないルビーのような生き物であれば、なおさらだった。

ルビーは小さな帽子から垂れるベールごしにヴェラを見つめた。「葬儀から間もないのにお墓を訪れるくらい、あなたがレジーと親しかったなんて知らなかった」

「親しくはなかったわ」ヴェラは認めた。「わたしがここに来たのは……考え事がしたかっただけだと思う」

「わかるわ」ルビーはうなずいた。「だれかを失って初めて、人生がどれほど貴重なものかに気づくのよね。そうじゃない？」

「そうでしょうね」ルビーにはなにか墓地まで来る理由があったんだろうかとヴェラは考えた。彼女はヴェラを尾行していた？　だとしたら、いつから？

だがルビーは掘り返されたばかりの墓の土を見つめているだけだった。じきに花が植えられるのだろうが、いまは土がむき出しで、まるで傷痕のように醜かった。「わたしはだれもいないところで、彼にお別れを言うために来たの」

「まあ！　わたしも帰ったほうがいいわね？」そうしてほしいという答えを予期しながら、ヴェラは訊いた。

「その必要はないわ」ルビーはため息をついた。「いまはもう隠しておく意味がないでしょう？」

「隠す？」ルビーはなにか告白しようとしているの？

「わたしはレジーを愛していたの。そうよ！　彼もわたしを愛していた。彼はイーディスと別れるつもりだったのよ。どこかほかの場所で、ふたりで新しい人生を始めようって彼は約束してくれた。イーディスの詮索好きな目に見つからないようにしながら、彼、お金を貯めていたの。わたしたちが問題なく暮らしていけるように。レジーと一緒に暮らせるって考えただけで幸せだった！　それなのに、こんなことになった」ルビーは墓を示しながら、またため息をついた。「わたしの大好きなレジーが死んでしまった。もう二度と会えない。話すことも、一緒にいることもできない……」彼女は洟をすすった。

「お気の毒に……」愛人にお悔やみを言う場合の礼儀がよくわからず、ヴェラはそれだけ口にした。

ベールの奥で、ルビーの黒い目が険しさを増した。「彼女はわたしたちのことに気づいたのよ。間違いない。イーディスよ。彼が出ていくのが許せなくて、それを止めるためにできる唯一のことをしたのよ。彼女が彼を殺したんだわ！」

「イーディス・フォン・ビーバーペルトが夫を殺したって言っているの？」ヴェラは静かに訊いた。

「そうよ」ルビーはばかにしたように言った。「考えてみて。彼女は、村のファーストレディという地位を失いかけていたのよ。面目をつぶされて、そのうえ貧乏になる。彼女は、わたしと別れるようにレジーを説得できないことがわかっていたのよ。だから復讐した。彼のベッド脇にずっと付き添っていたのは彼女だわ。少しずつ毒を飲ませて、とどめを刺すために弱らせていたに違いないわ。彼女以外にそんなことができた人がいる？　彼女は家もオフィスも、自由に使うことができたんだから。彼女はレジーを憎むようになった。彼がわたしのほうを愛していたから！」

「でも、オットーはどうなの？」ルビーの話は一理あると認めたくはなかったが、ヴェラは尋ねた。

「かわいそうなオットー」ルビーは言った。「彼女は実験したんだと思う。毒の効き方を確かめるために。オットーはレジーみたいな地位のある生き物じゃなかった。彼が死んだからといって、だれが騒ぐっていうの？」

「でもオットーは刺されてもいたのよ」ヴェラは指摘した。どうして忘れられるだろう？池の岸に引きあげられたヒキガエル、その背に突き刺さっていたナイフ……あれがすべての始まりだった。

「嫉妬に狂ったビーバーがなにをするかなんて、だれにわかるっていうの？　彼女がなにを考えていたのか、警察が尋問すればいいんだわ。彼女を逮捕するだけの気概があればね。

警察はいつだって、無力な者を捕まえたがるんだから。上流階級のだれかが悪いことをしたときには──それは話が別なのよ」

「シェイディ・ホロウの警察は、みんなを平等に扱っているわよ」ヴェラはこわばった口調で言った。確かに、するべき仕事もせず、毎日釣りに行っているのは、住民を平等に扱っていると言えるだろう。ミード署長はおそらくイーディスを逮捕しようとはしない。オーヴィルはどうだろう？

ルビーは笑った。「あなたはなにもわかっていないのね。わかりっこないわ。だれもがあなたに敬意を払っている。大きな町から来た仕事熱心な記者。あなたがみんなの噂話の的になったことはない。だれもが歓迎されている家であなただけ追い払われたことはない」

「ゆうべのフォン・ビーバーペルトの家みたいに？」

「あれもまた、彼女がわたしを憎んでいて、わたしを傷つけるためにはなんだってするっていうことの証明でしかない。自分の夫を殺したあとであってもね」

「とても興味深い話だけれど、あなたが無実だっていう証拠もないのよ。あなたにはアリバイがない。どちらの事件も」

「かわいそうなオットーが死んだとき、わたしはレジーと一緒だったの」ルビーが白状した。「レジーの名誉を傷つけたくなかったから、警察には言わなかった。でもいまはそれもどうでもいいことでしょう？」

ヴェラの記者魂に火がついた。「あの夜、あなたはフォン・ビーバーペルトと一緒にいたのね？」ノートとペンを取り出した。「どこにいたの？」

「彼とはいつも森で会っていたの。村にはわたしたちが一緒にいられる場所はないんだもの」

「なるほどね」ヴェラはメモを取りながら応じた。「レジナルドが死んだ日はどこに？」

「知っていると思うけれど、わたしは介護施設で働いているの」ルビーは一度言葉を切った。「レジーが死んだ時間、わたしは仕事中だった。施設で訊いてみるといいわ」

「これからどうするつもり？」

「わからない。もうここでは暮らせないと思う。毎日レジーのことを思い出してしまうもの。春になったら、西のほうに行くかもしれない。どこか別の場所でやり直すのに遅すぎることはないわ」

ルビーが再び墓に視線を向けるのを見て、帰る潮時だとヴェラは判断した。悲しみに暮れるルビーを残し、ヴェラは丘をおりた。新たな疑惑と山ほどのやるべきことがある。

第二十三章

ヴェラは墓地を出ると、かなうかぎりの速さで再び警察署に向かった。

「オーヴィル！」ドアを開けると同時に叫んだ。「情報があるの！」

オーヴィルは机の上に広げられた大きな地図から顔をあげた。「わたしもだ。フォン・ビーバーペルトの家で足跡を見つけた――アライグマのものだった！　もちろんレフティはレセプションには来ていない。奴を見つけて、いつあそこに足跡を残したのか、はっきりした答えを聞き出す必要がある。奴が正式に招待されるはずがないから――」

「オーヴィル」ヴェラは彼を遮って言った。「たったいま、ルビー・ユーイングと話をしてきたんだけれど、イーディス・フォン・ビーバーペルトが両方の事件の犯人だって言っていたわ」

オーヴィルは――控えめに言っても――仰天したようだ。「本当に？」

「わたしは確かに頭を打ったけれど、自分が聞いたことはちゃんと覚えているわよ。ルビーがそう言ったの。それに両方の事件のアリバイも教えてくれた。オットーが死んだ夜は、レジナルドと会っていたんですって。あなたが訊いたときにそれを言わなかったのは、彼を守りたかったからだそうよ」

「ふたつ目の事件のときは?」

「介護施設にいたって言っていた。彼女の話が本当かどうか、これから調べてみる。でも、レジナルドがルビーと駆け落ちするのを阻止するために、イーディスが夫を殺したんだって彼女は言っている」

オーヴィルは困惑した様子で、両方の大きな手を広げた。「イーディス・フォン・ビーバーペルトを殺人容疑で逮捕するわけにはいかない。彼女はこのあたりでもっとも裕福な生き物なんだぞ」

「オーヴィル!」ヴェラは思わず叫びそうになった。「どれほど金持ちだろうが貧乏だろうが関係なく、殺人犯は逮捕しなきゃだめよ。それがあなたの仕事でしょう?」

「それは、署長がすべき仕事だろう。そのために彼がいるんだ。ぴかぴかのバッジを持っているんだからな」実のところオーヴィルは、不当な扱いを受けたビーバーの妻に有罪判決をくだす陪審員を想像できずにいた――とりわけ、裕福なビーバーの妻には。これほど衝撃的な逮捕となれば、その影響でミード署長が辞任し、自分が彼の後釜になるかもしれないとオーヴィルは考えた。悪くない。そのころには、捜査するべき殺人事件などなくなっているだろう。シェイディ・ホロウはこれまでずっとそうだったように、平和で親しみやすい村に戻っているはずだ。

ヴェラの声でオーヴィルは我に返った。「まずは証拠が必要よ。まだだれのことも逮捕するわけにはいかない」

「わたしはレフティを追うつもりだ」オーヴィルはきっぱりと告げた。「ルビーがなにを言おうと、説明を必要とする足跡があるんだ。レフティが今度はどんな言い訳をするのか、興味があるよ」

オーヴィルは机の引き出しから手錠を取り出すと、ヴェラと並んで署を出た。新聞社までやってきたところで、ヴェラはオーヴィルに別れの挨拶をしてなかに入った。

そろそろ古きよきジャーナリストに戻らないとね、とヴェラは思った。最後にオフィスで仕事をしてから、もう数日がたつ。情報はたくさん集まったし、ルビーから聞いた話もある。明日の記事にはなにを書こう？

ルビーがイーディスを犯人だと名指ししていることをほのめかすには早すぎる……だがルビーは、新聞にその記事が載ることをひそかに期待しているような気がしていた。ヴェラは、独立したふたつの情報源から証言を得てからでないと記事にはしないことにしている。彼女は若いにもかかわらず、保守的な記者だった。それでも、事件について書くことはたくさんある。

　タイプライターに新しい紙をセットすると、ヴェラは執筆に取りかかった。書いているうちに、ルビーがふと口にしたことが気になり始めた。フォン・ビーバーペルトは駆け落ちのための資金を貯めていると、彼女は言っていた。葬儀のときのダスティ牧師の言葉――フォン・ビーバーペルトには自分の金はない――が正しかったとしたら、彼はどこからその金を手に入れていたの？

「チターズ」ヴェラはつぶやいた。製材所で会ったとき、彼はひどく動揺していた。なんて言っていた？　出費が多すぎる……

　ヴェラは次のキーを叩くことなく、オフィスを出て走りだした。

　経営者が亡くなったので、製材所は稼働を停止していた。葬儀のあと、従業員全員が数日の休暇を与えられている。そこでヴェラはチターズの自宅を訪れた。

「おや、こんにちは、ミス・ヴィクセン」ドアを開けたハワードが甲高い声で言った。「なんのご用でしょう？」彼の前足にふたりの子供がぶらさがっていた。

「お話ししたいことがあるんです」子供たちを横目で見ながらヴェラは言った。「ふたりで」

「母さんのところに行っていなさい」ハワードが言うと、子供たちはあっという間に姿を消した。

「あらあら」

「今日は妻の具合が悪くて、寝室で休んでいるんですよ。っていうか、休んでいたんです」ハワードは言い直した。「それで、いったいどうしたんです?」

「製材所の会計にはどんな問題があるんです?」ヴェラはずばりと尋ねた。

ハワードはますます不安そうな顔になった。「えー……なにも……それは……」

「フォン・ビーバーペルトがオフィスで毒を盛られた日、あなたはそれらしいことを言っていましたよね」ヴェラはにっこりと微笑みかけた。「殺人犯を捕まえるのに、役に立つかもしれませんよ」

「そうですね、あなたの言うとおりかも」ハワードは帳簿を持ってくると——製材所から持って帰ってきていた——テーブルの上に置いた。濃い紅茶をふたり分いれてから、腰をおろした。ヴェラは、なにが起きているのかを探り出す気満々でノートを取り出した。

「この数か月ほど、帳簿の数字が合わないことがあって気になっていたんです」ハワードが言った。「最初はわずかでした。妙な支払いがいくつかあったり、小切手が一、二枚なくなったり」

ヴェラはうなずいた。製材所のような忙しい場所ではありうることだし、完璧な帳簿など存在しないことくらいハワードはよくわかっているはずだ。「どうして問題だと思うようになったんですか？」

「単なるミスではないことがわかってきたんです」彼は赤字で書かれた数字の列を指さした。「かなりの金額が使途不明になっています」

「レジナルドはなんて？」

「ミスター・フォン・ビーバーペルトに何度か話をしようとしたんですが、そのたびにはぐらかされました。〝わずかな金のことなど気にしなくていい、チターズ。従業員と業者にはちゃんと払っているじゃないか。大事なのはそのことだ！〟ってね。ですが、不明金は増える一方でした」

ハワードは帳簿にかがみこむようにして記入された項目を次々と示し、時折、別の紙になにか数字や名前を書き出した。

ふたりとも作業に没頭していたので、その声が陶器を震わせるほど大きくなるまで、ハワードの妻が寝室から叫んでいることに気づかなかった。

「おっと、失礼！」ハワードはそう言うと、寝室に駆けこんでいった。「どうしたんだい？」

ふたりの会話がヴェラのところまで聞こえてきた。

「春野菜のスープを温めてもらえる？　お腹がぺこぺこなの。いったいなにをしていたの？　十回は呼んだのに」

「ちょっとした仕事だよ」

戻ってきたハワードは、スープを温めるためにキッチンへと向かった。

そのあいだにヴェラは帳簿に目を通した。入念に調べるうち、あることに目が留まった。毎月決まったように、B・Sというイニシャルの生き物だか会社だかに五百ドルが支払われている。B・Sがだれなのか、なんなのかを示す書き込みはなかった。

ハワードが戻ってきた。「ああ、あなたも気づいたんですね。名前を全部確認しましたよ。製材所と取引のある者全部。そのイニシャルの者はいませんでした」

最後の支払いはフォン・ビーバーペルトが殺される一週間前で、それ以降はなにもないことがわかった。だが勤勉な経理係の目をごまかすため、レジナルドはあれこれ工夫していたようだ。彼が生きていたなら、ハワードがこの支払いに気づくことはなかっただろう。彼は元々疑い深いほうではないし、普段は忙しすぎて製材所の会計をここまでじっくり調べることはなかったからだ。

「この帳簿はオーヴィルに提出する必要があるわ」ヴェラは言った。

「そうなんですか？　フォン・ビーバーペルトの名誉を傷つけたくはありません」

「でもこれが、彼を殺した犯人を見つける手がかりになるかもしれないのよ？」

フォン・ビーバーペルトがここにいて、どうすべきかを命じてくれればいいのにと思いながら、ハワードはしばらくためらっていた。仕事に関することで、フォン・ビーバーペルトが妻や娘に助言を求めたことは一度もないと、ハワードにはわかっていた。だが彼も今日からは自分自身で決断を下さねばならず、そのたびに亡くなった上司を称賛するのだろうと思った。

「いいでしょう。でも、一緒に行く必要があります。帳簿の管理はわたしの責任ですから」

ちょうどそのとき、また寝室から大きな声が聞こえた。「いま行くよ」ハワードが答えた。

彼はヴェラに視線を戻した。「明日の朝でどうですか？」

子供たちが廊下の角からこちらをのぞいているのがわかったので、ヴェラはうなずいた。

「それじゃあ、明日！」

ヴェラは新聞社に戻った。気分は浮き立っていたが、なにかが引っかかっていた。

フォン・ビーバーペルトの浮気には触れず、レフティの失踪に焦点を当てた次の記事を書きあげたときには、ヴェラは限界に達していた。チターズから新たな情報を得たものの、これまでつかんだ事柄にはどこかとてもおかしなところがある。なにかが欠けているのに、それがなんなのかがわからない。半分しかないピースでパズルを完成させようとすることほど、いらだたしいものはない。理屈から言えば、アリバイが成立した生き物の名前は容疑者リストからはずしてもいいはずだ。だが今回は、同じ名前が何度も浮上してくるのだ。レノーアと話をする必要があった。

昼休みの書店はにぎわっていて、すべての階に本を探す客の姿があった。レノーアが客の会計を終えるまで、ヴェラは辛抱強く待たなければならなかったが、いまは辛抱する気分ではなかった。目につきやすいように並べられている本のうちの一冊、北部のスリラーを翻訳した『スズメバチの巣を蹴ったリス』を読もうとした。オットー・ズンフは原語で読むことができたから、長年このシリーズのファンだった。だがヴェラはじっと座っていることができず、結局その本は、座って待つことにした椅子の脇のテーブルに置いたままになった。

ようやくのことで客が一段落して、レノーアがヴェラのところまで飛んできた。小売の仕事をしている生き物に、羽があるのは便利だ。

「心配事があるみたいね」レノーアが言った。

ヴェラはこの事件の問題点を説明した。「直感でしか容疑者を除外できないのは、どうしてなの？　はっきりした証拠が必要なのに、なにもないんだもの。たとえばアリバイ。この一週間というもの、どこにいたのかをただひたすら訊き続けたのに、ほとんど成果が出ていないのよ」

「それはわたしも考えたわ」店内にはまだ立ち読みをしている客が何人かいたから、レノーアは小さな声で言った。「問題は、殺人の方法なのよ。被害者はどちらも毒を盛られている。それってつまり、アリバイはなにも証明していないに等しいっていうことよ。プラム酒とコーヒーは事前に用意することができた。フォン・ビーバーペルトの場合、犯人はかなり前から彼のコーヒーに毒を入れる計画を立てていたことは間違いない。彼がいつ飲むかなんてどうでもよかったのよ。数日のうちに死にさえすれば。彼が毒で死ななかったとき、犯人がすぐにはなにもしなかったのはそれが理由。次の機会を待っていたのよ。フォン・ビーバーペルトがひとりきりになって、助けを呼べないときが来るまで」

「彼が姿を消した正確な時間がわかればいいんだけれど。確かなのは、あの日の朝、ベッドにいる彼を――生きている彼を――見たとイーディスと娘たちが言っていて、正午には彼は池で死んでいたということ。空白の時間はかなりある」

「彼は製材所に行く途中で殺されたのかもしれないし、帰りに殺されたのかもしれない。

彼がいなくなっていることに家族が気づいてから死体が発見されるまで、数時間あったのよ」

ヴェラはいらだたしげに両手をあげた。「どうすればそれを縮められる？」

「アリバイを探ってもどうしようもないわ」レノーアが言った。「動機に集中するのよ」

「オットーに対しては、みんな動機があるわよ」

「それは安易すぎる。だれかがなにかのせいでオットーを、それからフォン・ビーバーペルトを殺したのよ。理由がわからなければ、犯人は捕まえられない」

『ネズミと人間』について尋ねてきたネズミがいたので、レノーアはそこで話を終わらせなくてはならなかった。

「ええ、そう。その本はファンタジーのコーナーよ」レノーアはそう言いながら、客のほうへと飛んでいった。

ヴェラはしばらくそこに座ったまま、考えていた。動機！　やがて立ちあがると、急ぎ足で書店を出た。彼女の仕事と生まれながらの鋭い感覚を考えれば妙なことだが、自宅へと向かう彼女を何者かが見張っていることには気づかなかった。

第二十四章

翌日、ヴェラは警察署でハワード・チターズと会った。小柄なネズミは大きな帳簿を抱えていた。

「オーヴィル」ハワードが甲高い声で言った。「見てもらいたい証拠があるんです」どれほど入念に調べたかをくどくどと語りながら、彼はオーヴィルに帳簿を見せた。ずらりと並んだ数字の列は、オーヴィルにとってなんの意味もなかった。

「あんたがなにを見つけたのかだけ、話してくれればいい、チターズ」オーヴィルはいらだたしげに言った。

ヴェラは励ますようにハワードを軽く突いた。

ハワードはいくらか不安そうだったが、大きく深呼吸をすると話し始めた。「ミスター・フォン・ビーバーペルトは製材所の口座から毎月何者かに支払いをしていて、それを隠そうとしていたんです」

「だれに？」オーヴィルが訊いた。

「ここに書いてあります」

オーヴィルはハワードが示しているページを見つめた。「それで、このB・Sっていうのは何者だ？」

チターズは音を立てて息を吐いた。「わかりません。でもこれは手がかりですよね。あとは警察が調べてくれると思ったんです」

オーヴィルは困惑した様子でハワードを見おろした。「わかった。報告書に書いておこう」自信なさげに言い、ハワードの帳簿の書き込みを書き写していく。なにがどうおかしいのかをはっきりさせるために、何度も質問をしなくてはならなかったので、思いのほか時間がかかった。

ヴェラにはオーヴィルが考えていることがよくわかった。この小さなネズミは、なんだってこんな数字の羅列を理解できるんだ？

オーヴィルは報告書を書き終えると、ほっとため息をついた。「よし、これでいい。ついでだから訊いておくが、チターズ、ここ最近、製材所に何者かが侵入したことはないか？もしくは、不審な生き物がうろついていたことは？」

「どんな生き物が不審なんです？」ハワードは戸惑ったように尋ねた。

「こそこそする、人目を避ける、下見をする、アライグマのような姿をしている……といったところだ」オーヴィルは、『警察活動大全』に書かれていることをそのまま口にしたにすぎなかった。

「いいえ、最近製材所でレフティを見かけたことはありません」ハワードは自己主張の強い生き物ではないが、ばかではなかった。「それに侵入や盗難の報告も受けていません」

「そうか」オーヴィルががっかりしたのは明らかだった。

「レフティが犯人だっていう証拠をつかむのはあきらめることね」ヴェラは言った。「わたしはいまも、彼が殺人に関わっているとは思っていないから」

「きみにはきみの仮説がある。わたしにはわたしの仮説がある」

警察署のドアをノックする音がして、ウッドチャックが入ってきた。まだ閉鎖状態にある製材所で働く大工のひとりだ。

「邪魔をしてすみません、副署長。ミスター・チターズ、あんたの家に行ったら、ここにいるって奥さんに言われてね。ミセス・フォン・ビーバーペルトがあんたに会いたがっているんだ」

「本当に？」ハワードは驚いたようだ。「わたしに？」

「製材所の業務のことで、手助けがいるみたいだ」

「そうか。すみません、失礼します」ハワードは帳簿をまとめた。

彼が不安に思うのも理解できた。イーディス・フォン・ビーバーペルトはいま、事実上彼の上司で、彼女は決して忍耐強いとは言えない。

「わたしも一緒に行っていいかしら？」ヴェラは訊いた。「イーディスにいくつか訊きたいことがあるの」

「チターズ、少し外で待っていてくれないか」オーヴィルが言った。「ミス・ヴィクセンに話がある」

ハワードはウッドチャックのあとについて警察署を出ていった。

ヴェラはオーヴィルに向き直った。「ミセス・フォン・ビーバーペルトと話をするななんて言わないでよね。わたしは記者なの。わたしには取材をする権利が――」

「黙って」オーヴィルは手をあげた。「気をつけてと言おうと思っただけだ」

「そうなの？」

「あのヒツジの言っていることが正しくて、本当にイーディスが犯人だったなら――そうだと思っているわけじゃないが――きみが妙なことを尋ねた場合、暴力に訴えてくるかもしれない。きみは聡明だよ、ミス・ヴィクセン。だが少々強引だ。殺人犯相手に強引に出すぎれば、抵抗されるかもしれない。それだけじゃすまないかもしれない」

ヴェラは驚いて彼の顔を見つめた。彼はわたしを心配しているの？　本当にそれほど危険だと考えているの？　ヴェラは丘を転げ落ちてきた岩のことを思い出し、オーヴィルの言うとおりだと気づいた。

「気をつける」ヴェラは約束した。「フォン・ビーバーペルトの屋敷で遭遇する一番の危険は、つやつやのオーク材の床に泥の足跡をつけてぎゃーぎゃー言われることね」

「幸運を祈るよ。きっと必要だろうからね」

警察署の外に出てみると、ハワードがひとりで待っていた。「このまま屋敷に行きます。イーディスはまだ製材所には行っていないみたいですから」

というわけでふたりは製材所ではなく、フォン・ビーバーペルトの屋敷に向かった。

ふたりが到着したとき、イーディスは書斎を行ったり来たりしていた。

「ああ、来てくれたのね！」両手に帳簿を抱えたハワードが入っていくと、イーディスは言った。「訊きたいことがたくさんあるのよ」彼女はそこでヴェラに気づき、あまりうれしくなさそうな顔になった。「どういったご用かしら、ミス・ヴィクセン？」

「ご主人の輝かしい人生についての記事を書くにあたって、いくつかお訊きしたいことがあるんです。でも、どうぞチターズと先にお話しなさってください。わたしはここでおとなしく待っていますから」

ヴェラは目につきにくいけれど、ふたりの話し声が残らず聞こえる場所へと移動した。

イーディスはすぐに彼女の存在を忘れたようだった。「ミスター・チターズ。わたしは心配なの」

「なにがですか？」ハワードは近くのテーブルに帳簿を置くと、背の高いスツールに腰かけた。スツールのおかげで、目の高さがイーディスと同じになった。

「できるだけ早く製材所を再開しなくてはいけないわ。夫はそれを望んでいるでしょうからね」イーディスはティッシュペーパーを目に当てた。もちろんまだ喪服姿だ。

「もちろんです。再開しましょう」チターズが仕事に戻りたがっているのは明らかだった。

彼は家族を愛してはいるが、自宅での生活は平穏とは言えない。

「でも、どうやればいいのかわからないのよ！」イーディスが打ち明けた。「レジーは仕事の話をしてくれたことがないの。間違ったことをしてしまったら、どうする？　製材所がつぶれたら、わたしたちは破産よ。わたしは破産してしまう」イーディスはわっと泣き出し、ティッシュペーパーを鼻に押し当てた。

イーディスが感情を爆発させるのを見て、ハワードは怯えているようだった。

「とにかく……開けるんです。明日から仕事を再開すると従業員に伝えて、業者には発送を再開するように連絡してください。荷船にわたしたちの製品をのせられるかどうかを確認する必要があります。どれくらい休業するのかわからず、別の積み荷を受けてしまっているかもしれない。休業していた分の埋め合わせをしたければ、時間外に働いてくれる従業員にボーナスを出してもいいですね……」次々と出される指示にイーディスの目がまん丸になったのを見て、ハワードは口をつぐんだ。

「それだけのことをどうやってやればいいの？」

ハワードの小さなピンク色の鼻が、不安そうにぴくりと動いた。「ええと……その……そういうことです。わたしがやりましょうか？」

「ええ」イーディスはうなずいた。「お願い。わたしにはとてもできそうもないわ」

ハワードは小さくお辞儀をした。「ご心配なく。わたしが仕事を再開させますから、奥様は引き継ぐ準備ができたときに製材所に来てください」

彼は帳簿を手に取ると、することができてほっとしながら急ぎ足で屋敷を出ていった。

イーディスはじっと座って待っていたヴェラに視線を向けた。「さてと、ミス・ヴィクセン？　夫の〝輝かしき人生〟についてなにが訊きたいのかしら？」

ヴェラはノートの新しいページを開いた。「いくつかはっきりさせておきたいことがあるんです。ミスター・フォン・ビーバーペルトの素性がよくわからなくて。おふたりはどこで知り合ったんですか？」

ヴェラは何気ない調子で訊いたが、イーディスが警戒を解くことはなかった。

「覚えていないわ」

「交際期間についてはどうですか？　あなた方がどうやって恋に落ちたのかを、読者に知ってもらうんです」

「覚えていないわ」イーディスは繰り返した。

「それなら、結婚式はどうでしょう？」ヴェラはさらに探りを入れた。「自分の結婚式を忘れる女性はいませんよね。ご家族は出席されました？」

「出席したに決まっているじゃないの。費用だって出してくれたのよ」

「とても寛大な方たちだったんですね。あのドレスだけでも相当な値段だったでしょうに。あなたのウェディングドレス姿の写真を見ました。暖炉のそばに飾ってありますよね」

「あのドレスはとても気に入っていたのよ」思い出がよみがえってきたのか、イーディスの声がつかの間柔らかくなった。「母のものだったの。わたしに着てほしがったのよ。裾には小さな淡水真珠がたくさんついていた。すごくきれいで……」

「あなたが着ているのを見て、お母さまはさぞ喜ばれたでしょうね。結婚式のことを聞かせてください。さぞ素晴らしい催《アフェア》しだったんでしょうね」

「アフェア（情事の意味もある）」イーディスが繰り返した。表情がこわばる。「お断りするわ、ミス・ヴィクセン。家族のアフェアについて、マスコミにお話ししたいとは思わないの」

ヴェラは言葉の選択を間違った自分を蹴飛ばしたくなった。「あら」ヴェラはごまかそうとした。「なにも秘密を打ち明けてほしいとお願いしているわけじゃありません」

「そのほうがいいわね。わたしは他人に干渉されるのは好きじゃないの」イーディスは目を細くして、ヴェラに顔を近づけた。「わたしに逆らった者はじきに後悔することになるのよ。わかったかしら？」

「はい、奥様」ヴェラは引き時を知っていた。「帰ります」

「そうしてちょうだい」

ヴェラはかなうかぎりの速さで屋敷を出た。イーディス・フォン・ビーバーペルトは亡くなった夫と同じで、命令を下すのが好きなタイプだとわかった。脅し方を彼に教えたのが彼女だったのかもしれない。彼女は、レジナルドが自分の考えを持つようになったのが、気に入らなかったのかもしれない。

なんにせよ、イーディスからこれ以上の情報を得ることはできないだろうとヴェラは思った。だが彼女がいかにも第一容疑者っぽいのは事実だった。

第二十五章

ヴェラとチターズが製材所の新しい社長と会っているあいだ、オーヴィルは屋敷内で見つかったアライグマの足跡の謎に取り組んでいた。もう一度だけ、じきじきにレフティを探しに行こうと決めた。

実のところ、レフティを見つけ出すのはそれほど難しいことではないと彼は考えていた。そもそもレフティは留置場を出たがらなかったのだから。それを無理やり追い出したのはミード署長だ。レフティはわざと逆のことをしているのかもしれないとオーヴィルは思った。レフティは間抜けなどではなく、実はひどく悪知恵が働くのかもしれない。

だがある記憶がオーヴィルを現実に引き戻した。レフティはレフティだ。彼はかつて、強盗を企てた銀行で自分を閉じこめてしまい、助け出してもらうために警察に通報しなくてはならなくなったことがある。

とはいえ、危険を冒すつもりはなかった。レフティがフォン・ビーバーペルトの屋敷に入ったことは間違いないし、レジナルドは確かに死んでいる。いまはその事実だけで充分だ。レフティをもう一度捕まえる必要があった。

オーヴィルは村じゅうを歩きまわり、レフティが立ち寄りそうなところを探した。自宅にはいなかった。夫を亡くしたネズミが経営している川岸の下宿屋の一室だ。レフティのことを尋ねてみたが、ここ数日見かけていないというのが女主人の答えだった。

「珍しいことじゃないんですよ。レフティはたいてい昼間はずっと寝ていて、夜はひと晩じゅう出歩いていますから」彼女は、オーヴィルのぴかぴか光るバッジに意味ありげな視線を向けた。「そのうちに来るだろうと思っていましたよ。彼に訊きたいことがあるんですよね、おまわりさん」

訊きたいことは山ほどあったが、答えを得られる可能性は時間と共にどんどん減っていくようだった。アライグマの姿はどこにもない。下宿屋を出たあと、次は〈ジョーのマグ〉に行ってみたが、ヘラジカは首を横に振っただけだった。「見ていないね」

ジョー・ジュニアも、父親とほぼ同じ仕草で首を振った。「二日前の朝、レフティは裏のゴミ箱をあさってましたけれど、昨日と今日は……見かけていません」

オーヴィルは次に銀行に向かった。従業員は常々彼には気をつけているということだが、見かけた者はいなかった。

次に赴いたのは新聞社だった。受付のウサギは、レフティの消息はまったく聞いていないが、記者たちが戻ったら確認してみて、なにかわかったらすぐに連絡すると言った。帰ろうとして背を向けたオーヴィルは、ウサギがクスクス笑っているような気がした。彼は再びウサギに向き直った。「キツネはいるか？」

「ヴェラはいま外出中です。でもグラディス・ハニーサックルとなら話ができますよ。彼女は村のことならなんでも知っていますから」

オーヴィルは、グラディスの怒濤のお喋りに捕まる危険と、彼女からなにか役立ちそうなことを聞ける可能性を天秤にかけた。危険を冒そうと決めた。グラディスの机に近づき、質問を投げかける。「レフティの居場所に心当たりはないか、ミズ・ハニーサックル？」

グラディスはひゅっと息を吸った——危険なサインだ。「ようやくね！　この村にも行動力がある生き物がいてくれてよかったわ。あのアライグマは違法なことばかりしているのに、警察ときたらなにもしてくれないんだから。殺人までしでかしたなら、いいかげんあの犯罪者を捕まえる潮時よ。もし彼の仕業だったならね。あれ以来、毎日がいつもどおりじゃなくなったんだから。夜もまったく眠れないし、村の子供たちにとっては、ほんと、とんでもない話よ。きちんと育ててきたっていうのに、いまじゃ世界で最悪の村の最悪の場所で暮らしているのも同然だし、殺人が普通に起きているなら、ここみたいな素敵な村に来る意味なんてないじゃない？　わたしは聞いたことを言っているだけだから。あなたのことを悪く思っているわけじゃないし、あなたなりにせいいっぱいやっているのはわかっているけれど、これは解決しなきゃいけない事件なのよ。それも早急に。あのアライグマが関わっていることはわかっているんだから！　そうに決まっている。彼はずる賢いもの。何日も村を留守にすることがあるのよ。なにか犯罪に首を突っこんでいるに決まって——」彼女はここで言葉を切って、大きく息を吸った。

「どこだ？」オーヴィルはようやく口をはさんだ。

「あんな悪党のことをわたしが知るはずないでしょう！　どこか村の外よ。もう何日もだれも見かけていないんだから。ちらりともね。どこかに隠れ場所があるに決まっている。どこか暗くて恐ろしいところよ。多分——」

「だがどこなのかは知らないんだね？」オーヴィルは念を押した。

「知らない」知らないことがあるのが気に入らないのか、グラディスは苦々しげに答えた。

「でも、どこかに隠れているのは確かよ」

「わかった。ありがとう、ミズ・ハニーサックル」

ハチドリのそれ以上のお喋りにからめとられる前にオーヴィルは急いでその場を離れた。

調べられるところはすべて調べ終えたので、レフティを手配するポスターを貼りだそうと決めた。幸いなことに、いつでも使えるように警察署にすでに準備してある。オーヴィルはすべての公共建物にポスターを貼り、レフティを手配していると正式な通告を出した。彼を見かけたすべての生き物は、その居所を警察に通報する義務があり、逃亡の手助けは固く禁じられた。

その日、レフティの目撃情報はなかったが、オーヴィルの意図は広く知れ渡った。シェイディ・ホロウには噂が駆け巡り、レフティがやはり犯人だったという決定的な証拠をオーヴィルが見つけたのだろうと、住民たちは考えた。

隣人たちは、訳知り顔でうなずいた。そうだと思っていた。あいつはそういう輩だったんだ。シェイディ・ホロウのまともな住民に、あんな恐ろしいことができるはずがない。

ヴェラとレノーアは、翌日書店でその話を聞いた。

ヴェラはため息をついた。「こうなるんじゃないかって心配していたのよ。オーヴィルは安易な解決法を選んだ。レフティを捕まえたら、それ以上真実を突き止めようとはしないでしょうね。足跡を証拠として、全部レフティの仕業だって決めつける。レフティにはおそらくアリバイがないから、逃げたのよ。彼に望みはないもの」

「あなたはどうしてレフティが無実だと思うの？」レノーアは首を傾げて尋ねた。

「直感よ。彼にはどちらの殺人に対しても動機がない。それに、果物の屋台から盗むときですら、ドジを踏むような生き物よ。だれにも目撃されることなく、二件の殺人をやってのけると思う?」ヴェラは不機嫌そうに首を振った。「筋が通らない」

「彼と話ができなきゃ、無実を証明するのは難しい」レノーアが言った。「だれかが味方をしてくれるっていうだけで、彼は運がいいのよ。ほとんどの住民は、彼を見かけるやいなや、通報するでしょうからね」

「レフティは犯罪者かもしれないけれど、殺人犯じゃない」

ヴェラはおやすみとレノーアに挨拶してから書店を出て、自分のねぐらに向かって歩き始めた。

背後で小枝を踏む音がした。ヴェラは足を止めた。耳を立て、警戒心を募らせる。ここ最近は、だれもが注意深くなっていた。幸いなことに、ヴェラはとても耳がよかった。

木の背後から、フードをかぶった何者かが姿を現した。

「記者のヴェラ・ヴィクセン?」見慣れない生き物が訊いた。「話があるんだ」

「新聞社を通してくれるかしら」ヴェラは足を速めた。

「お願い、ミス・ヴィクセン」その生き物は彼女の背中に呼びかけた。「あたしのレフティを警察から助けなきゃいけない。彼はなにも間違ったことはしていないんだよ!」

ヴェラは立ち止まり、振り返った。「あなたのレフティ？　あなたはだれなの？」

見知らぬ生き物はフードをはずした。アライグマだ。「あたしはロンダ。レフティと付き合っている」

ネタのにおいを嗅ぎつけたヴェラから、あっさりと恐怖は消えた。「初めまして、ロンダ。コーヒーをおごらせてくれないかしら？」ヴェラはどんなときでもコーヒーは歓迎だったし、どこかに座って友だち同士のように話をしたほうがロンダの口が軽くなることはわかっていた。

ふたりは〈ジョーのマグ〉に向かった。ロンダがなにを言うつもりなのかヴェラは興味津々だったが、彼女がコーヒーの大きなカップとそれよりさらに大きなメープルとナッツのスコーンが置かれたテーブルに腰を落ち着けるまで、質問を切り出すことはなかった。

「レフティはどこにいるの？」ヴェラは訊いた。「心配しないで、わたしは警察じゃない。だれにも言わない……あなたがなにか話してくれたとしても」

「それは言えない」ロンダは視線を逸らした。「でも彼がだれも殺していないのは確かだから」

ロンダはまず自分のことをざっと語った。正直に言って、シェイディ・ホロウの住民たちがあたしのことを全然知らないのには、かなりむかついている。レフティがあたしのことをだれにも話していなかったなんて、信じられない。もう何年も付き合っているのに。

「どうしてシェイディ・ホロウに来ようと思ったの？」ヴェラは訊いた。

フォン・ビーバーペルトの屋敷で足跡が見つかって、レフティは泥棒以上の罪を犯しているかもしれないとオーヴィルが考えているという話を耳にしたのだと、ロンダは説明した。

「あたしはレフティを愛しているけど、彼が森で一番頭が切れるわけじゃないこともわかってる。彼、悪気はないんだ。でも深く考えないことがある。あたしの言いたいこと、わかるよね？」

ヴェラはどんどん冷めていくコーヒーを飲みながら、うなずいた。ロンダの話を遮りたくはないが、このままでは肝心な点に行き着かないような気がしていた。ロンダは、彼女とレフティの悲運な関係について余すことなく語りたがっているようだったが、ヴェラはまったく興味がなかった。彼女が知りたいのは事実だけだ。

「それで、レフティはフォン・ビーバーペルトの屋敷でなにをしていたの？」ヴェラは厳しい口調で訊いた。「警察はアライグマの足跡を見つけているの。疑問の余地はない」

「あれはなんでもないんだよ」ロンダはため息をつくと、昔からの友人が秘密を打ち明けるときのようにぐっとヴェラに顔を近づけた。「もうずっと前についたものなんだから。

警察はいままで、足跡を調べようとしなかっただけ。レフティはあの屋敷のなかを見てただけなんだ。好奇心から。彼は殺人犯じゃない」

レフティの道徳観念を認めることはできなかったが、ヴェラはその点についてはロンダと同意見だった——彼は殺人犯じゃない。

それなら、犯人はだれ？

ロンダが延々と話し続けているあいだ、ヴェラは小さな村の殺人事件について書いた記事で名誉ある賞をもらうという空想にふけっていた。その楽しい空想が中断したのは、ロンダが空のコーヒーカップを勢いよくテーブルに置いたからだ。

ヴェラはぎくりとして目をぱちぱちさせ、自分がまだ新しい友人と一緒にジョーの店にいたことに気づいた。

ロンダは聴衆を失いかけていることを知って、ヴェラの興味を引きつけておくために、さらなる情報を差し出そうとした。

「レフティとあたしがどうやって知り合ったか聞きたくない？　すごい話なんだよ。あたしたちはどっちも同じ家の下見をしていて——」

ヴェラはここで口をはさんだ。「悪いけれど、わたしは締め切りがあるの。レフティについて教えてくれたことは感謝するけれど、会社に戻らないと。話してくれてありがとう。

レフティがわたしに話したいことがあるなら、〝クランベリー〟っていう合言葉を添えて会社にメモを送ってくれる？　わたしはどこへでも話を聞きに行くから」

お喋りなアライグマから逃げ出したヴェラは、家に帰ってオットーの日記をじっくり読もうと決めた。あのなかに手がかりがあるという確信があった。レフティの恋愛事情などに耳を傾けている暇はない。犯人は、オットー・ズンフとレジナルド・フォン・ビーバーペルトを殺しただけでなく、あの岩で彼女のことも殺そうとしたのだ。また同じことが繰り返される前に、それがだれなのかを見つけなければ！

第二十六章

ヴェラはその後、だれにも会うことなく無事にねぐらに帰り着いた。どっしりしたオーク材のドアを閉めたときには、安堵のため息が出た。つかの間ためらってから、ぴかぴか光る真新しい真鍮のかんぬきをかけた。

まったくの茶番よねとヴェラは思った。レジナルドもオットーも戸外で殺されている。新しい鍵が売られているからといって、村が安全になったわけではない。

それでもヴェラが鍵をはずすことはなかった。

オットーの日記がきれいに重ねて置かれているテーブルに向かった。いまこそ、じっくりと目を通すべきときだ。ヴェラは読書用メガネとオットーの日記と干しイチジクをいくつか持って、ソファに腰をおろした。

日記は全部で八冊あった。書かれているのはほとんどが隣人についてのいい加減な意見や、様々な事柄に対する不満や、昼に食べたものの説明だった。だがヴェラは念入りに読み進め、関連があると感じたことはすべてメモを取った。

数時間後、ヴェラは立ちあがり、頭をはっきりさせるために居間をうろうろと歩き始めた。何周かしたところで、ねぐらに帰ってきたときには気づかなかったものが目に入った。ドアの下から折りたたんだ紙が差しこまれていた。ヴェラは飛びつくようにしてそれを手に取ると、急いで開いた。

ひどく乱雑な字だったので、内容を理解するまで三回読み直さなければならなかった。

フォン・ビーバーペルトの事件から手を引け、キツネ。次の岩からは逃げられないぞ。

脅迫の文面を読んだヴェラは、怯えるというよりは当惑した。彼女は事件記者だ。警告くらいで、事件から手を引いたりはしない。文字をじっくりと眺め、どんな生き物が書いたものかを判別しようとした。だが書いたのが何者であれ、ほとんど読めないような字を書くことで自分の筆跡をごまかそうとしたのは明らかだ。ヴェラはランタンに紙を近づけ、なにか手がかりが残されてはいないかと目を凝らした。

明かりに透かしてみると、大きな模様がうっすらと現れた。大きなプラタナスの木の模様だ。いったいどこで見たんだった？

ヴェラは書類の山をかき回した。ごく最近、これとよく似た透かし模様を見ている。どこだった？

ある一枚の紙に同じ透かし模様を見つけたヴェラは、息を呑んだ。震える手で、それを引っ張り出した。

だれあろうイーディス・フォン・ビーバーペルトが書いた、レジナルド・フォン・ビーバーペルトの葬儀への招待状だった。

ヴェラは招待状を置いた。これがどちらもフォン・ビーバーペルトの屋敷から送られてきたものだとしたら——その可能性が高い。ほかのだれが、こんなに上質の紙を買える？——それが意味することはひとつだ。イーディスにはついさっき、自分に逆らった者は後悔することになると言われたばかりだ。

だとすると、事件から手を引けとこのメモで警告してきたのはイーディスに違いない。彼女が殺人犯でないのなら、どうしてそんなことをする必要がある？

ジョーのコーヒーを三杯飲んだかのように、ヴェラの目は冴えていた。このメモの送り主の目的がなににせよ、ヴェラの決意は固くなっただけだった。オットーの日記にイーディスが関わっていることを示す手がかりがあるかもしれない。オットーはなにか重要なことを見るか聞くかして、そのせいで殺されたのかもしれない。

ヴェラは時間をかけて日記に目を通していったが、イーディスに関連があるような書き込みは見つからなかった。だが読めない箇所もたくさんあった。

「ところどころ別の言語で書いてある」ヴェラはつぶやいた。「ハイデッガー教授なら読めるかもしれない。余白の走り書きの意味もわかるかも。オットーはなにか暗号らしいものを使っていたみたい。村の生き物の大部分はイニシャルで書かれているし、だれにも日記を見られたくなかったことは間違いないわね」

オットーがかつてスパイだったことをヴェラは思い出した。自分のことを隠す習慣が身についているだけかもしれない。

いますぐハイデッガーに話をしに行こうと決めた。夜行生物と会うためには暗闇のなかを出かけていかなくてはならないが、ヴェラはキツネだ。鋭いかぎ爪ともっと鋭い歯がある。暗闇は……暗闇に隠れているものは怖くない。

というわけでヴェラはバッグに日記を入れると、ドアの鍵を開けた。森のなかへと足を踏み入れ、暗がりから暗がりへと足早に進みながらも、何度も背後を振り返らずにはいられなかった。この一週間の出来事のあとでは、どんな生き物も不安になるだろうし、ヴェラはもう少しで犯人を捕まえられるところまできているのだ。

ハイデッガー教授の住居に着いたときには、ほっとした。彼はバルコニーとして使っている、高いところの枝にいた。

「教授！」ヴェラは呼びかけた。「こんばんは」

ハイデッガーは来客に気づくと、ふわりと地面に舞いおりた。「気持ちのいい夜じゃないかね、ミス・ヴィクセン？」教授は礼儀正しく挨拶をした。

「ええ、本当に」ここまで歩いてきたせいで神経がぴりぴりしていたので、ヴェラにはそれ以上世間話をする余裕がなかった。バッグからオットーの一番最近の日記二冊を取り出した。

「これを読むのに、力を貸していただきたいんです。オットーのものなんです。ところどころ、なにかの暗号か、外国の言葉か、もしくはその両方で書いてあるみたいで」

ヴェラがそう言いながら日記を差し出すと、ハイデッガーは興味深そうにそれを眺めた。わずかな光のなかで大きな目がきらりと輝いたように見えた。

「なんと面白い！　だがこれを調べるには、ひとりになる時間と場所が必要だ、ミス・ヴィクセン。これは簡単ではない」

「もちろんです、教授」本当はすぐにでも答えが欲しいところだったが、ヴェラは言った。「なにかわかったら、連絡をもらえますか？」

「もちろんだとも」フクロウは自信たっぷりに応じた。「我が輩は多くの言語の才能に恵まれているし、このハイデッガー教授が解けなかった暗号などないのだ！」

ヴェラは意志の力を総動員して、意地の悪い言葉を吐きたくなるのをこらえ、協力を感謝しますと教授に礼を言った。

第二十七章

ヴェラは何事もなくねぐらに帰り着くと、ドアを閉めてすぐに鍵をかけた。頭のなかでは様々な可能性が駆け巡っている。オットーの日記。行方のわからないレフティ。イーディスの特別な紙。

その夜はほとんど眠れず、その一方で朝はあまりに早くやってきた。ヴェラはいつもよりはるかに遅い時間に、体を引きずるようにして新聞社へと向かった。自分の机でうとうとしていると、だれかに起こされた。

「ミス・ヴィクセン？　ミス・ヴィクセン！」

「リード文はそれで！」ヴェラはそう口走ったあと、目をしばたたいた。「え？　なに？」

顔をあげると、ウサギが折りたたんだ紙を持っていた。「あなた宛てです。匿名の情報です」

「ありがとう」ヴェラはその紙を受け取った。〝最高のクランベリーパイが食べたければ、真夜中に〈ジョーのマグ〉に行くこと。ひとりで来て――だれかと分け合うにはおいしすぎるから〟

ぼうっとしたままの頭でヴェラはそのメモを何度も読み直し、意味を理解しようとした。ジョーの店は真夜中には開いていない……待って――これは合言葉を使っている。ロンダはレフティよりはるかに頭がいい。彼女がこれを書いたに違いない。レフティに会いたければ、真夜中にジョーの店の外に来いという意味だ！　ヴェラは気持ちが沸き立った。ひとりで来るようにとメモには書かれているが、レノーアには話すつもりだった。真夜中の秘密の約束の怖さは学んでいる。

書店へ赴き、どうするつもりかを話すと、友人のカラスは言った。「本気なの？　このあいだメモの指示に従ったとき、なにがあったかを忘れた？　ついてきてもらうようにオーヴィルに頼んだら？」

ヴェラは首を振った。「それはだめよ。アライグマは五十歩離れたところからでも、警察のにおいがわかるんだから」

「それじゃあ、わたしがそのあたりを飛んでいるのはどう？」

「そうしてもらえたらって思っていた」

レノーアは書店からジョーの店まで飛んでいき、ヴェラは万一、だれかに見張られているときのことを考えて、ねぐらから直接行くことにした。

その後ヴェラは仕事をしようとしたものの、気が散ってあまりはかどらなかった。早めにねぐらに戻り、軽い夕食をとったあと、ようやく疲れ切って眠りに落ちた。

ヴェラははっと目を覚ましたが、なぜ起きたのかはさっぱりわからないままだった。目をしばたたきながら、時計を見る。「やだ、十五分前じゃない。行かなくちゃ」

ヴェラは〈ジョーのマグ〉へとあわてて駆けつけ、真夜中直前にたどり着いた。

レノーアが頭上から見ていることはわかっていた。

ヴェラは店の前を行ったり来たりしながら、ロンダかレフティが現れるのを待った。数分後、暗がりから声がした。

「ねえ、ちょっと、こっちに来て」

ヴェラは不安だったが、これが決定的な手がかりを得る最後のチャンスかもしれないとわかっていた。暗がりのほうへじりじりと進んだ。黒っぽいトレンチコートを着たロンダがそこにいた。目のまわりの模様のせいで、ひどく邪悪に見える。

「レフティと話がしたいなら、ついてきて」ロンダは言った。ヴェラの返事を待とうともせず、足早に森のなかへと歩きだす。

「どこに行くの？」ヴェラはロンダに追いつこうとして走りながら訊いた。「レフティは近くにいるの？」

「安全なところにいる」ロンダはそう答えただけだった。

ヴェラはロンダと共に森の奥深くへと進んでいった。レフティがシェイディ・ホロウにいないことは、じきにわかった。

何時間もたったように思えたころ、ふたりは小さな集落にたどり着いた。エルム・グローヴだとロンダは言った。彼女の家があって、シェイディ・ホロウ警察やレフティを追っているかもしれない者たちから彼をかくまっていた場所だ。

ふたりがやってきたのは川沿いのこぢんまりしたコテージだった。壁にはアサガオのつるが伸び、前庭の両側にはきれいに手入れされた野菜庭園がある。レノーアがまだ静かに頭上を飛んでいることをヴェラは祈った。

ロンダは玄関の鍵を開けると、ヴェラを招き入れた。居間にレフティがいるのを見ても、ヴェラは驚かなかった。

ヴェラが入っていくと、レフティは不安そうにぱっと立ちあがった。「あんたか」

「わたしに決まっているでしょう。来てくれって言ったのはあなたなんだから」

レフティはうなずいた。「そうだった、そうだった。つけられなかったか？」

ロンダはむっとしたようだ。「当たり前だよ。どうやってまけばいいのかくらい、知っている」

ヴェラはすっかり仕事モードになっていた。いつものノートを取り出し、レフティのすぐそばにある布張りの椅子に座った。「いくつか訊きたいことがあるの」さっそく切り出す。

レフティは怯えたようにヴェラを見た「おれじゃない」

「わかっている」

それは、レフティが何度も聞かされた言葉ではなかった。「本当に？　あのクマにそう言ってくれないか？」

「もちろん言うわよ。それどころか、もう言ったわ。でもわたしたちがしなければならないのは、真犯人を見つけることよ。だれがオットーとレジナルドを殺したのかを突き止めれば、あなたの疑いは晴れる……少なくとも、殺人に関しては」レフティが山ほどのほかの犯罪に関わっていることはわかっていた。宝石泥棒、蜂蜜の闇取引……「わたしはオーヴィルをそれほどよく知っているわけじゃないけれど、彼が誠実だっていうことは信用できる」

ロンダとレフティはヴェラの言葉を聞いて安心したようだった。だが、オーヴィルがいまにもドアロに現れると思っているのか、レフティはまだいくらか不安そうだ。

「おれになにを訊きたいんだ？」

「ひとつ目、フォン・ビーバーペルトの屋敷でなにをしていたの？　オーヴィルがあなたの足跡を見つけたのよ」

レフティは肩をすくめた。「今回のこととは無関係だよ」彼は、ロンダがジョーの店で語ったのと同じことを繰り返した。ひと月ほど前、あの屋敷の下見に行ったが、見つかりそうになったので、たいして奥のほうまで行けないうちに逃げ帰ったのだと説明した。

「それっきり行ってないよ。ある客からいい仕事の話があった。違法じゃないみたいに思えた。ただ、現金で宝石を買えばいいだけだった」

「その客ってだれなの？」

レフティは首を振った。「言わない。思い知ったからね。もう、あの手の仕事はしない。宝石を買ったり、プラム酒を届けたりなんてことは……」

「それじゃあ、あなたがあのお酒を置いたのね」ヴェラはレフティの言葉を聞き逃さなかった。「なにがあったのか、話して」

「言えないよ」アライグマは怯えているようだ。「だがあの酒の件にはむかついた。ちょっとした仕事をするだけだと思ったんだ——毒が入っているなんて知らなかった！　池のそばに置いてくるように言われて、そのとおりにしただけだ」

「だれに言われたの？」

レフティは口をつぐみ、激しく首を振った。「言えないね。だれかに話せば、おれまで死ぬことになる」

「あたしにも教えてくれないんだ」ロンダが言った。

「話さなきゃだめよ、レフティ」ヴェラは毅然として告げた。「問題はオーヴィルなの。彼はあなたをレジナルド・フォン・ビーバーペルトの殺人容疑で逮捕しようとしている。遅かれ早かれ、あなたは見つかるわ」

「そうなったら、逃げるさ」レフティが言った。

「だめ！」ロンダが遮った。「逃げたりしたら、あんたはずっと殺人犯って言われることになる。どこに行っても、安全なところなんてないよ」

「でも……」

ヴェラは立ちあがった。「聞いて、レフティ。本当のことを話すように、あなたに無理強いはできない。でもシェイディ・ホロウに戻ってきたら、あなたは重要な証人だわ。オーヴィルがあなたを傷つけることはない……だれを怖がっているのか知らないけれど、彼があなたを守ってくれる」ヴェラはドアに近づいた。「よく考えるのね、レフティ。あなたは犯罪者から英雄になるのよ。いいことじゃない？」

レフティはため息をつきながら、首を振った。「よくないね。おれは死にたくない」

第二十八章

シェイディ・ホロウに戻るには、長い時間がかかった。自分のねぐらにたどり着いたときには、ヴェラは疲労のあまり足がもつれていたし、レノーアですら低いところを長時間飛んでいたせいで息を切らしていた。

「いまは寝なさい」カラスは言った。「頭が働かないあなたは、役立たずでしょ。また明日ね」

ヴェラは死んだように眠った。目が覚めたときには、午後になっていた。コラムを書くため、あわてて新聞社へと出かけた。BWは仕事をしろとだれかれとなく怒鳴りつけながら、机の上をひたすら歩きまわっている。

ヴェラはノートを読み返した。なにがわかっただろう？　記事にできることはなにもない。ルビーが情事について語ったことと、フォン・ビーバーペルトの屋敷から送られたらしい高級な紙があるだけだ。墓地でルビーと交わした会話を何度も思い起こしてみたが、脅迫状や妙な形で終わったイーディスとの面会という事実があるにせよ、イーディスを犯人だと名指しするルビーの主張を記事にはできないと思った。これでは足りない。新聞は事実を報道するものだが、ヴェラは数ある事実のうちなにが重要なのかをなかなか探り出せずにいる。なにかがおかしかった

ここに残って書けとBWには迫られたが、ヴェラはねぐらに帰ることにした。「ここじゃ、なにも考えられないのよ、BW。どちらにしろ、もうすぐ退社時間だし」

「おまえは記者だろうが、ヴィクセン。こういうところでも考えられなきゃだめだ！　キーを叩く音が肝心なんだ！」

「また明日ね、BW」

ねぐらに帰り着いてみると、ハイデッガー教授が彼女を待っていた。

「きみが興味を持つと思われることを見つけた」彼は言った。

ヴェラは教授を招き入れ、ペパーミントティーを入れ、テーブルに腰をおろした。

「きみが想像していたとおり、あのヒキガエルはいくつかの言語にわりとありふれた暗号を組み合わせて、個人的な日記を書いていたのだ」彼は説明した。「幸いなことに、我が輩はその手のことに研鑽を積んでいた」

オットーは内容を隠すためというよりは楽しみのためにこんなことをしていたようだと、

ハイデッガー教授は言った。二冊の日記のうちの一冊目は、毎日食べていたものや今夜の予定——たいていはワインを飲んだり、世のなかに対する不満を言ったりするだけだった——といった、たいして面白くもないことが書かれていたという。

フクロウはその日記を脇に置き、もう一冊を手に取った。「こちらははるかに興味深い。ここには、オットーとシェイディ・ホロウの住民たちとの関わりが書き連ねられていた。水車池の使い方についてフォン・ビーバーペルトと言い争ったこと、サン・リーの野菜炒めに使われているものに対する疑念、古本の状態に関してレノーアと議論したこと。彼はだれにたいしても文句があったようだ」

「それはみんなが知っていました。ミセス・フォン・ビーバーペルトについては、なにも見つからなかったっていうことですよね？」

「直接的には。オットー・ズンフとルビー・ユーイングは友人同士だったことがわかった。彼女が認める以上に親しかったようだ。オットーは日記のなかで、ルビーがしばしば相談に訪れていたと書いている。まったく異なる理由で村からのけ者にされたと感じていた、ありそうにない組み合わせのふたりだ。オットーはだれに対しても反対の立場を取る生き物で、ルビーとはお互い悪名が高いというだけの理由で親しくしていたようだ。ヒキガエルは、隣人から受けた苦情について文句を言い、ルビーは食料品店の店主から冷たくあしられたことを訴えた」

ハイデッガー教授は、オットーとルビーの付き合いが記されたページをざっと読んでいった。「ここだ。レジナルド・フォン・ビーバーペルトの名前がある。ルビーは、彼との情事をオットーに打ち明けたようだ。葬儀の場で明らかになったとおり、ルビーはレジナルド・フォン・ビーバーペルトと密かにつきあっていて、ミセス・フォン・ビーバーペルトが気づいているのではないかと考えていた」

「ええ、その話は墓地で彼女から聞きました。続けてください」

「オットーの日記によれば、ルビーはレジナルドを深く愛していて、彼と駆け落ちしたいと思っていたようだ。だがレジナルドがそれを拒否して彼女との関係を絶つと、彼女は彼を脅迫することで報復した。イーディスと娘たちだけでなく、シェイディ・ホロウの住民全員にふたりの関係を明らかにすると言って脅したのだ」

ヴェラはゆっくりとうなずいた。「筋が通るわ！　製材所に使途不明金があるってチターズが言っていた。B・Sに支払われているって。脅迫するヒツジ《blackmailing sheep》ね！　フォン・ビーバーペルトは、住民たちから尊敬される立場を失うことになるから、支払いに応じるしかなかった。でも次第に彼は怒りを覚えるようになった。ルビーがどう考えていたにせよ、彼はイーディスと別れるつもりはなかった。夫婦のあいだでお金を持っていたのはイーディスのほうで、財布の紐を握っていたのも彼女。だから彼女にとっても、事情が明らかにされないほうがよかった」

フクロウはお茶を飲み続けている。「日記が証拠だ。ルビー・ユーイングがフォン・ビーバーペルトを脅迫していたことが証明できる」

「でも、それが殺人とどうつながるんです？」ヴェラは訊いた。「脅迫者は普通、脅迫している相手を殺したりはしませんよね？　殺してしまえば、お金が手に入らなくなるんですから。だとすると、たとえ脅迫者を捕まえたとしても、殺人犯は逃げてしまう」

「きみが使うことのできる手がかりがもうひとつある」普段の教授は感情を表に出すほうではないが、羽根をふくらませて、興奮したようにヴェラの居間を跳ねまわった。「森のなかに保険を隠してあると、ルビーはオットーに話していたようだ。丸太のうろのなかに。彼女は〝すごくわたしらしいもの〟と言ったようだが、オットーはその意味は書いていなかった。その言葉になにか手がかりがあるはずだ。オーヴィルが調べられるかもしれない」

オーヴィルじゃない、とヴェラは心のなかでつぶやいた。その意味を見つけるのはわたしだ。

「わざわざ届けてくれてありがとう。警察にはわたしから話しておきます」ヴェラは内心を隠して言った。

ハイデッガーが帰っていくと、ヴェラは部屋のなかを歩きまわった。〝すごくわたしらしい〟その台詞はどこかで聞いたことがある。どこで聞いたんだった？　真実はなに？　イーディスは夫の浮気に気づいて、ルビーが言っていたとおり、怒りのあまりレジナルドを殺したの？　ルビーはどんな保険を隠しておくことができただろう？　介護施設の〈グッディ・クロウ〉ではそれほど稼ぐことはできなかったはずだ……ヴェラはぴたりと足を止めた。

そうだ。脅迫した金。簡単に隠しておけるものではない。小さくて価値のあるなにかに変えないかぎり。丸太のうろに隠せるようななにかに。

「〝すごくわたしらしい〟」ヴェラは息を呑んだ。「ルビー！」

それ以外にありえないでしょう？　ルビーは、脅迫して手に入れたお金で宝石のルビーを買わせるためにレフティを雇った。彼は泥棒をしたり、盗んだ宝石の売買をすることで知られていたし、そういった仕事をしていたと自分で言っていた。けれど二件の殺人の容疑をかけられると、警察に関わることを恐れてすぐに姿を消した。フォン・ビーバーペルトを脅迫して手に入れた金がどこに隠されているかを村で知っているのは、いまとなってはルビーを除けばヴェラだけだ。それがあれば、レジナルドとの情事についてルビーに話をさせることができるかもしれない。そして、イーディスが殺人犯だという証拠を見つけられるかもしれない。

ヴェラは外を見た。西の地平線を覆う黒い雲が、一日の最後の光を空から奪っている。嵐が近づいていた。急げば、ずぶ濡れになる前に証拠を見つけられるかもしれない。

ヴェラは日記に書かれていたという丸太のうろを目指して、森のなかを駆けていった。どの丸太なのかはわかっていた。ヴェラのような記者にとって、森周辺の興味深い場所をすべて把握しておくのは大切なことだ。空き地にたどり着いた。暮れゆく光のなかに、隠し場所かもしれない空洞のあるカバノキの丸太が見えた。ヴェラはしゃがみこみ、うろにそろそろと手を差し入れた。

背後で小枝が折れる音がした。

「いつもいつも、関係ないところに可愛らしい鼻を突っこむんだから。結局あなたは、わたしの忠告を聞き入れなかったっていうことね。こっちを向きなさい」

ヴェラは声のしたほうにゆっくりと振り向いた。殺人犯の声。

ルビー・ユーイングの声。

第二十九章

「一緒に来るのよ、ヴェラ」ルビーは言った。「あなたに選択肢はないの」自分の言葉を強調するように、ルビーはナイフを掲げてみせた。

暗闇のなかで鈍く光るナイフをヴェラは見つめた。その刃に突然の稲光がぎらりと反射した。自分がなにをしているのかも気づかないうちに、ヴェラは数歩あとずさっていた。

ルビーは冷たく落ち着いたまなざしを彼女に向けながら、ふたりのあいだの距離を詰めた。「止まらないで、ヴィクセン。少し歩いてもらうわ」

「どこに行くの？」

「ハイ・クリフよ。あそこにコテージがあるの。あなたにはしばらくそこにいてもらう」

「いったいどうするつもり？」

「わたしはここを出ていく。あなたを自由の身にして、警察にわたしを追わせるわけにはいかないの。わたしの言うとおりにすれば、無傷で解放してあげる」それは、サプライズパーティーの計画を立てているかのようないたって平然とした口調だった。

ほかにどうすることもできなかったから、ヴェラはルビーの指示に従って、風が吹き荒れる暗い森をハイ・クリフに向けて進んだ。強風が枝を揺らし、引きちぎられた木の葉が緑のもやのなかでぐるぐると舞っている。稲光が頻繁に空を裂き、嵐が近づくにつれ、雷鳴も大きくなっていった。空気がからみつくように重くなり、息をするのが難しくなった。ハイ・クリフまではかなりの距離があったが、ルビーは恐ろしいほどの速さで歩き続けた。嵐が来る前にたどり着こうとしているのか、それともなにか別の急ぐ理由があるのか、ヴェラには判断がつかなかった。

ふたりがハイ・クリフの麓の急斜面をのぼり始めるより早く、大粒の雨が地面を打ち始めた。よろめいたヴェラの脚に、ルビーがナイフの先端を押し当てた。

「ぐずぐずしないで。そのまま歩くの」

ルビーは隙がなかった。なにか気を逸らせるものがないかぎり、ヴェラが逃げることは不可能だ。ああ、なにをするつもりなのかをどうしてレノーアに話しておかなかったんだろう？　ほかのだれかにでも？　暗くなりかけていたことや近づいてくる嵐、そして真相を突き止めようと焦っていたせいで、判断を誤ってしまった。そしてそのせいでいま、ばかな決断の代償を払っているのだ。ルビーは助けが届かないところへ彼女を連れていこうとしている。ルビーはああ言ったけれど、ヴェラはハイ・クリフから生きて戻れるという確信が持てなかった。

森の基準からしても、ハイ・クリフは辺鄙な場所だった。川岸からのぼっていく長い尾根の一番高いところにある。天気のいい日のそこからの景色は見事だ。だがのぼるのは、かなり辛い。そこはほぼ山だったし、道は細くてでこぼこしているうえ、その両側には岩盤が露出している箇所がところどころあった。

ルビーはナイフを使い慣れているようだったし、足取りを緩めることもなかったからヴェラはせいいっぱいの速さで足を動かした。雨は激しくなる一方だ。尾根の頂上までたどり着いたときには、ヴェラはびしょ濡れで、赤い毛並みは体に貼りついていた。尾根にのぼることができるのは、ふたりがのぼってきた側だけだ。反対側は川岸に向かって険しい崖になっている。ハイ・クリフという名前がいかにもふさわしかった。

ルビーは、ぜいぜいあえいでいるヴェラをひづめで軽く蹴った。「歩いて。コテージまで行くの」

ルビーの言うコテージがぼんやり見えた。雨のなかに、小さな建物の輪郭が浮かびあがっている。窓がほとんど隠れてしまうくらい藁ぶきの屋根は深く、ドアも低いところに作られていた。ルビーはヴェラにドアを開けさせると、彼女を床に突き飛ばしてからなかに入った。

古いドアにかんぬきをかけるガンという音に続いて、マッチをする音がした。ヴェラは疲れ切っていたので、ルビーがランタンに火を灯したところでようやく体を起こした。

そこに立つルビー・ユーイングは驚くほど濡れておらず、危険なくらい冷静だった。気の毒そうな顔でヴェラを見つめている。

「あんたって、本当にばかね。忘れろって警告してあげたのに。それなのにわたしを追いかけるのをやめなかった。こうなったのは、あんたのせいよ。自業自得」

「オットーとレジナルドも当然の報いを受けただけ」

「レジナルドを殺しておきながら、よくそんなことが言えるわね?」ルビーの口調が少しだけ熱を帯びた。「彼はわたしを利用した。わたしは彼を愛していたのに、彼はわたしを捨てようとした。外聞を保つためだけに」

「あなただって同じじゃないの、ルビー。彼を脅迫していたでしょう?」

「だったらなに? 彼には払えるだけのお金があった。彼は裕福な暮らしに加えて、ほかのものも欲しがった。どうしてその分の代償を払わせちゃいけないの? 彼があんなに高慢ちきじゃなかったら、わたしたちは一緒に逃げて、どこかほかのところで新しい生活を始めていた。でも彼は妻だとかいうあの女を捨てられなかった。彼女のお金を捨てられなかったの！」ルビーはナイフを激しく振り回した。

「だから彼を殺したのね」ヴェラはナイフから遠ざかるように、コテージの奥へと数歩あとずさった。

「彼は話すつもりだった。マスコミに。警察に」

「だから毒の入ったプラム酒を彼に飲まそうとした」

「レジーはしみったれだったの。ただで手に入るものは、決して見逃さなかった。彼の通り道に酒瓶を置こうと思ったのよ。製材所まではいつも同じ道を使うから。彼はきっとそれを拾って、得したと思いながら飲むだろうって考えた。それですべて片が付く。瓶を持っているところをだれかに見られたくなかったから、レフティを雇って池のそばに置かせた。でもあのアライグマは間違った場所に置いたのよ――瓶を見つけたのはオットーだった。どこに置いたのかを聞かされたとき、わたしはものすごく怒った。もう少しで彼を殺すところだったわ。殺しておくべきだった。でもそうする代わりに、オットーを探しに行ったの。彼が飲む前に瓶を取り戻せたらって思った。でも遅かった。彼は池の縁に倒れて、死んでいた。

プラム酒に毒が入っていることを知られるわけにはいかなかった。レフティがオットーのことを知ったら、なにがあったのかに気づいて、なにもかも喋るだろうって思ったから。

だからオットーが刺されて死んだように見せかけるため、ナイフで刺したの」

「それが間違いだったわね」ヴェラのなかで、点と点がつながり始めた。「彼を池に突き落としておけば、警察は殺人だって考えることはなかった。オットーは若くない。心臓発作を起こしたか、お酒を飲みすぎて溺れたんだって思ったでしょうね。ナイフがあったから検視官が呼ばれて、毒が検出されることになった。なにもかも意味のないことだったのに。オットーはあなたになにもしていないじゃないの」

「あれは間違いだった」ルビーは認めた。「オットーを傷つけるつもりはなかったわ。それに、レフティを信用するべきじゃなかった。間違いなくやり遂げたいことがあるなら、自分でしなきゃだめなのよ。でも、そんなことを言ってもあとの祭りだし、本来の問題は解決していないままだった。レジーはやっぱり、わたしを告発しようとしていた」

「だから彼のオフィスで毒を飲ませようとした」

ルビーはうなずいた。「彼のオフィスでよく夜に会っていたから、鍵を持っていたの。イーディスは、彼が遅くまで仕事をしていると思っていた。リスクはあったけれど、ある夜わたしはオフィスに忍びこんで、彼のお気に入りのコーヒーポットに毒を入れた。彼はいつもそれを使っていたの。でも、飲んだ量が少なかったのね」

「そしてフォン・ビーバーペルトは、あなたが自分を狙っていることを知った」ヴェラは言った。「オフィスを訪ねたわたしを追い立てるようにして帰らせた翌日、話したいことがあるって彼から連絡があったのよ」

「すべてをあなたに話すつもりだったのよ。だから彼には消えてもらわなきゃならなかった。チターズの名前をかたって、手紙を送った。オフィスまで来てほしいって。彼のあとをつけた。一緒に逃げようって彼を説得できると思ったの。そのまま姿を消すことができた。わたしはお金を隠してあったから、幸せになれるはずだった。でも彼は怯えていた。わたしの話を聞こうともしなかった」ルビーの目はこらえた涙で赤くなっていた。「わたしは彼を押した。彼は毒のせいで弱っていたから、転んで岩に頭をぶつけて、そのまま池に落ちたの」

「そしてあなたは、彼を水のなかに押さえつけた」

「違う！」ルビーは反論した。「わたしはただ……助けなかっただけ。彼は手をばたばたさせながら、小さな子供みたいに叫んでいた。哀れだったわ。だれかが聞きつけて助けに来たらどうしようって思ったけれど、彼はじきに溺れた。わたしは彼の体がすぐに浮いてこないように水のなかに押しこんで、その場を離れた」

「そして介護施設に仕事に行ったのね。いつもの一日みたいに。ずっとそこにいたふりをして、仕事を続けた」ルビーがどれほど狡猾であるかを知って、ヴェラは心底震えあがった。

「簡単だったわ」ルビーは軽く肩をすくめた。「この村には頭の切れる者はだれもいないんだもの。あんた以外はね、ヴィクセン。だから、あんたを帰らせるわけにはいかないって、わかるでしょう?」

ヴェラは残り時間が少なくなってきていることを知った。ルビーの気を逸らすことのできる話題を必死になって考えた。「彼を殺したあと、どうしてすぐに逃げなかったの?」

「そうね、そうするのが一番よかったんでしょうね。でもわたしにはちょっとイチかバチかのところがあるのよ。わたしと殺人を関連づけて考えられる生き物はいないんじゃないかって思っていた。そのときには、わたしから頼まれたちょっとした仕事とオットーの死には関係がありそうだってレフティが気づいていたけれど、彼が犯人だってオーヴィルは思いこんでいたから、彼が姿を隠したのはわたしにとって都合がよかった」

「あなたの犯した罪のせいで、レフティが絞首刑になったかもしれないのよ」

「彼は犯罪者よ」

「でもだれも殺してはいない。殺したのはあなたよ。わたしのことも殺そうとした――あの岩で」

「あんたは好奇心が旺盛すぎるの。それが気に入らなかった。どうしてみんな、わたしをそっとしておいてくれないの？」

「あなたがみんなをそっとしておかないからよ！」ヴェラは思わず叫んだ。「最初からわたしを生きて帰すつもりなんてなかったんでしょう、ルビー？」

「あんたは知りすぎている。村には友だちが大勢いるわよね？　間違いなくわたしよりはたくさんいる。あんたがいなくなったことがわかれば、みんなが探しに来る。一週間もしないうちに、あんたの遺体は見つかるはず。そのころにはわたしは宝石を持って、とっくにどこかに行っているわ」

「あなたが殺人犯だってみんなに知られるのよ」ルビーがつかみかかってこようとしたので、ヴェラは脇に飛びのいた。

「だからなに？　わたしがこういう生き方を選んだせいで、村の住民はみんなわたしを嫌っている。わたしがどこかに行ってしまえばもう見つけることはできないんだから、好きに噂をすればいいのよ。そもそも、それがみんなの一番得意なことなんだから」

「どれじゃあ、どうしてわざわざわたしをここまで連れてきたの？　こんなことをしなくても、逃げ出せたのに」

「レジーとわたしは、愛し合っていたころ何度かここで会っていたの。全部終わらせるにはふさわしい場所だって思えた。実はわたしってロマンチストなのよ」

「あなた、どうかしてる」

ルビーは首を振った。「そう思うほうが簡単よね？　〝愛とお金にとりつかれて、頭がいかれたルビー〟。みんなそう言うんでしょうね。でもね、わたしはひとつひとつちゃんと考えて、理解して行動してきたの。結果なんて怖くなかった。殺人が恐ろしいのはいかれているからじゃない。なかったことにできないからよ」

ルビーは悲しそうな顔をヴェラに向けた。「だからあんたには手を引けって警告したのに。なかったことにできないことを、あんたにはしたくなかった」

ルビーは再びヴェラに襲いかかってきたが、ヴェラはかろうじてそれをよけた。ふたりはテーブルを蹴飛ばし、椅子を押しのけ、コテージのなかでもみあった。ルビーが振りおろしたナイフがヴェラの耳を切り裂いた。

ヴェラの吠える声があまりに大きかったので、ルビーはナイフから手を離し、咄嗟に両手で耳を押さえた。ヴェラはよろめきながら彼女から離れ、その拍子に当たったランタンが床に落ちて火が消えた。小さな窓から入ってくる稲妻の光がストロボのように一瞬あたりを照らすだけで、あたりは真っ暗になった。ヴェラはドアに近づこうとした。かんぬきを開ければ逃げられるかもしれない。

金属がこすれるような音がして、ルビーがナイフを見つけたことがわかった。背後に気配を感じてヴェラがさっと振り返ると、ルビーが頭からドアに突進してきた。逃げ道は窓しかないことをヴェラは悟った。脚をためめて準備を整えると、体を丸め、窓に向かって跳んだ。

ぎゅっと目を閉じると同時に、ガラスが割れて全身に無数の小さな切り傷ができたのを感じた。地面に落ちて転がりながら、突然の痛みを無視しようとした。ガラスが毛皮と皮膚に刺さっている。するとルビーがドアを開けて、飛び出してきた。

「逃がさないから」彼女は叫びながら、ヴェラに向かって突進してきた。

ヴェラの目に妙な光景が映ったのはそのときだ。斜面のはるか下で、ちらちらする十以上の光が木々のあいだを近づいてくる。稲妻が光り、黒っぽい人影がいくつもコテージに近づいてくるのが見えた。一瞬、ヴェラの心臓が高鳴った。助けが来た！

ルビーにもそれが見えたのか彼女がうなる声が聞こえ、ヴェラの気持ちは再び沈んだ。間に合わない。ルビーはすぐそこにいる。

ルビーが再び攻撃を仕掛けてきたので、ヴェラは転がって逃げようとしたが、窓から飛び出したときの痛みのせいで頭が朦朧としていた。ナイフが手を深々と切り裂いた。ヴェラは悲鳴をあげた。残った力を振り絞って次の一撃を逸らせようとしたが、ルビーを止められそうになかった。

ルビーは再びナイフを振りあげ、ヴェラはもう一度崖の方向に転がった。ルビーは彼女の心臓を狙って追ってくる。どうにかして彼女をあきらめさせることはできないだろうかとヴェラは考えた。ルビーが飛びかかってきた瞬間、ヴェラはうしろにさがり、左によける振りをした。

草は雨で滑りやすくなっていた。ヴェラがさっと身をかわすと、ルビーは止まることができず、哀れっぽい声をあげながら崖の縁のほうへとずるずると滑り始めた。

ヴェラは咄嗟に手を伸ばし、崖から落ちかけたルビーの手をつかんだ。「つかまって！」ヴェラは叫んだ。

だがルビーはヴェラの手から逃れようと、ばたばたと宙を蹴るばかりだった。「わたしに触らないで。離してよ。あんたの手助けなんていらないから。離して！」

ルビーはヴェラの手を振りほどいた。

「だめ！」

なにもないところに浮いているかのように見えたその一瞬、ルビーは勝ち誇ったように笑った。そして悲鳴をあげながら、はるか下にある川の深みへと落ちていった。

ヴェラは、暗闇に飲みこまれていくルビーをおののきながら見つめた。崖の縁から手をだらりと垂らしたまま、ただじっとそこに横たわるしかできなかった。大きく息をして、呼吸を整えようとした。自分であの斜面をおりていけるような状態ではなかった。

目を閉じ、雨はやむだろうかと考えた。全身が痛んだし、体を動かすたびに、ガラスのかけらが食いこむのが感じられた。ひどく疲れていた。ただ息をしているうち、ぼんやりと夢を見始めた。遠くからレノーアの声が、そしてオーヴィルやジョーやサン・リーの声が聞こえた気がした。けれど頭をあげることはできなかった。雨に打たれながら、ヴェラは意識を失った。

第三十章

嵐が猛威をふるっていた。シェイディ・ホロウの住民たちが高い崖の頂上へと急いでいるあいだも、雨が叩きつけるように降っていた。一行はそこで勇敢な記者を発見した——ほぼ意識がなく、びしょ濡れで、全身切り傷だらけだ。パンダは入念に彼女の様子を確かめ、脈を取った。心配そうに彼女を囲む住民たちに、命に別状はないがいまは触らないようにと言った。

ヴェラのまぶたが震えながら開いた。「ルビーが……落ちたの」

「見つける」低い声が言った。近くに立つオーヴィルの表情は、怒りとも心配ともつかなかった。「彼女の一部かもしれないが」

「見てくるわ」レノーアが言い、一緒に来るようにとグラディスとハイデッガーに合図を送った。鳥たちは崖の縁から飛び立ち、岩棚へとおりていき、そこでルビーの遺体を見つけた。彼女にはもう、どんな助けも非難も届かないことは明らかだった。レノーアはルビー・ユーイングの魂のために森の祈りの言葉を唱えた。

崖の上ではヴェラの目が再び閉じていた。

「急がなくては」サン・リーがいつもの落ち着いた口調で言った。「できるだけ早く手当をする必要がある」

「わかった」オーヴィルはまたヴェラを抱きあげ、シェイディ・ホロウまで連れ帰った。

ヴェラがようやく目を開いたとき、最初に見えたのはベッド脇で辛抱強く待っていたサン・リーだった。彼女のねぐらだ。サン・リーは彼女の山ほどの切り傷と擦り傷を丁寧に消毒し、包帯を巻いてくれていた。大部分は浅い傷だったが、左の手のひらだけはざっくりと切れていた。なにがあったのかを思い出し、ヴェラは体を震わせた。

パンダはヴェラを落ち着かせようとした。

「もう大丈夫だ」なだめるような口調で言う。「あのヒツジは死んだよ。きみはよくなる」つかの間ためらってから、言葉を継いだ。「きみは新聞記事のために自分を危険にさらした。次からは、だれかに助けを求めることだ。なにもかもひとりでする必要はない」

ヴェラはなにも言わず、包帯が巻かれた手を見つめた。「あなたはとても腕のいい医者なのね、サン・リー。シェイディ・ホロウには、ここで暮らす医者が必要だわ。仕事を変えるのはどうかしら？」

サン・リーは微笑んだ。「だがそうしたら、常連客の料理はだれが作るんだね？　少し休むといい、ミス・ヴィクセン。眠らなければ、治るものも治らない」

涙がこみあげてきたので、ヴェラは弱々しくうなずいた。顔を壁に向けた。いまはまだ反論できるほどの気力がない。サン・リーは彼女の怪我をしていないほうの手を軽く叩くと、出ていった。

次に目を覚ましたとき、ベッド脇にはレノーアが座っていたので、ヴェラはほっとした。レノーアは静かな口調でルビーの遺体が見つかったことを告げた。そしてヴェラがまだ、ハイ・クリフでルビーとなにがあったのかを話せる状態ではないと感じたので、嵐が来る前、ハイデッガー教授が森のなかを進んでいくヴェラとルビーを見かけたことを話した。なにかおかしいと感じた教授は〈ジョーのマグ〉——開いている店で一番近かった——まで飛んでいき、助けを求めたのだ。

「教授に会ったらお礼を言わなくちゃ。最大限の感謝の言葉で」ヴェラは言った。

「今週あなたがもう少しで死ぬところだったのは、これが二度目よ」レノーアは言った。「こんなストレスはもうたくさんだから。羽根が抜け始めているんだからね」

ヴェラは彼女に微笑みかけ、自分がどれほど危ないところだったかを思った。こうして生きているのは、本当に運がよかったのだ。ルビーは死に、謎は解け、すべてが終わったことが信じられなかった。新聞に独占記事を書かなければならないだろうが、それで終わりにしよう。この恐ろしい経験すべてを過去にしたかった。レノーアがおやすみとささやき、ヴェラは再び眠りに落ちていった。

翌日には体が起こせるほど元気になったので、ヴェラは記事のための覚書を作り始めた。レノーアは自ら志願した看護師兼保護者として、ヴェラに付き添った。ヴェラに会いたがった生き物は大勢いたが、レノーアはそのほとんどを追い払った。一番しつこかったのはBW・ストーンだ。スカンクは屁をかますぞとレノーアを脅し、家の外からヴェラに向かって叫んだ。

「忘れるんじゃないぞ、ヴェラ。おまえはおれの下で働いているんだからな。締め切りは明日の正午だ。なにひとつ省くなよ。普段の倍、刷るんだ！」

ヴェラはねぐらという安全な場所でその声を聞きながら少しだけ笑ったが、応じることはなかった。

「ヴィクセン？　聞いているのか？」

「シェイディ・ホロウには騒音条例があるんだぞ、ストーン」別の声がした。「留置場で社説が書きたいのか？」

「そうだな」BWはひるまなかった。「売り上げがあがりそうだ」

「消えろ！」彼自身が騒音条例に違反しそうな大声で、オーヴィルが怒鳴りつけた。

レノーアがオーヴィルを招き入れることはわかっていた。だれも警察にノーとは言わない。それにオーヴィルはヴェラを抱きかかえて、家まで運んでくれたのだ。二度も。

ヴェラは鏡をのぞき、そわそわと毛並みを整えようとした。だが全身のほとんどを包帯に覆われていたから、無駄な努力だと言えた。

「ヴェラ？」レノーアがドアの隙間から顔をのぞかせた。「オーヴィルが来ているけど」

「そうみたいね」ヴェラは平然とした口調を装った。「入ってもらって」

オーヴィルはついいましがたとは打って変わって、自信なさげな様子で入ってきた。手には花束を持っている。

「それって、デイジー？」ヴェラが訊いた。

「だと思う。きみに」オーヴィルは恥ずかしそうに花束を差し出した。

「まあ。ありがとう」ヴェラは顔を赤らめた。もう長いあいだ、だれかに花をもらったことなどない。「これって……優しいのね。デイジーは大好きよ」

オーヴィルは足をもぞもぞさせた。「きみは殺人犯を捕まえた。たいしたものだよ。それにとても勇敢だった」

「ありがとう」ヴェラは繰り返した。クマに勇敢だと言ってもらえるのは、とても光栄なことだ。

オーヴィルは目を細くした。「だが、ひとりで行くのは危険だった。だれかに連絡すべきだった」

「信じて」ヴェラは傷ついた手をあげた。「ちゃんと学んだから」

オーヴィルはヴェラの隣の椅子にどさりと腰をおろした。正式な報告書を作るために、ヴェラからしっかりと話を聞かなくてはならない。ヴェラは自分のノートの内容とイーディスの犯行の証拠だと思いこんだ透かしのある紙のことを語った。「でも状況証拠でしかなかったのね――あの紙は盗まれたのかもしれないし、イーディスだけが使っていたわけじゃなかったのかもしれない」

次にヴェラは、ルビーが脅迫していたことを知って、彼女が隠しているものを探しに森へ出かけたことを話した。そして最後に、森まで追ってきたルビーにナイフで脅され、ハイ・クリフのコテージに連れていかれたのだと説明した。

ルビーが語ったことを、一言一句残らずオーヴィルに話した。彼女とフォン・ビーバーペルトの関係、予想外にオットーが毒を飲んだこと、その死体にナイフを突き立てたこと、フォン・ビーバーペルトを溺れさせたこと。コテージでの争いについて語ったときには、声が震えた。ルビーが泥のなかで足を滑らせ、崖から落ちたくだりでは、目に涙が浮かんだ。

「助けようとしたの」ヴェラは涙を流しながら訴えた。「でも、彼女がそうさせてくれなかった」

とりあえずいまはこれだけで充分だと判断したらしく、オーヴィルはノートを閉じた。

「きみのせいじゃないよ、ヴェラ」

「そうかしら？ なにもかもわたしたちのせいなんじゃない？ 少なくとも、一部は？ ルビーにはだれも話し相手がいなかった。村全体からひどい扱いを受けていた」

「殺人の言い訳にはならない」オーヴィルは鼻を鳴らした。「文明的な生き物はそんなことはしない」

ヴェラは重大な証拠があることを思い出し、オットーの日記をオーヴィルに渡した。

「きみはまた証拠を隠していたのか。それは違反行為だ」

「突然、規則にくわしくなったのね」

「ふむ」オーヴィルは説明した。「署長はここ最近の出来事にすくみあがって、すでに引退をほのめかしている。そうすれば一日中、釣りをしていられるからね。じきにわたしが署長ということになると思う。つまり、規則を知っている必要があるということだ。そんなわけで『警察活動大全』をじっくり読み直しているんだよ」

「それって、大きな変化ね。博識な警察官。もっとくわしく聞きたいわ」

「ふむ」オーヴィルは緊張した面持ちで言った。「食事をしながら話をするのはどうだろう……もちろん、きみの具合がよくなってからだが」

ヴェラは耳の先まで赤くなった。デイジーの次は、食事の誘い？「ええ、喜んで」

「本当に？ ふむ。えーと、よかった」オーヴィルは自信なさげに笑った。「それなら、早くよくなってくれないと。えーと、わたしは仕事に行かないと」

「すぐに元気になるから」ヴェラは約束した。

エピローグ

ヴェラは驚くほど早く回復した。とにかく、記事を書かなくてはならない。記者に休んでいる暇などないのだ！　ヴェラはできるだけの速さで書きあげた。すぐにでも号外を出すため、ハイ・クリフでの出来事について書いた原稿を翌日にはウサギが大急ぎで新聞社に届けた。

同じ日、エスメラルダ・フォン・ビーバーペルトが彼女を訪ねてきた。

「製材所まで来てもらえないかしら、ミス・ヴィクセン？　ママがあなたに来てもらいたがっているの」

特ダネのにおいを嗅ぎつけたヴェラは、おとなしくその誘いに応じた。

イーディス・フォン・ビーバーペルトはレジナルドのかつてのオフィスをうろうろと歩きまわっていた。ヴェラを見ると、素っ気なくうなずいた。「ミス・ヴィクセン。ひどい有様ね」

「ありがとうございます」ヴェラは応じた。「話を始める前に、ひとつお訊きしたいことがあります」そのために持ってきた、二枚の透かしのある紙を見せた。「こちらは、ご主人の葬儀への招待状です。もう一枚はわたしに送られた脅迫状です。ルビーがどうやってあなたの紙を手に入れたのか、心当たりはありますか？」

イーディスは二枚の紙を見つめた。「あら、まあ。ええ、あるわ。数か月前、〈グッディ・クロウ〉にいろいろと寄贈をしたのだけれど、そのなかにこの紙の束があった。彼女は、そこで見つけたのね」

「それで納得しました」ヴェラは言った。これも、ルビーに都合よく働いた偶然のひとつだったというわけだ。

イーディスはうなずくと、秘書に命じた。「チターズを呼んでちょうだい」

「どうしてわたしは呼ばれたんでしょう？」ヴェラは尋ねた。

「あなたはノートを準備していることね」というのがイーディスの答えだった。

やってきたハワードは、ドアロで不安そうに立ち止まり、イーディスが顔をあげて彼に気づくまで、手をもみしだいていた。

「あら、ハワード、入ってお座りなさい。あなたを食べたりしないから」イーディスが声をかけた。

　ハワードがおののいて見えるのは、クビを宣告されると思っているのだろうとヴェラは考えた。「はい、ボス」

「改めて気づいたのだけれど」イーディスはかしこまった調子で切り出した。「あなたはとてもいい仕事をしてくれているのね。そうしてほしいとわたしが頼んだときに製材所を再開させてくれたし、だれもがあなたの仕事ぶりをほめているわ。あなたに昇進してもらおうと思うの。たったいまから、製材所の所長になってもらいたいのよ。わたしは今後も会長として残り、財務面での重要な決定はくだすけれど、製材所の日々の業務はあなたに任せたいの。どうかしら、チターズ？」

　ハワードは一分ほどなにも言えずにいたが、彼はばかではなかったから、気を取り直すとうなずいた。

「ありがとうございます、ミセス・フォン・ビーバーペルト」ようやく口を開いた。「喜んで製材所の所長を務めさせてもらいます」しゃんと背筋を伸ばし、企業家らしい顔をしようとした。

　ヴェラは満面に笑みを浮かべてハワードにウィンクをしてから、メモを取り始めた。

「おふたりにいくつか質問させてください」ヴェラはイーディスの選択に感心していた。

あれだけの悲劇があったあとだから、シェイディ・ホロウがいい知らせを必要としていることを彼女はよくわかっている。この記事なら完璧だ。

翌日ヴェラは、刷りあがったばかりの今日の〈シェイディ・ホロウ・ヘラルド〉紙に目を通した。

折り目のすぐ上に大きな見出しが印刷されている。

情熱と毒

ルビー・ユーイングの全告白

ヴェラ・ヴィクセン記

数週間にわたってシェイディ・ホロウの人々を恐怖に陥れてきた事件が終焉を迎えた。偶然の結果であり、計算ずくでもあった一連の悲劇は、ひとつの悲劇によって終止符が打たれた。オットー・ズンフとレジナルド・フォン・ビーバーペルトを殺したことを認めたルビー・ユーイングは確かに悪人ではあったが、彼女が語る物語には悲しみも漂う。彼女は住民から認められたいと願っていたにもかかわらず非難され……

だが、その横にはこんな小さな記事もあった。

チターズ昇進　フォン・ビーバーペルトは会長として残る
ミセス・フォン・ビーバーペルトはネズミを〝全面的に信頼〟していると述べる。
詳細はB1のビジネス欄に。

ヴェラは両方の記事に目を通し、少し悲しそうに微笑んだ。小さな村に大きなニュース。早くいつもの暮らしが戻ってくることを願った。

「次のスペリング大会はいつ？」彼女は同僚のウサギのひとりに訊いた。

「来月の四日だよ。息子が中学年の部に出るんだ」ウサギが言った。

「記事にするから、話を聞かせてね。待ちきれないわ」

「もちろんさ、ミス・ヴィクセン」ウサギはしげしげと彼女を眺めた。「なんだか今日はきれいだね。すごく洗練されている」

「本当に？」ヴェラは自分の新しい服を見おろした。「頑張りすぎているように見えないといいんだけど。どう？」

「なにに頑張りすぎているんだ？」

別のウサギが駆けこんできた。「ミス・ヴィクセン、オーヴィル副署長が来ている。あんたとデート――じゃなかった、話を聞く約束があるって言っている」

「ありがとう。すぐ行く」

ヴェラはバッグを手に取ると、ウサギたちを険しい顔で見つめた。「ゴシップ欄担当のハチドリにはなにも言わないこと。わかった?」

ウサギたちは耳をパタパタさせながら、大きくうなずいた。「もちろんさ。問題ないよ。絶対に言わない」

「よかった」ヴェラは、どこか洗練された装いのクマが待つ階下へと階段を駆けおりた。

ウサギたちは彼女を見送ると、顔を見合わせた。「グラディスの机まで競争するか?」片方が訊いた。

「位置について……用意……ドン!」

謝辞

わたしたちは、住みよい小さなコミュニティで暮らし、働き、そして殺しを行う森の生き物たちの世界を作りあげました。けれどシェイディ・ホロウ・ミステリ・シリーズが生まれたのは、全員の努力の結果によるものです。

まず、ニコラス・トゥラチがハマー&バーチ社でわたしたちの最初の発行者となって、わたしたちの物語が書籍という形になって世に出るように、期待以上に働きかけてくれました。

かつてのボスであり、現在は友人となったダニエル・ゴールディン――ウィスコンシン州ミルウォーキーにあるボズウェル・ブック・カンパニー社のオーナーであり経営者――には感謝してもしきれません。彼は最初の読者であり、出会った人すべてに自ら本を売ろうとするような根気強いチアリーダーでもありました。すべての作家が、これくらい幸運でありますように。

本を買ってくれ、イベントに参加してくれ、とても面白かったと言ってくれた友人たちと家族にも感謝します。その愛と激励のおかげで、わたしたちは書き続けることができましたし、シェイディ・ホロウの世界をさらに探索し、新しい登場人物や場所を発見することができました。

出版業界の非凡な代理人であるジェイソン・ゴブルに多大なる感謝を。とりわけ、わたしたちの本に対する惜しみない支援と業界全体への擁護については、どれほどお礼を言っても言い足りません。

このミステリを新たに世に出してくれて、わたしたち自身、そんなものを持っていたことすら知らなかった夢をかなえてくれたヴィンテージ・ブックスとアンカー・ブックスの編集者であるケイトリン・ランデュイトにも感謝します。

シャロンより――わたしを信じ、わたしがすることすべてを支えてくれる愛する夫マーク、ありがとう。

ジョスリンより――PBS殺人ミステリでわたしを育ててくれて、本を愛することを教えてくれて、英語を専攻したときにたじろがなかった両親に心からの感謝を。

そしてニック、いつもそこにいてくれてありがとう。あなたはわたしの人生にとって最高の存在で、チーズよりも愛しているわ。

訳者あとがき

はるか北の果てにある動物たちだけの小さな村。そこでは森の動物たちが静かに、平和に暮らしていました。クマがウサギを襲うこともなければ、キツネを見たネズミが逃げ出すこともありません。それぞれがふさわしい仕事についていて、隣人と噂話に興じたり、住民たちのたまり場になっているコーヒーショップでくつろいだりと、ごく当たり前の小さな村のような時間が流れていました……とここまで読むと、おとぎ話のようなのどかな物語を想像するところです。実際、シェイディ・ホロウでは、警察署長のクマが毎日、朝から晩まで釣りばかりしていて、それでもなんの支障もないくらい平和な日々が続いていました。ところがある日、背中にナイフを突き立てられたヒキガエルのズンフの死体が池に浮いているのが発見されて、村は大騒ぎになります。ズンフは住民たちとはほとんどつきあいがなく、世捨て者のように暮らしていましたから、だれも犯人の心当たりはなく、捜査は行きづまります。というよりも、殺人などという大きな事件は遠い遠い昔に一度あったきりでしたから、ろくに署に顔を見せない警察署長はもちろんのこと、副署長も捜査の方法すらわからず、備えつけてあったマニュアルに従うほかはなかったのです。そこで勇み立ったのが、〈シェイディ・ホロウ・ヘラルド〉紙の記者である、キツネのヴェラでした。編集長のスカンクからお尻を叩かれずとも、記者であれば特ダネに飛びつくのは当然のこと。そのうえ彼女は以前暮らしていた町で腕利きの警察担当記者でしたから、こういった事件の捜査にも経験があったのです。村で唯一の書店を経営する、親友のカラスのレノーアの助けを借りながらヴェラは捜査にあたることになるのですが……

擬人化された動物たちが暮らす村で殺人事件が起きる、という設定は、ファンタジーに分類すべきか、はたまたミステリなのか、ジャンル分けが難しいところですが、そのギャップが本書の魅力だと言えるでしょう。住民を不安にさせようがお構いなし、売り上げさえ伸びれば満足する新聞社の編集長、自分たちはほかの住民とは別格だとお高くとまっている社長一家、増える一方の家族を必死になって養っている経理係など、それぞれの人間模様ならぬ動物模様が描かれているあたりは、コージーっぽさもありますね。ほんのりとロマンスを忍ばせているのも興味深いところです。ヘラジカがコーヒーショップのオーナーだというのは、なんとなくうなずけますし、フクロウが知ったかぶりをする哲学教授というのはさもありなんという気がします。カラスが経営する書店は上の階まで吹き抜けになっているので、客に呼ばれてもすぐにそこまで飛んでいけるのはとても便利かもしれません。

本書はジョスリン・コールとシャロン・ネーゲルのふたりがジュノー・ブラックというペンネームで共同執筆したもので、シリーズは三巻まで刊行されています。ふたりは長年、ミルウォーキーの書店で働いていて、あるとき、店長が動物の指人形が入った箱をカウンターに置いたのが、このシリーズの始まりでした。ふたりは指人形に値札をつけながらそれぞれに名前と職業を与えているうち、いつしか森の生き物たちが暮らす村が生まれ、物語が始まっていたのです。完成した物語は二〇一五年に小さな出版社から刊行されたのち、大手のペンギン・ランダムハウスから再刊されました。四巻目がこの秋に刊行予定とのこと。楽しみに待ちたいと思います。

訳者略歴　ロンドン大学社会心理学科卒，翻訳家　訳書『デスパーク』モーパス，『ネバームーア　モリガン・クロウの挑戦』タウンゼント，『歴史は不運の繰り返し　セント・メアリー歴史学研究所報告』テイラー（以上早川書房刊）他多数

HM=Hayakawa Mystery
SF=Science Fiction
JA=Japanese Author
NV=Novel
NF=Nonfiction
FT=Fantasy

狐《きつね》には向《む》かない職業《しよくぎよう》

〈HM(510)-1〉

二〇二三年九月　十　日　印刷
二〇二三年九月十五日　発行

（定価はカバーに表示してあります）

著　者　ジュノー・ブラック
訳　者　田《た》辺《なべ》千《ち》幸《ゆき》
発行者　早川　浩
発行所　株式会社　早川書房

郵便番号　一〇一 - 〇〇四六
東京都千代田区神田多町二ノ二
電話　〇三 - 三二五二 - 三一一一
振替　〇〇一六〇 - 三 - 四七七九九
https://www.hayakawa-online.co.jp

印刷・三松堂株式会社　製本・株式会社フォーネット社
Printed and bound in Japan
ISBN978-4-15-185701-0 C0197

本書は活字が大きく読みやすい〈トールサイズ〉です。

「星さんのアイデアだということを言わなきゃいかんぞ」って。でも、タイトルだけでどう言えばいいかなあと思って（笑）。

――今回このインタビューで明らかになりますので（笑）。この作品は、当時の有名人が山のように出てきますが……。

筒井　ここに出てきた有名人、ほとんどみんな死んじゃいましたねえ。今の人は知らない人が多いかもしれませんね。これ、たった三十枚の作品なんだけれども、〈オール讀物〉の編集長が喜んじゃって、「これを目玉にします」なんていって車内吊り広告に大きな字でバーンと出したもんで、誰も三十枚と思わない（笑）。買った人が怒ってんの、「なんだ短いじゃないか」って（笑）。新宿歩いてたら加賀まりこに会って、彼女にも「なんてもん書くのよ」って言われましたね（笑）。

――原典同様、田所博士が出てきて、科学的な解説をしますね。

筒井　一応それはね、必ずしなきゃいけないんで。いくら『日本沈没』の裏返しといったって、パロディにしている人間がSF作家である以上は、それなりの合理主義的な解釈がいるわけなんでね。

――次の「**ケンタウルスの殺人**」（漫画讀本／64年4月号）は〈漫画讀本〉に載った作品です。推理小説の出題篇があって、読者の解答を募集し、次の号で解決篇を載せる。

筒井　そう、懸賞付き推理小説というのをやってたんです。で、僕以外の人はみんな本職の推理作家なんです。

――そうですね、ＳＦ作家では筒井さんだけですね。

筒井　僕だけなの。だから、ＳＦ仕立てにしたわけなんで、ＳＦの側からすれば、これはＳＦ作家の書いた推理小説のパロディということになるから、まあパロディ篇に含めてもよいだろうということなんですね。

――推理小説側からすれば、これは完全に推理小説ですね。

筒井　そうですね、ＳＦではあるけれども、最後はちゃんと首尾一貫した解決にしています。だいぶ苦しみましたけどね、これは。で、苦しんだわりには出来がよくないですね。面白くないですよ、あんまりね。

――いやいや、二段構えのトリックで、僕は非常に面白かったですが。続いて「**小説『私小説』**」（別冊文藝春秋／68年12月号）。

筒井　これは私小説を書いている人の話であって、私小説そのもののパロディじゃないんです。文体まで私小説風にできればよかったんだけど、そこまでの技量がなくて……。とにかく私小説というのはよくないと。自然主義小説をいちばん悪く日本式にねじ曲げたものであるという、そういう持論がこのころはあったので、それでやたらと攻撃しているわけですね。私小説でも実験的なものであれば許容する気持ちになってきたというのはだいぶ後になってからですね。それから、このときは、「大波小波」という東京新聞のコラムでけなされましてね。

——よく「大波小波」にはけなされてますね（笑）。

筒井 うん、この老大家がお手伝いを犯すでしょう。小説に書かなきゃならんからどうしても「せにゃならん、せにゃならん」という。なんというやらしい描写かといって怒り狂ってましてね。ただ、最後のほうで奥さんがこの老大家をお釜で撲殺する。そのへんからは非常にいいと書いてましたね。

——あ、そこはいいわけですか（笑）。

筒井 うん、そのへんは非常に迫力があると。だから時代小説なんかをこの調子で書いたらよいのではないかなんて、少しだけ誉めてましたけどね（笑）。

——小説に書くためにこれをしなくちゃいけないという本末転倒が鬼気迫る感じで、面白いんですが……。

筒井 そうなんですけどね、あそこがいちばんのキモなんだけど、やっぱりちょっと生臭かったんでしょうね。でも、実際あけすけにいえばそのとおりのわけだから、下品だといわれてもどうしようもないんですけどもね。

——次が「**ホルモン**」（別冊小説現代／72年9月号）ですね。

筒井 この「ホルモン」は、これは僕としては珍しく二番煎《せん》じなんです。先に「ビタミン」というのがあって、それが星雲賞取ったりなんかして、評判よかったもんだから。

——医学パロディですよね。「ビタミン」はビタミンAから順番にそれにまつわるショート・ショートのようなかたちで連作になっているんですけれども、ぜんぶ出典がまず書いてあって、出典が本当はないものまでぜんぶ書いてあるというスタイル。「ホルモン」も同じように。

筒井　ええ、同じような形式ですね。

——性ホルモンを発見するというところの話から、だんだん、だんだんエスカレートしてきて。最初は一八八九年から始まってますね。

筒井　まあそのへんは発見された年代とかなんとかは百科事典程度の記述で何とかわかりますからね。

——最終的には一九八八年ですから、この作品が発表された段階では「未来」なんですね。マキタアキヒロ博士がホルモンの分泌を自在に操って、男になったり女になったりできる人間になるという話です。この名前は、美輪明宏とカルーセル麻紀をあわせたような名前ですね（笑）。

筒井　ああ、そうですね（笑）。

——あと、光瀬龍さんの《宇宙年代記》に出てくる、ユイ・アフテングリという歴史家をもじって、ワイ・キモデングリというのが（笑）。

筒井　あ、それはあちこちに出てくるでしょう。

——出てきます（笑）。山野浩一さんの「まじめについて」という文章まで引用されているんですが（笑）、これは〈宇宙塵〉に載った柴野拓美さんとの論争の一部なんですが、じつに自然な形の引用で（笑）。

筒井 そうそう、それをそのまま引っ張ってきたんだ。ま、そういうのがパロディの醍醐味《だいごみ》なんですよね、わかる人にはわかるけども、わかんない人にはわかんない。だからわかる人はそれだけ面白い。優越感をくすぐる楽しさですね。

——つづいて「**フル・ネルソン**」（SFマガジン／69年10月増刊号）。

筒井 これがこの手のわけのわかんないもののなかでいちばん早いですね。これはみんな「わけわかんない、わけわかんない」と言ってた。書いた本人だってわかんないんだから（笑）。ジャズ評論家の相倉久人が「これはすごい」とほめてくれましたね。

——しかし、よくこういう小説を思いつかれるなあと思うんですが。

筒井 まあこういうものですから、なにも説明はないんですけどもね、まあ言ってみれば前衛文学のパロディでしょうね。この形式の純文学というのはちょっと知らないけれども、前衛的な文学ではこういうイメージのものがあるし。このころはサミュエル・ベケットとか、ユージェーヌ・イヨネスコとか、そのあたりの戯曲を読んでました。前衛劇ですね。その影響をだいぶ受けてますね。

——なるほど。ある意味では芝居の台詞だけというような。

筒井 そうですね。非常に魅力的な台詞がたくさんあるけれども、状況はわからないということになったら面白いだろうなと。

――その次の「**モダン・シュニッツラー**」（ＳＦマガジン／74年2月号）、これもやはり戯曲ですが、かなり古い戯曲で、元になったシュニッツラーの作品が一九〇〇年ですね。

筒井 『輪舞』ですね。これはその輪舞《ロンド》形式というその形式だけをいただいてのパロディ。内容はあまり関係ないけれども、ま、エロチックというところは似てるわけですね。

――セックスの相手がだんだん一人ずつ入れ替わっていくという。元の戯曲では普通に農夫ですとか、貴族ですとか。

筒井 兵士とか、女子学生とかね。あれはよくできた戯曲ですよ。映画にもなったし。映画に二回なってますね。ロジェ・バディムのやったやつが二回目かな。

――「モダン・シュニッツラー」では、それが宇宙飛行士やニワトリが出てきまして（笑）。最終的には……という作品（笑）。次の「**デマ**」（ＳＦマガジン／73年2月号）はレコードのための書下しです。

筒井 これはね、ＣＢＳソニーでしたっけね。呼ばれて、佐藤允彦さんと打合せをしたときに、僕にはこの「デマ」というアイデアがあるという話をしたんですよ。向こうはなんかもっと壮大な宇宙ものとか、未来ものとか、二十一世紀からの証言とか、そんな難しいことを言ってましたよね。僕はもう少し文学的で実験的で、ガチガチのＳＦでないものということでこれを書いたんです。

——これ、レコードにはどういうかたちで収録されたんですか、朗読というか、台詞をみんなが一人ずつしゃべるという感じですか。

筒井 いやあ、台詞はなかったと思いますよ、音楽だけだったと思いますね。ライナーノートにこの「デマ」が載っている。

——あ、じゃあレコードを聞きながらこれを読むというかたちだったんですか。

筒井 そうですね。そうだったと思います。

——今回はじめて文庫に入るんですが、四段組みでチャート図のようにどんどん……。

筒井 これはデマが伝播《でんぱ》していく状態を書いた本があったんです。それがこの形式で書いてあったんですね。ですから、その形式を真似してやったわけですね。

——この作品、面白いんですけども、四段組みという形態が災いして今まで文庫に一度も入ったことがありませんので、今回はじめて読むという方もけっこういるのではないかと思います。

筒井 こういう実験的なものは当時は〈SFマガジン〉にしか載せてもらえなかったですね。その次の「**バブリング創世記**」(問題小説/76年2月号)がはじめてですよ、ああいうバカなものを中間小説誌に(笑)。これは話題になりましたね、「もうなんということをするか」と。山下洋輔にアイデアを話したときにはひっくり返って喜んじゃって。で、ついに彼がレコードにしたんですね。

——これはファンの人が筒井さんの家にきて暗唱したという話がありましたね。

筒井　そうそう、そうそう。バカだよねえ。『時をかける少女』が映画化されたときにも、リアルタイムでやりますっていって、曲から台詞からぜんぶワーッとやった中学生がいた。一人でやったんだ。あのときは呆《あき》れたよ（笑）。あれは僕のファンというよりは映画の原田知世ちゃんのファンだったんでしょうけども。

——「バブリング創世記」を暗唱した人というのは、玄関先で？

筒井　どっちも玄関先で。それも中学生ですよ、別の子だけど。

——すごいですねえ（笑）。ただ、間違ってもわかんないですね（笑）。しかし、これが76年の作品ですね。

筒井　そうですね、よく雑誌に載せてくれたよね（笑）。これが「**裏小倉**」（オール讀物／77年6月号）になってくると、もうこれはわかってますからね。ただやっぱり元を知らないと面白くないというところが、どうしてもある。これ、発表した後でしまったなと思ってね、原典と並べて出したら面白かったなと思ったんですよね。ただそこまでするのも、またなんかねえ。枚数も倍になるし、それからこんどは元ネタを知ってる人の優越感が犠牲になっちゃう。

——あんまり解説しすぎるのも……。

筒井 いかんしね。だけど、原典と比べて読むと面白いんですよね、やっぱり。これはどうしよう、原典をはさみ込むか。

――これはぜひ「百人一首」を脇に置きながら読んでくださいということで。

筒井 うん、それを書いといてください。

――次は「**諸家寸話**」（野性時代／85年5月号）。これは実話ですね？

筒井 そうです。みんなの言った面白いことを集めているだけだから、これはずるいんだけれども。僕はわりとそういうことを覚えてるほうだからね。これは編集者がみんな面白がってたね。中井英夫さんなんかいかにも言いそうだとかね。あの人はもう平気でそういうことを言うの、誰に対しても。ここでそれぞれの人の話をやりだすときりがないのでやめておきますけども（笑）。「**読者罵倒**」（すばる／85年9月号）というのは、これもやっぱり前衛劇で『観客罵倒』という有名な劇がありまして。

――それの小説版。

筒井 そうそう。で、タイトルを聞いて「これはいいな」と思ったんで、その劇は読まなかったんだけど、やっぱりなかでほんのちょっと似てるところはあるみたいですね。

――これも「バブリング創世記」の系列で、ぜんぜん改行なしで延々と続くという。

筒井 だから、これは音楽を聞くように読むのがいちばんいいと、内藤誠が言ってましたね。なんかコルトレーンを聞いてるみたいな感じだったなと。やっぱり音読してるんですかね（笑）。

——初出を見ると「読者罵倒」と「**筒井康隆のつくり方**」（小説新潮／85年10月号）はほとんど同時に書かれていまして、しかも〈すばる〉と〈小説新潮〉ですね。これは純文学誌と中間小説誌、どちらが逆でもおかしくないような感じですね。

筒井　うん、そうですね。

——「筒井康隆のつくり方」は、今までのコラージュ手法の集大成のような形で。

筒井　自伝ですよね、自伝を年代記風に書いてます。僕は自伝というのは今後も書く気はないし、まあ書くとしたらこんな形でしか書けないということですね。

——この「筒井康隆のつくり方」には、「火星のツァラトゥストラ」をはじめとして、今回入っている作品がかなり出ていますので、短篇集としては首尾一貫するのではないかと思いましたが。

筒井　あ、そうですか。全体の解説としても読めたりするなら、ちょうどよかったですね。

——ではパロディ篇についてはこのへんで。本日はどうもありがとうございました。

二〇〇二年七月二日収録

[4] ロマンチック篇
自作解題

——今回は、「ロマンチック篇」です。以前、編集させていただいた『座敷ぼっこ』（出版芸術社／ふしぎ文学館）が、抒情SF短篇集という括《くく》りでしたが。

筒井 あれが売れたんですよね。

——はい。あのシリーズのなかでも、かなり評判がよかったんです。「ふしぎ文学館」という叢書は基本的に怪奇もののシリーズなものですから、最初は「怖いものをまとめさせてください」ということで筒井さんにお願いにいったんですが、「それだと意外性がないので、ロマンチックなものをまとめたらどう？」と逆に提案していただいて、ああいう本になりました。今回の『睡魔のいる夏』はその流れを汲んだセレクトで、重なっている作品もありますが、文庫で手軽に読めるようになったのはうれしいことだと思います。

さて、まずは「**わが良き狼**《ウルフ》」（SFマガジン／69年2月号）。このなかではいちばん新しいんですね。

筒井　あ、そうですか。いや、それでもずい分前ですよね。〈ＳＦマガジン〉にだいぶ長いことドタバタばかり書いていて、その最後あたりになるのかなあ。

――そうですね、もう中間小説誌にかなり書かれているころです。

筒井　これは、中心はロマンティシズムだけども、ちょっと見にはハードＳＦみたいな趣になっていますので、中間小説誌ではちょっと無理かなと思って〈ＳＦマガジン〉に出したんです。僕自身も好きなんですよね。あとで三一書房から出た短篇集のタイトルにもしました。ハワード・ホークスの映画によく出てくる、男どうしの友情とか、そういった感じのものですね。野田宏一郎（昌宏）が誉めてくれましたよ。彼は、こんなの好きなんですよね。そういえば、平井和正が嫌ってたな、この作品。

――あ、そうなんですか、なぜなんでしょう？

筒井　さあ、なぜですかね。彼は僕のドタバタは、喜んでましたからね。いや、内心きっと、ある程度感激しているに違いないんだけれども（笑）。

――「**お紺昇天**」（ＳＦマガジン／64年12月号）も〈ＳＦマガジン〉ですね。

筒井　これは〈ＳＦマガジン〉初登場の作品です。

――あ、初登場だったんですか。

筒井　その前に「ＳＦセクソロジー」という別冊に「ブルドッグ」が載ってますが、あれは〈宇宙塵〉からの転載なんで、本誌への初登場はこれになります。「お紺昇天」は読むなり、福島（正実）さんが「これはいただきます」なんていって。

――これは64年の12月ですから、「わが良き狼《ウルフ》」まで四年しかないんですね。

筒井 あのころは時間が早く経ったように思いますねえ。時間が凝縮されていたような。どんどん売れっ子になっちゃって。

――この作品も、好きな人が多いですね。

筒井 そうですね。初期のもので、みんながよく覚えてくれている。実は、これと同じような経験があったんですよ。まだ乃村工藝社に勤めているときだけども、台風になって、阪急電車が止まっちゃったんですね。それでタクシーで帰ろうとしたら、運転手が気さくないい男だったんで、会話がはずんでね。吹田の国鉄のガード下まで来たら水没してるんですよね。あちこちに点々と、エンジンが水に浸かった車が立ち往生してるの。「これ、だいじょうぶか。行けるか？」と言ったら、「何とか行きます」って。波さえ立てなければ浸からないからということで、ソーッと行って。そしたら、横ででかい車が立ち往生してるんですよね。「もうだめだな」と思ってたら、何とか行けたんですよ。で、「ヤッターッ」なんて言ってね（笑）。面白かった。まあ、その体験が生きてるんですよ。で、これも野田宏一郎絶賛。

――こういうロマンティシズム、お好きなんですね。

筒井　で、ちょうどこのころ、これとほとんど同じ設定……ええっとアシモフの……。
――『サリーはわが恋人』。
筒井　そうそう、「サリーはわが恋人」。野田宏一郎がその存在を教えてくれた。だけど「お紺昇天」のほうがいいと言って。
――「お紺昇天」は会話が泣かせるんですね。何度も読んでわかっているのに、あのラスト・シーン、やっぱり今回もホロリとさせられました。
筒井　あ、そういえば、最後もアシモフと同じだったんだ。「何ていい車だったんだろう」って。
――あ、そうですね。期せずして日米競作のような形になったという。
筒井　驚いちゃった。偶然もあるものだねえ。
――続いて、「**睡魔のいる夏**」（ＮＵＬＬ８号／62年12月）です。
筒井　これはちょうどグレゴリー・ペックとエヴァ・ガードナーの『渚にて』ていう映画。あの影響があるんじゃないかと思います。
――終末ものですね。いずれみんな死んでいくのがわかっているという設定。
筒井　『渚にて』、もちろんネビル・シュートの原作も読んだけども、映画のほうがやっぱりショッキングでしたよね。波打ち際に誰もいないとかね。実際に目で見ると、やっぱりこれはすごいなと。こういう静かなやつを書きたいなと思ったんです。

——このころの〈NULL〉の発行ペースは半年に一冊ぐらい。

筒井　そうですね。〈NULL〉にはずい分お金をはたきましたよね。

——持ち出しですか？

筒井　活版ですからねえ。百部だったんですけどね、三万八千円かかったんですよ、当時。で、僕のそのときの給料が一万二千円かそこらですからね。ずい分つらかったですねえ。

——今だったら百万円ぐらい出すような感じですね。

筒井　そうですね。きれいな装丁にしてね。だから親の世話になってなきゃ、とても出せてないところでしたけどね。

——次は「**白き異邦人**」（メンズクラブ／67年5月号）です。宇宙を放浪している地球人の生き残りが現地の女性と結婚して……という話なんですけれども、非常にタイムスパンが長くて、今見ると後の傑作長篇『旅のラゴス』の萌芽を感じます。

筒井　ああ、それはあるかもしれませんね。だけど今から考えてみると、モルナール・フェレンツの『リリオム』にちょっと似てますね。これを書く十何年か前に『リリオム』を青猫座の芝居で見てるんですよね。

——天使が出てくるやつでしたっけ。

筒井　そうそうそう、天使が連れてくるんです、リリオムを。で、わかんないのね、妻や娘には。宝塚歌劇でもやったけど、青猫座はきちんと『リリオム』の原作どおりにやったんですよ。その時にリリオムをやったのは金田龍之介だった。僕はこれを見て感激して、青猫座の試験を受けたんですよ。で、入ったんだけど、その時はもう新派に行っちゃって、金田龍之介はいなかった。

――なるほど。

筒井　『リリオム』はモルナールでしたよね。シャルル・ヴィルドラックの『商船テナシティ』とか、マルセル・パニョルの『マリウス』とか『ファニー』とか、あのへんの一連のフランス演劇、ウェルメイドプレーのね。このあたりは好きでしたね。パニョルには『トパーズ』なんてのもあったな。

――で、こういう系統からはちょっと外れますが、次の「**旅**」（SFマガジン／68年2月号）は、今でいうヴァーチャル・リアリティを先取りしたような作品ですね。コンピュータの中だけで世界が構築されていくという。

筒井　そうですね。だいぶ凝った文体で書いた記憶がありますね。もともとはこれ、夢で見たんですよ、「西遊記」の連中がそのまま「桃太郎」になるというね。なんか船に乗ってるんだけども、その桃太郎の一行が船に乗っていったらそこが異世界になってていう変な夢だったんで、「これ面白いな」と思って、それからいろいろ考えて書いたんですけども。

――68年だと、まだ福島さんが編集長ですね。

筒井 そうですね。福島さんは僕のドタバタが嫌いでねえ。だから、ドタバタでないものができると、〈SFマガジン〉へ持っていったような記憶があるね（笑）。「トラブル」を書いたときは、「もうこれで最後にしましょう」なんて言ってましたけどね。

――もうこの手のドタバタは、ということですね（笑）。

筒井 うん。でも、そのあと『ベトナム観光公社』書いたら直木賞候補になって、ちょっと彼も見直したみたいですけどね（笑）。

――次の「**時の女神**」（三一書房『にぎやかな未来』68年8月）から五篇はショート・ショートです。ショート・ショート篇の『怪物たちの夜』から内容的にはみだして、本巻に来たという感じですね。「時の女神」は『にぎやかな未来』に初収録なんですけれども、これは……？

筒井 これの本当の初出はね、日航の機内誌なんですよ。そこにシチズンのページがあって、時計とか時間に関するショート・ショートをお願いしますという注文でした。したがって、これ、最初にそこに載ったときは、英文でした。

――あ、そうだったんですか。それは日本語の文章……元の原稿は、その雑誌には載らなかったんですか。

筒井 うん、載らない。

――なるほど、それで日本語の作品としては『にぎやかな未来』に初収録ということなんですね。これは、時間テーマ、タイムパラドックスですね。

筒井　うん、評判よかったんだけども、まあタイムパラドックスものとしては、よくある話ですよね。でもやっぱり、そのよくある話をコンパクトにした代表作みたいなものなんで、これは『世にも奇妙な物語』でドラマにもなりましたね。あれはなかなかよかったですよ、きれいな女優さんで。

——主演は水野真紀さんでした。今や大変な売れっ子ですね。次は「**ミスター・サンドマン**」（新刊ニュース／67年5月15日号）です。

筒井　砂丘が動くやつだよね。

——そうです。

筒井　このころ、ちょうど鳥取砂丘へ行ってますからね。そこで、「この砂丘は動きます」と言われて、それは面白いなと思って。鳥取砂丘は、前後三回か四回、行ってます。なんか好きでね、あそこが。「幻想の未来」を書いているときも、一度行ってますね。砂丘のいちばん突端まで行ったら風が吹いてきて雨も降ってきたんですよね。あわてて帰ろうとするんだけど、すぐそばに車が見えるのに、歩いたらすごく遠いんですよね。子どもの手を引っ張りながらヒョイと横見たら、妻がものすごい顔して一生懸命歩いてた。怖かったんだろうね（笑）。まあ、そんな体験が生きてますね。

——続いて「**ウイスキーの神様**」（ＮＵＬＬ６号／62年2月）ですね。この時はペンネームが「櫟沢美也《くぬぎさわみや》」という女性名義なんですが。

筒井　ああ、そうそうそう。

——当時、この名前をかなり使われていますね。

筒井　うん。ロマンチックものを書くときはね。あの時は〈NULL〉の会員であんまり書ける子がいなかったのと、あまり僕ばっかりが書くのもおかしいな、もう一人ほしいな、と思って。だから、小松（左京）さんとか、みんな騙されたんだよ。どんな美女なんだ、連れてこいって。しかたない、そのころ、北（新地）のアルサロに行ってて、ちょっと可愛い子がついたので、「あした、デートしよう」なんていって、それで会合に連れていったんですよ。で、「黙ってなさい。何も言うちゃいかん」て言って（笑）。

——悪いですねえ（笑）。

筒井　小松さんも「ほほお」って感心してた（笑）。

——「櫟沢」という名前は後では登場人物にも使われていますね。さて、次は「**姉弟**」（NULL7号／62年7月）と「**ラッパを吹く弟**」（宇宙気流34号／65年8月）。この二篇、初出は別々なんですが、後に〈向上〉という雑誌にまとめて再録されています。この〈向上〉というのはどういう雑誌なんですか。

筒井　たしか、宗教関係の雑誌でしたね。

——なるほど。「姉弟」のほうはウシになってしまうというファンタジックなストーリーですね。「ラッパを吹く弟」はお姉さんのほっぺたに穴があいてしまうという（笑）。
筒井　あの頃、伊藤典夫と会ったんです。「こんな話どうだ」といって、バーベキューの串がプスッと刺さって……なんて説明すると、「いやあ、イタイ、イタイ、イタイ、イタイ」って身もだえしてた（笑）。彼はああいうの、苦手なんだね（笑）。そういえばあのころ、一の日会ってのがあったね。
――そうです。〈宇宙気流〉は一の日会の機関誌です。伊藤典夫さん、鏡明さん、横田順彌さんら錚々《そうそう》たるメンバーの、SFファン・グループですね。
筒井　それにときどき、僕も顔を出してたんですね。
――同人誌といえば、〈宇宙塵〉に連載したのが**「幻想の未来」**（宇宙塵75～81号／64年1～7月）ですね。これは〈SFマガジン〉のコンテストに応募した「無機世界へ」という短篇がもとになっているということですが、最初の「無機世界へ」はどのくらいの枚数だったわけですか。
筒井　百枚ぐらいかなあ。たしか制限枚数が五十枚だったと思うんですよ。とにかくその制限枚数ぎりぎりに縮めた。案の定、だめだったけどね（笑）。
――でも、最終候補にはなって。
筒井　うん、最終候補にはなったけどね。ちょうどそのころ、〈宇宙塵〉の柴野（拓美）さんが何か連載してくれといってきた。落っこちて腹も立つから、じゃあ思い切り文学にしてやれと思って、それでコツコツ、コツコツやったんですよ。そしたらあの長さになっちゃった。

——三十枚の七回連載。同人誌ですから、無償ですよね。

筒井 そうです、当然。

——逆に掲載料というのを取られたんじゃないかと（笑）。

筒井 あ、〈宇宙塵〉には掲載料もあったみたいですね。でも、僕の場合は、特別扱いだったのかな。〈NULL〉と〈宇宙塵〉との交換原稿みたいな感じで、お金はとられなかったですよ（笑）。柴野さんが小隅黎《こずみれい》名義で、〈NULL〉に二つほど書いてます。

——なるほど、バーターだったんですか（笑）。しかし、この「幻想の未来」は文章が硬質、ストーリーも非常にスパンが長い。人間がどんどんいなくなってミュータントの世界になって、世代交代をどんどん繰り返して、やがては無機物の惑星になるという壮大な話です。こういう本格的なSFを初期に書かれたというのはすごいなと思うんですけど。

筒井 やっぱり鳥取の砂丘なんか行ってるときに書いてた記憶があるんでね。

——荒涼とした世界。

筒井 うん。そんなのをやりたいなと思って。でも、難しい硬質の文章ばっかりで書いてるのはやっぱりしんどい。途中でちょっとドタバタみたいになるところがあるでしょ、バリバリが出てきたり。あのへんもまあ楽しんで書いたし。バリバリは後に「マグロマル」

にも出てくる（笑）。

——寿命が長いから、いろんな作品に出てくるんですね（笑）。

筒井　堀晃のお兄さんが〈NULL〉の会合に堀晃と一緒に来てたんだけど、最後のところ……アイデアのネタばらしになるから伏せ字にしといて……×と×が寝るという部分、「何ということを書くのか」って呆《あき》れながら感心された（笑）。

——あのシーンのインパクトで、誰もが忘れられない作品になってると思います。

筒井　単行本は、南北社から出たんだ。

——すぐに会社が潰れたという。

筒井　そう。印税をもらえなかった。そのあとゾッキ本が山ほど出まわった。あわてでだいぶ買いましたけどね。たくさんあったんだけど、人にあげちゃって、もうほとんど残ってないですね。もっと買っときゃよかった。今、値打ちものなんだよね。

——僕は持ってます（笑）。二十年ぐらい前に古書店で買いました。

筒井　ああ、そうですか。今はもう探そうとしたら大変ですよね。

——その後、『幻想の未来』は南北社版にショート・ショートを何本か足して、角川文庫に入っています。筒井さんの角川文庫一冊目ですね。

筒井　そうなんですよ。こんな作品をよくまあ文庫で出してくれたなと思ってね。でも、これがかなり売れたんですよ。

——しかしこうして見てくると、やはり筒井作品の中には、ロマンチックな系譜が脈々と流れていますね。

筒井 うん。僕の場合は、そういうロマンチックな部分、センチメンタルな部分が多いですね。それは時にはオブラートで包まれたりもするし、時には逆に非常に強い形で出てしまったりということがあるんですが、SFということで、結局、ベタベタのお涙頂戴にはならない。そういう利点はありますね。

——「わが良き狼《ウルフ》」のように、違う星の話だというワン・クッションがあるんですね。

筒井 そうそう。あれで西部劇にしたら、とんでもないことになりますよ(笑)。

——そういう意味では、今回のテーマを異色だと思われる読者もいるかもしれませんが、やっぱり筒井さんの本質をよく表したセレクトになりましたね。

筒井 うん、やっぱり非常に重要な部分ですよね。

——では、「ロマンチック篇」に関してはこのへんで。本日はどうもありがとうございました。続巻は、「ブラック・ユーモア篇」を二分冊で刊行する予定になっています。

二〇〇二年九月七日収録

5ブラック・ユーモア《未来》篇
自作解題

――さて、第五巻は「ブラック・ユーモア《未来》篇」です。最初の六篇は〈NULL〉に載ったものですね。

筒井　とにかくこのころの作品は、まあワン・アイデアですよね。一つのアイデアでもってどこまで話を発展させていけるか――そればっかり考えていましたからね。「**脱ぐ**」（NULL2号／60年10月）にしたって、おっぱいの間から小さな手が出てくるというイメージが、まずあったんじゃないかな。やっぱりシュールリアリズムのイメージ……視覚的な効果といいますかね。そういうものをもとに発想したものが多いです。

このころは、〈NULL〉みたいな地方の小さな同人誌でも、ときどき新聞に書評が出たりしたんですね。「脱ぐ」に関して、「これは面白いけども、最後に新聞記事で終わるというのが陳腐に感じた」なんて批評が出たことがありました。ちゃんと読んでくれてんだなと思って、ちょっと嬉しかった。

――すごいですね、同人誌の書評が新聞に載るなんて。

筒井 小さなコラムでしたけれどもね。

――このころから、精神分析の手法を取り入れていらっしゃいますが。

筒井 まあ、やろうと思えばそれで何でも解釈できるというだけのことですよ(笑)。

――筒井さんの精神分析手法は、後の長篇『パプリカ』で最大の発展を遂げていますね。順番がちょっと前後しますが、精神分析ということでは「**二元論の家**」(NULL4号/61年6月)もそうですね。イドの怪物が登場します。

筒井 これは『禁断の惑星』というSF映画が当時あって、あれの影響です。人間の邪心が怪物になって襲いかかってくるという。あの映画はよかったですね。まあ、そのアイデアのヴァリエーションですね。

――このあたりの作品はしばらく短篇集に入らなくて、ショート・ショート集『あるいは酒でいっぱいの海』で初めて本になりました。

筒井 そうでしたね。やはり習作だから新作短篇集に入れなかったんだと思います。

――しかし、このへんからすでに実験作といいますか、後の作品に続いていくフォームがかなり見えてますね。「**底流**」(NULL5号/61年10月)は読心能力者とそうでない人との心の戦いを描いた話ですが、後の七瀬シリーズに登場する「超能力者の思考状態をタイポグラフィで表現する」という手法がすでに使われていて驚きます。

筒井　ああ、そうですね。タイポグラフィの手法というのはもう知っていました。アルフレッド・ベスターの超能力もの『分解された男』でもやってましたね。その前に僕はシュールリアリズムでこの手法は知ってたから、そういうことをやったわけです。

――「**無限効果**」（NULL3号／61年2月）、この作品ではサブリミナル効果というものをかなり早い段階で。

筒井　このころから、テレビコマーシャルの問題点について云々されだしたんですね。で、サブリミナル効果なら、何でもできるじゃないかということで思いついたんでしょう。でもやっぱり、最後にネズミが一粒ずつ錠剤をくわえて出てくるという、そのイメージがあったのかもしれませんね。

――また一つ前後しますが、「**下の世界**」（NULL9号／63年5月）。これは通常の短篇集ではなく、『わが良き狼《ウルフ》』の角川文庫版にはじめて収録されているんですが。

筒井　ああ、そうでしたっけ。この作品は、初期の習作の中ではわりと気に入ってたんですよ。〈NULL〉に載ったっきりなのが惜しくて、どこかに入れたいなと思ってて、それで入れたんでしょう。

――完全に階層社会で、上と下でぜんぜん人類が違うという作品ですね。

筒井　階層社会というのは、このころにはまだそんなに出てきてなかったね、SFのほうでは。このあといっぱい出てきますけどね。僕のイメージにあったのは、拳闘士が奴隷として、普段地下で飼われていたりなんかして。地下の石牢のなかで訓練しているとか、そういうイメージだったんですね。

――なるほど。

筒井　それから、このころは眉村卓と付き合ってましてね、彼がこういうのが好きだったんですね。で、対抗意識もあって、こっちだってこのぐらいのものは書けるみたいな感じでね。そうしたら眉村さんがやっぱり誉めてくれた。あの落ちたキャベツを拾って食べるところがいいって。

――で、一つ前の**「やぶれかぶれのオロ氏」**（NULL7号／62年7月）。

筒井　これは小松（左京）さんが面白がって、誉めてくれた。僕の作品のなかではじめてちょっとドタバタっぽいものが出てきたんじゃないかと思います。ちょうど池田勇人総理のころでした。池田総理は新聞記者が嫌いだったのか、いろいろとゴタゴタがありました。

――この作品だと新聞記者をぜんぶロボットにしてしまう。

筒井　うん。

――ロボットが相手なので、人間が矛盾したことを言うと、処理しきれなくて爆発してしまうんですね（笑）。

筒井　あのころは、政治家がテレビに出始めて、で、ときどき矛盾したことを言うんですよね。で、面白いなと思って。

——今は矛盾したことの方が多いようですが。

筒井　うーん。というか、腹芸なんですよね。腹芸はロボットには通じない。最近は、腹芸のできる政治家が逆にいなくなっちゃってね、当時は池田さんなり大平正芳さんなり、いくらでもいたわけだけれども。今はどうなのかな、こういう面白さは、わからないかもしれないですね。

——いやいや、これは今読んでも十分面白いですよ。次の「**うるさがた**」（ＳＦマガジン／65年5月号）も、やっぱりロボットとのギャップを描いた作品です。

筒井　これは、ノエル・ノエルという人が監督して主演した『うるさがた』という映画があったんですよ。で、僕は面白そうだな、見たいな、と思い続けて、いまだに見てない。それでまあ、タイトルだけは覚えてたもんだから、この作品にちょうどいいなと思って、つけたんです。

——なるほど。

筒井　これはわりと今でもみんな面白がってくれて、お芝居にもしてくれてますね。場面が一景だからお芝居にしやすいんですよ。

——観測員の主人公とロボットと二人出てきて。何をやってもぜんぶ注文されて。

筒井　このころ、僕のすることにいちいち口出しする友人がおりましてね、最初はいい奴だなと思ってたんだけど、そのうちだんだん、うるさくなってきて、最後は喧嘩別れしたみたいになったんですけどね。あと、まあ仲直りはしましたけど。そいつをロボットに仕立ててみたんです（笑）。

――続いて「**たぬきの方程式**」（SFマガジン／70年2月号）。この本のなかでは一番後の作品になりますね。これは、SFで有名な方程式もの。

筒井 そうですね、トム・ゴドウィンの「冷たい方程式」が元ですね。この人、この作品しか残してないんだよね（笑）。

――ええ、典型的な一発屋ですね。でもこの「冷たい方程式」は大変に面白く、かつSF作家の創作意欲を大いに刺激するようで、後に多くの作家が、この設定を拝借して、作品を書いています。

筒井 うん、海外でもあったんだろうけども、日本でも方程式ものがはやりましたね。石原藤夫さんの「解けない方程式」が一番いいかな。石原さんのは科学的にきちんとやってたけども、アメリカはむちゃくちゃだったらしいよ。手足切り落とすとか、そういうのが、いっぱいあったらしいよね（笑）。

――日本のSF作家では他に、堀晃さん、梶尾真治さん、栗本薫さん、高千穂遙さんなどが書かれていますね。

筒井 この作品は気に入ってて、自分でこれをマンガにしてますね。

——では続いて「**マグロマル**」（ＳＦマガジン／66年2月号）。

筒井　うん、このへんから、本格的にドタバタになってきてますね。

——中学時代、授業中に読んでて思わず笑ってしまい、先生に怒られたことがあります（笑）。このへんの作品は、笑わずに読むのが困難ですね。

筒井　これは、なだいなださんだったかな、〈文學界〉かなんかに……当時から僕、純文学の雑誌はずっと読んでたんですね……「会議」という短篇が、載ったんですよ。どこかの外国の会議に出掛けて、という話だったんで、それが面白くて、これをＳＦでやってやれと思ったんです。

——なるほど。

筒井　それまでもドタバタの要素はあちこちにチラホラあったんだけれども、やっていいんだということが、このあたりで自分のなかで確立されたんですよ。いや、でも「マグロマル」は、「東海道戦争」よりも後だよね。

——ええと、そうですね。「東海道戦争」は65年7月号です。

筒井　そうか。ただ、「東海道戦争」のときは疑似イベントものという骨格をはっきりさせてて、そのうえでドタバタをやったわけだけれども、「マグロマル」は、もうドタバタだけですよね（笑）。芯も何もない（笑）。

——なるほど。そういう点では、ある意味、このときに筒井さんのドタバタものが完全に確立したとも言えそうです。
筒井 僕がそのことを平井和正に言ったら、「いや、ドタバタそのものが思想だ」なんてすごいことを言ったんですよ（笑）。それをまた福島（正実）さんの前なんかで言ったもんだから、福島さんが怒ってねえ。あの人、ドタバタが嫌いだから。それで彼、干されちゃったんだよね（笑）。平井君は僕に影響を受けてドタバタっぽい短篇も結構書いたんだけど、彼は向いてないんだよ、こういうのはね。やっぱり、情念の作家だから。よせばいいのにと思ったんだけど。
——福島さんは、笑い自体がお嫌いだったんですかね。
筒井 さあねえ。SF作家クラブでみんなが馬鹿話して、大笑いするでしょう。福島さんはあんまりいなかったけど、たまに会合に来てると、やっぱり馬鹿話になっちゃうんですよ。すると、彼は笑わないんですね。フンという顔をして、まあ一応笑顔はつくるけども。それを星（新一）さんや小松さんが、煙たがってたね、ウケてくれないものだから。
——福島さんはSFを広めようという戦略的なものがあったので、真面目な路線で行こうというのがあったんですかね。
筒井 いや、文学にしたかったんだ。
——そのわりにはエロチックSFのアンソロジーを編んだり……。
筒井 食べていくためというのもあったし、そのへんがものすごく屈折してるんですよ。

少年ものをいっぱい書いたりね。だから、小松さんがみんなの前で、少年もののことを「ジャリもの」という言い方をすると、福島さんはそれを怒ってたね。馬鹿にしてるって。でも結局、小松さんは、少年小説の傑作を書いてるんだよ。あれは照れて言ってるだけなんだけどね、福島さんは気にくわなかったんだよ。真面目な人だったんだ。

――そういう福島さんも、マンガのことを「ポンチ絵」と卑下して書かれていたのを見たことがあります。ご自分でもたくさん原作を書かれているんですけど。

筒井　うーん、なんか屈折してますよね、彼はね。いつだったか、福島さんと星さんとがSF方で、純文学の人たちと討論をしたことがあったのね。純文学の人たちはもちろんSF否定派なんですよね。で、こういうすごいアイデアがいっぱいSFの方にはあるんだなんて、福島さんが出すでしょう。そうするとそれを純文学側の編集者が、「それが文学になりますか」なんて言うの。そうすると星さんが大声でさ、「これは驚いた、文学が想像力を否定するものとは思わなかった」なんて言うんですよ。あれは面白かったなあ。

――それはいい言葉ですね。

筒井　うん。僕も言われましたよ。新潮社の編集者、もうだいぶ年配の人だけど、「筒井さん、文学をお書きなさい。SFはやめた方がいい」って。SFと文学となんで切り離すのかわからない。「じゃあ安部公房はどうなんだ」て言ったら、「いや、あれはいいんだ」と。なんか、わけわかんないんだよ（笑）。

――やっぱり階級意識みたいなのがあるんですね。
筒井　もう今はなくなったけどね。いや、まだあるかもしれんけどね。
――その垣根を壊してこられたのは筒井さん……。
筒井　いや、なかなか壊れなかった。〈オール讀物〉に書く場合でも、宇宙人とか宇宙船はやめてくれとしょっちゅう言われましたね。で、「この前載せてくださった作品、あれはSFだけども、あれはよかったんですか？」って訊いたら、「いや、ああいうドメスティックなものはいいんです」だって。話が地球の話だからっていうんですね。なんか変な区分けだったなあ、よくわかんなかったけどね。
――そうした筒井さんの活動の成果が、今回の紫綬褒章につながったのではないかと。
筒井　その話はもうやめましょうよ（笑）。さんざんインタビューされて飽きちゃった。
――一部には体制を笑い飛ばしてきた作家・筒井康隆が勲章をもらうとは、という発言をする人もいますが。
筒井　あ、それは完全に誤解ですね。あまり僕の作品を読んだことのない人じゃないかな。確かに体制は笑い飛ばしてるけど、僕の場合には同時に反体制も笑い飛ばしているわけで（笑）。その意味では体制派・反体制派という区分自体がナンセンスですね。
――次は「**カメロイド文部省**」（SFマガジン／66年4月号）です。
筒井　この作品には主人公の奥さんが出てきて、なんだかんだというんですが、それを新婚当時のうちの女房が怒りましてね（笑）。「私がこんなだと思われたら困る」って（笑）。

——それは「カメロイド文部省」の役人とまったく同じですね、「私のことだと思われたら困る」（笑）。

筒井　でも多少入ってるんですよ、実は。男兄弟ばっかりだったから、女性というのが珍しいんで面白かったですよね。結婚してこういうものも書けて、よかったね（笑）。

——この作品は、ほかの惑星との文化の違い、ギャップに面白さが生じます。文学作品という概念が存在しなかったカメロイドに小説を書いてほしいということで呼ばれて行くんですね。「こういう筋で書こうと思う」と話すと、「ちょっとそれはまずいです」とさんざん文句をつけられる。このあたり、後の自主規制の風潮を予測するかのような……。

筒井　そうですね。さっき言ってた、ＳＦがなかなか書かせてもらえなかったということも、影響あるでしょうしね。でもね、このころ、つくづくＳＦというのは便利なものだなあと思ってましたよね。日常の嫌なことであろうが、変なことであろうが、何でもＳＦになると。そのまんま書いたってだめだけれども、ＳＦにすると小説になるんだということがわかってきた。で、いくらでもドタバタになるんだということも、わかってきたんですね（笑）。

——その日常の最たるものなんですが、次の「**最高級有機質肥料**」（話の特集／66年10月号）では、排泄物がＳＦ作品になってしまうという（笑）。この作品、書かれるときにはご自分で実験されたという話がまことしやかに流れていますが……。

筒井 それはウソですよ（笑）。

――これはもうあらゆる人が、一度読んだら忘れられないインパクトがあったと思うんですが、いったいどうしてこういうことを思いつかれたんですか。

筒井 これはスカトロジーの最初の作品ですね。星さんや小松さんにたきつけられたんですよ。馬鹿話なんかでスカトロジーが好きでね、面白がって話をしているけれども、彼らは書かないんだよね。で、書くのはやっぱり僕しかいないわけで（笑）。やるんなら徹底的にやってやれと思って。それから、痰壺の痰をストローでチュルチュル吸い込む、あれは開高健の短篇からのいただきです。彼も小松さんなんかと同じで飢餓世代。お腹すいてしかたがなくて痰壺の痰を飲んだらうまいだろうと。そこからの発想もあるんです。あのころ、純文学もちゃんと読んでるんですよ。で、面白いことはぜんぶ取り入れた。

――今、徹底的にというお話が出たんですけど、本当に徹底しておりまして、これだけ排泄物の描写だけで懇切丁寧な小説というのはほかにないと思うんですが（笑）。

筒井 このころ、〈話の特集〉の表紙を和田誠が描いてた。彼は編集部に詰めてて、僕のこのゲラを読みながら、うどんを食べてたらしい（笑）。

――それはとんだ災難でした（笑）。最後は「**一万二千粒の錠剤**」（週刊プレイボーイ／67年8月15日号）です。寿命が延びるという新薬が開発されて……。

筒井　そうそう、それでみんなが取り合いするんだ。この原稿を渡したら〈プレイボーイ〉の当時の編集長が、カンカンになって怒ったらしいんだよね。

――えっ、なぜでしょう？

筒井　なぜかわからない。ものすごく怒ったんだって。それ以降、〈プレイボーイ〉からは注文が来なくなった（笑）。

――これを読んで怒るというのは、ちょっとわからないですねえ。

筒井　でも、このころ、そんなのよくありましたよ。なんかねえ、怒る人は怒るんだ（笑）。亡くなった弟が言ってた、「兄貴のは面白いけれども、あれ、怒る人もいるんじゃないかな」って。

――筒井さんの作品に潜んだ毒は、いつ誰にどんなふうに効くのか、予断を許しませんね。さて、では今回はこのあたりで。次巻は、「ブラック・ユーモア《現代》篇」となります。

二〇〇二年十一月八日収録

6 ブラック・ユーモア《現代》篇

自作解題

――第五巻『カメロイド文部省』はSF味の強い作品を中心にして「ブラック・ユーモア《未来》篇」と銘打ちましたが、今回の第六巻『わが愛の税務署』は、日常的(ドメスティック)な舞台でドタバタが起きる作品が主なので、「ブラック・ユーモア《現代》篇」となっております。

では**「融合家族」**(問題小説/71年2月号)から、お話を伺っていきたいと思います。よろしくお願いします。

筒井 〈問題小説〉には、よく書いてましたね。「わが愛の税務署」とか、この「融合家族」。それから「問題外科」があって、「誘拐横丁」か。なんだかぶっ続けに渡した記憶がありますね。このころの〈問題小説〉の担当は菅原善雄さんだ。彼が面白がって、「よくこんなバカなことを考える」って、誉めてくれた(笑)。あの人の「バカなこと」というのはほめことばなんだよ。

――連作『男たちのかいた絵』も〈問題小説〉ですが。

筒井　そうですね。それは「融合家族」や「経理課長の放送」のあとに書いたんだけど、菅原さんはドタバタの方が好きだったんで、あまり評価してくれなかった（笑）。「また「融合家族」みたいなの書いてくださいよ」って。で、ドタバタ渡すと喜んでくれるからこっちも一所懸命書いて。そういういい関係だったね、菅原さんとはね。

――「融合家族」は、二つの家族の家が挟まりあってしまってるという、この設定がまずおかしいんですけれども。

筒井　いやあ、設計図書きましたよ、ちゃんと（笑）。設計図書いて、頭グラグラした（笑）。

――普通だとこんがらがると思うんですけれども、非常に論理的で、二つの家族がちゃんとわかるんですね。そこがすごいと思って。ねじれぐあいがちゃんとわかる。

筒井　いや、そこがわからないと、面白くないからね。めちゃくちゃだからというので、どうでもいいように書いたら、それはだめですよ。

――なるほど、設計図まで書かれていたとは思わなかったですね（笑）。

筒井　こういうものこそ細かいところをちゃんとしておかないといけない。「これなら何でもできる」と思わせないようにしないと。

――さて、次は「コレラ」(別冊小説現代/70年1月号)ですね。

筒井 これは『ペスト』のパロディだと思って読んだら、ちっともそうなってないなんて言ってる人がいたね(笑)。タイトルで思い込んじゃって。

――描写も、「最高級有機質肥料」にも匹敵しますね。

筒井 うん、これもスカトロジーですよね。まあコレラだと当然そうなっちゃいますけどね(笑)。

――喫茶店のなかでとか、もうめちゃくちゃなんですが(笑)。コレラの病状は、ちゃんと調べて書かれたわけですよね。

筒井 そうです、そうです、もちろん。

――じゃあ、やっぱりこのとおりなわけですね(笑)。

筒井 そうです。あ、思いだした。さっき言った「『ペスト』のパロディになってない」ってこの作品をけなしたのは、吉本隆明だ。面白ければいいじゃないのって思ったけどねえ。そうだそうだ、思いだしたよ。えらい人にやられたなあと思った(笑)。

――続いては、「旗色不鮮明」(小説新潮/74年7月号)。

筒井 このころ、東京から神戸に引っ越したんですよ。そこは女房の故郷なんですね。で、地方というのはね、やっぱりいろいろとあるんですよ、地域社会特有の。それが面白いなと思って。

――地域社会のなかで二派に分かれて、翻弄される主人公という設定ですね。

筒井　うん、作中に書いたかどうか忘れちゃったけど、僕がこっちの店でものを買うと、同業者のあっちの店のやつが怒るとかね、そういうことがあるんですね。

――狭い地域だからこそ。

筒井　しかも僕がエッセイで、どこそこの店にはおいしいものが多くて……というのを書くと、怒る人がいるんだよな、うちのほうがうまいのにって。まあ地方はそんなもんですよ。面白がって僕がわざと書くもんだから、余計にそうなるんですけども（笑）。

――ごく日常的なことでもSFにすれば、小説として面白くなるって以前おっしゃってましたけど、このころにはもう、あえてSFにしなくても大丈夫だという確信があったんでしょうか？

筒井　もうそのころはあったかもしれませんね。

――題材じゃなくて料理のしかたというか……。

筒井　そうそう、ドタバタにすりゃいいんですよ。簡単なもんです（笑）。

――さて、「**公共伏魔殿**」（SFマガジン／67年6月号）。

筒井　わりと初期ですね。これはずいぶん無理して書いたな。疑似イベントもので一定の評価を得てきたので、編集長の福島正実さんが、何か書け書けというんですよ。たとえばビートルズ来日騒ぎの中で、経済ジャーナリストの小汀利得《おばまとしえ》さんという人が、ビートルズ大反対だったんですよ。で、テレビの討論番組でファンの子たちと言い合いするの。「ビートルズなんていうのはあれは雑音だ」ってね。まあ議論にはならないんですけどね。本人、音楽わかってないんだよ、全然。

で、面白いから、福島さんはそれを書けっていうんだよね。どっちかといえば、福島さんは小汀さん寄りなんだけどねえ。

――（笑）。

筒井　困っちゃってさあ。で、「それはちょっとできません」と言ったら、「じゃあNHKで」ってことに。

――お題は向こうから？

筒井　いや、そうじゃなくて、他のものをということで、NHKは僕が考えたんですけどね。じゃあNHKしかないなと思って。だから、当時のNHKでやってたドラマやなんかのことが出てくる。今の人には、ちょっとわからないかな。

――マスコミの馬鹿馬鹿しさというのがかなり出てますね。タレントをぜんぶ飼い殺しにしてるというのは滅茶苦茶なんですけれども、面白いですね。

筒井　そうですね。でも、今ならこうは書かないですね。あのころはNHKをよく知りもしないで書いてた。まあだいたいこんなものだろうという感じ。あたってるところもあったんだけど、今僕はNHKとわりと縁があってよくわかってるから、今だとこうは書かないでしょうね。

――次は「**わが愛の税務署**」（別冊アサヒ芸能問題小説／68年8月号）です。

筒井　65年、66年あたりまでは、ほとんど税金を取られるような金額を下回った収入しかありませんでしたからね。このころからそろそろ税務署と関係が出てきて、で、いろいろとごたごたがあったりして（笑）。税務署に呼び出されて、詳しいこと聞かれたり。まあ突然収入が増えたからね、それで呼び出されたのかな。

　そのときの税務署の係官は、「筒井さんは売れっ子だから」てなこと言ったから、「あれっ、知ってるのか」と思って驚いた覚えがありますね。まあ、呼び出されたということで、何聞かれるのかなと思って、勝手に想像してて、行ったら別に大したことなかったんだけれども、行くまでの想像が面白かったんでね（笑）。

――確定申告の締切まで、さんざんドタバタがあって、最後に「特定のモデルはいません」と書いてあるんですが（笑）。

筒井　いないよ、それは（笑）。

――さて次は、「**地獄図日本海因果**《だんまつまさいけのくろしほ》」（時／68年8月号）。この掲載誌は……？

筒井　〈時〉というのは、これはいわゆる総合誌ですね。今で言えば〈現代〉とかね。

　で、これは相手はどこでしたっけ。

――北朝鮮です。

筒井　このころ、北朝鮮と何かごたごたがあったんですよね。そのことを書いてくれといわれたんですね。相談した覚えがあるな、担当編集者と。で、これでいこうというので書きましたけどね。これを書いたあと、おそらく朝鮮系の人だと思うけれども、電話かかってきましたよ、北朝鮮というのはけしからん、もっと正式の名前があるんだとね。NHKじゃあるまいし、「北朝鮮」と言ったあとで「朝鮮民主主義人民共和国」なんて書けないよ、小説でいちいち（笑）。

――それはそうですよね。

筒井　……あ、そうだそうだ、これがマンガになったんだ。そのマンガを読んで怒ってきた。小説の時じゃなかったな。

――マンガはどなたが描かれたんですか？

筒井　あのビアズリーみたいな絵を描く……深井国さんだ。だから〈漫画サンデー〉だ、実業之日本社のね。

――しかし現在、ニュースでは連日北朝鮮の問題をやっていて、核開発疑惑が取り沙汰されている訳ですが。北朝鮮が安物の核ミサイルを使ったために時空が歪んでしまうという小説を三十四年前にもう書かれている（笑）。これはすごいですね。

筒井　「色眼鏡の狂詩曲《ラプソディ》」だと、中国が双喜模様のマークの入ったミサイルをぶっぱなすという（笑）。「アフリカの爆弾」もそうだったけど、安物のミサイルというのはドタバタの材料にしやすいね（笑）。

――筒井さんの他にミサイルでドタバタを書こうという作家は、あまりいないと思いますが（笑）。しかし、三十四年前の作品だというのはあんまり感じないですね。それもある意味、怖いことですが。

筒井　あと、〈文學界〉でも書いてるよ、キムジョンイル（金正日）のことを。あの時は〈文學界〉の編集者、怖がって怖がってさ（笑）。

――「首長ティンブクの尊厳」。

筒井　あれでめちゃくちゃ書いたでしょ。そうしたら韓国から、あれを翻訳させてくれって言ってきた。日本語ならまだわかんないけど、韓国語になったらたちまち向こうに読まれてしまうんで、それはちょっとかんべんしてくれって返事したら、向こうから「やっぱり、先生が嫌われるお気持ちはよくわかります」って（笑）。

――それはちょっと身の危険が。

筒井　あれでもいい加減、編集長は怖がってたな。「やめましょう」なんていうけど、担当者が「いや、これは絶対いいです」って。そしたらその韓国の人がベタぼめしてさ、マジックリアリズムで、すばらしいとか、なんとかかんとか言って。そんなもんじゃないって（笑）。

――「**晋金太郎**」（推理界／69年1月号）、これは実在の事件をモデルに……。

筒井　金嬉老事件ていうのは、今、覚えてるかしら。日本人にひどい目にあわされたからというので、寸又峡《すまたきょう》というところの旅館に立てこもって、人質取って、警官隊と対峙《たいじ》した。それで結局、逮捕されて収監されたけれども、韓国に戻っちゃったよね。

――この作品は、かなり長いですね。

筒井　うん、長いんだよ。途中からなんかテーマが分裂しちゃって、盗作問題になって……山崎豊子の盗作騒動があったときだから、それがまぎれこんできて（笑）。結局、僕がよく使う有名人没落物語のパターンになっちゃった。

――〈推理界〉に書かれてるというのは珍しいですね。

筒井　これね、実は〈オール讀物〉に書いたの。ところが、韓国人問題があるのでって、ボツになっちゃった。〈推理界〉は前々からお願いしますお願いしますって言われてたんだけど、あそこ、原稿料、めちゃくちゃ安いの。

――浪速書房ですね。

筒井　うん。それでもういいやっていうんで、〈推理界〉に渡した。ちょっと長めだったから、まあそれなりの稿料は入った（笑）。

――なるほど（笑）。

筒井　その時、「なんでこんなに原稿料が安いんですか？」って聞いたら、「いや、それは専門誌なので」と言ってたね。考えてみたらＳＦの専門誌の〈ＳＦマガジン〉も、滅茶苦茶安かった。それで「あ、そうなんだ」と納得した（笑）。ただね、この雑誌、他にも流行作家がいっぱい書いてるんだよ。あのころはわりとみんな、安くても書いてたんだよね。でも稿料が安いから、その分、書きとばす人が多かったよね（笑）。僕はきちんと書いてるから、それは嫌だもんね。

――〈推理界〉は専門誌ですから、原稿料が安いかわりに好きなことをやらせてくれるみたいなところがあったようですね。だから、都筑道夫さんは《なめくじ長屋》をここに掲載していたという話です。

筒井　あ、そうなんだ。

――最後は「**廃塾令**」（週刊小説／77年11月25日号）。

筒井　塾問題に関して、作品にならないかと思って、だいぶ長いこと考えていた時期があったんです。それで〈週刊小説〉から依頼があって、塾のことを思いだして、これを書いたんですね。このときはもうほとんど純文学雑誌にばっかり書いてたので、頭がそっちのほうになってしまってて、疑似イベント的なアイデアを思いつくまでに苦労しました。ドタバタをやめてから十年ぐらい経《た》っていたのかな。

――その直前に「走る取的」とか「毟りあい」を書いておられますけど。

筒井　そうですね、だからドタバタといってもそういうワン・アイデアものは書いてたけど、疑似イベント的な大量にアイデアを必要とする作品は久しぶりで。……だから、そういう頭がなくなってたんですよね。

――これはシナリオ形式ですね。

筒井 そうそう。なんか形式を工夫しなきゃいけないと思って、それでシナリオにしたんです。

――シナリオなので文章が切り詰められており、文章的にはあまりドタバタという感じじゃないんですけど、ストーリー自体は、非常にエスカレートしていきます。

筒井 そうですね。いくつか、いいギャグもありましたね。ただ、形式をシナリオにするのであれば、そのシナリオ形式を生かしたもっといいものは書けたと思いますね。ま、これからひょっとしたら書くかもしれないけれども。シナリオ形式でしか書けないテーマというのが絶対あるはずだと思うんだけど、まだ思い浮かばない。

――『朝のガスパール』のときも新聞小説でないと書けない小説ということで。

筒井 そうでしたね。

――教育をテーマにした短篇は、けっこうたくさん書かれていますよね。

筒井 教育ママを茶化したものはいくつかありますね。

――「廃塾令」はその路線の集大成といえると思います。僕がいちばん好きなのは、教育テーマといっていいかどうかわからないけど、「こぶ天才」。

筒井 ああ、あれは教育テーマじゃないよ（笑）。

——人が頭がよくなりたいという気持ちがどう空回りするかという。

筒井　そうですね。

——ブラック・ユーモアというのは筒井さんのどの作品にも共通するものなので、ちょっと質問が漠然としているんですが、今後、こういった作品をお書きになるご予定はありますか。

筒井　そうですね。これは亡くなった飯沢匡さんから、宿題を出されてるんです。「芸術院というのは面白いですよ」って。あの人、芸術院会員だったから、その会員になるための運動とかね。文壇ではなくて、演劇、古典のほうね。あと、「画壇、これも面白いですよ」って言ってた。でも、取材の方法がわかんないんだよね。「いつか書きます」なんて言ったけどもさ。

——題材としては面白そうですね。

筒井　うん、滅茶苦茶面白いって、飯沢さん言ってた。でも自分で書けばよかったのにな。芸術院会員になってるんだから。

——飯沢さんは初期にはSF的な小説をけっこう書かれているんですが、ぜんぜん文庫になっていなくてもったいないですね。しかし、そのテーマはだんぜん筒井さん向きだと思います。『大いなる助走』の系列としてひとつ。

筒井　まあ、あそこまで徹底的に茶化せるかどうかはわからんけど（笑）。考えてはいます。

――これからも毒のある作品で楽しませていただけるものと期待しております。本日は、お忙しい中、ありがとうございました。

二〇〇二年十一月八日収録

文庫版付録：《筒井康隆全戯曲》全4巻
完結記念インタビュー

■デビュー時期のシナリオ

――まず最初に《筒井康隆全戯曲》を刊行した経緯を説明しますと、出版芸術社から《筒井康隆コレクション》というシリーズを出していて、本当はそこに戯曲の巻も作りたいと思っていたんです。その前に、徳間文庫で『大魔神』を文庫化したいという相談を受けたことがあって、『大魔神』だけだと薄すぎるので何かおまけを付けてもらえないかと聞かれたので、『スーパー・ジェッター』の脚本を探して入れたらどうかと言ったんです。いろいろ手を尽くして加納一朗先生から二本だけお借りすることができたんですが、そのあと話が止まってしまったんですね。そうしたら徳間書店と復刊ドットコムが提携することになって、戯曲のほうは単行本で独自に出したらどうかという話をいただき、企画が復活しました。付録が次々と増えて全三巻予定だったものが全四巻になりましたけど、かなりめずらしい作品も入れられたんじゃないかと思います。

筒井　よろしくお願いします。今日来てくださった方々は、私の読者の中でも核《コア》に当たる人びとだろうと思います。いつもありがとうございます。

――『スーパー・ジェッター』なんですけど、現存してないものがかなりあります。他にも筒井さんの『腹立半分日記』の中に、小松左京さんから紹介されてラジオ大阪の『サイエンス・フィクション』という番組で台本を書いていたという記述があるんですが、これも何も残っていないということで収録できませんでした。どういう番組だったんですか？

筒井　小松さんや僕の書いた短篇をそのままラジオドラマにした番組ですね。「お紺昇天」なんかやったんじゃなかったかな。当時のことで覚えているのは、ラジオ大阪の局舎の中――広い事務所の片隅だったかな、そこで読み合わせしていました。あのころはね、いい声優もいたんですけど、社長がどこかからひっぱってきた自分の女みたいな娘を連れてきて、それに主役をやらせろと言う。ディレクターも、その下手くそな娘についてては怒らないんですね。一方、大声で上手い方の女優さんにはもうじゃんじゃん駄目出しするんですよ。当時としては常識だったらしいんですが、驚きました。それくらいしか覚えてないですね。

――まだＳＦ自体の知名度があまりない時期でしたので、こういう番組でＳＦを知った人も多いんじゃないかと思います。それから日本電波映画『Ｓ・Ｆモンスター作戦』という特撮番組企画がありまして、これも結局制作されなかったんですが、筒井さんと眉村卓さんが五本ずつ原案を書いていたということがわかっています。そのうち筒井さんの作品だと、『宇宙病針千本』と『混合獣フラゴン』という二本のタイトルだけはわかってます。

筒井　まだヌル・スタジオの事務所にいるときでしたが、依頼されてシノプシスを書きました。

――五本書いて十万円だったとのことですが。

筒井　五本でそれですから、安いんだよ。シノプシス一本書くのにも一つの話を構築しなきゃいけない。だから大変ですよね。いちど一本だけシナリオ書かせてくれって言って、情緒纏綿たるいい話を書いたんですけど、それを読んで依頼に来た若いやつがめちゃくちゃ怒ったんですね。もっといっぱいいろんな話を入れてくれって。ああこれはもう俺とは合わないと思って、それきりになりましたけどね。

ただその中で「混合獣フラゴン」ていうのがあるでしょ。これは覚えてますね。混合獣というのはつまり、ゴジラに羽が生えてるんですよ。といっても大きなものじゃなくて、ラドンの羽。だからゴジラとラドンが合体したやつなんですよ。そんなの空飛べるわけないんだけど。面白ければそんなことどうでもいいというね。

――この会社、日本電波映画は『宇宙Gメン』とか『アゴン』っていう実写の怪獣ものを作っていたところでした。『スーパー・ジェッター』のシナリオも今回見つけたものだけ入れさせてもらいましたけど、この頃はSF作家がアニメの脚本をいっぱい書いている。

筒井　豊田有恒と僕と半村良、この三人がSF作家なんですよね。あとは加納一朗、山村正夫、桂真佐喜（辻真先）、この辺がミステリ畑だったかな。

――『スーパー・ジェッター』を書かれた頃はまだ大阪在住ですよね？

筒井　そうです。大阪から上京しては、TBSの『スーパー・ジェッター』の制作室の小部屋でいろいろ打ち合わせていた。

――タイトルも結構変えられてるんですね、放送のときに。

筒井　僕は「反重力ドリル」っていうのを書いた覚えがあるんですけどね。それ確か映像化されてる。これ割と傑作だったように思いますね。

――それは出たんですね。

筒井　「裏切りロボット」は久しぶりに見ましたけど、あれはろくなもんじゃないですね。

――シナリオ版だと「ロボットM7号」っていうタイトルでした。『スーパー・ジェッター』は相当お金が入ってきたそうですね。

筒井　そうですね。当時のお金で二百何十万円とかだったかな。

――当時で二百万は……

筒井　当時としては結構な大金ですね。それが入ってくるっていうんで安心して結婚した。でも結婚したものの、なかなか金入ってこないんだよ、もう（笑）。かみさんが泣いてましたね。実家に帰る、なんて言って。

――六五年に東京に出てこられてから本が出はじめるんですけれども、それ以降しばらくシナリオは書かれていません。今度の本には収録しましたが、デビュー前の一九五七年に「会長夫人萬蔵」が〈シナリオ新人〉という同人誌に載っていますね。

筒井　これはシナリオの新人を育てる会というか、シナリオライターをやってた人が、売れない作家を集めて同人誌で儲けようみたいなことだったんじゃないかと思うんですけどね。そんなもの売れるわけないし。僕も「会長夫人萬蔵」を書いただけでしたね。それでもその人の目から見たら傑作だったんでしょう、創刊号のトップに載せてくれましたけど。あのあとどこかに再録されたはずです。

――〈別冊新評〉の筒井さんの特集号です。

筒井　ああいうのに再録される程度のものではあったのだろうと思います。で、僕は絵もちょこちょこ書くんで、その雑誌のカットを全部任されたりもしました。

――今回の《全戯曲》では、そのカットも再録しています。その後しばらくシナリオは書かれてないんですけど、最初のうちは自作で短篇として発表したものを、シナリオの形に変えるという手法がありました。

筒井　ああ、そういうのも多かったですねえ。

──「改札口」なんかはそうですよね。「将軍が目醒めた時」なども。やっぱり小説を書くときにも、シナリオにしようかと思っていたんですか？

筒井　いや、だいたい僕の短篇はみんな戯曲にしやすいというか。一幕ものになりうるんですよ。で、芝居をやってるひとはそれがわかったんじゃないかな。僕の短篇を次から次へ舞台化してくれた、簣《き》の会はもう何本もやってくれましたし。それも割とがっちり原作通りですね。で、演出家の川和孝って人が偉かったんだ。僕の台本の演出は慣れてる人ですからね。

■テレビドラマあれこれ

──戯曲の話になりましたが、いったんその前にテレビドラマの話をお伺いします。筒井さんの作品はかなりドラマ化されてるんですけども、最初は『タイム・トラベラー』、これは『時をかける少女』がＮＨＫ《少年ドラマシリーズ》という夕方やってた番組でドラマになったものです。

筒井　あれの主役は島田淳子。名前が変わって浅野真弓だったかな。『タイム・トラベラー』のシリーズが終わってから、評判良かったもんだから、それからきちんと役者をやるために名前を変えたいって彼女のマネージャーが言ってきたんですよ。ついては彼女の名前を僕につけてくださいっていうの。

――あ、名付け親だったんですか。

筒井　いや名付け親じゃないの。断りました。とてもそんな責任のある……もしも売れなかったらこっちの責任になるし。彼女が出るたびにハラハラしながらみるのも嫌でしたし。

――それだけ『タイム・トラベラー』は思い入れのある作品だったんですね。

筒井　ヒットしましたからね。

――というかそもそも、《少年ドラマシリーズ》枠で最初の作品だったんです。『タイム・トラベラー』が当たったおかげで十年以上も続いたという。しかも『時をかける少女』は中篇で完結していたのに、あまりにも続きが見たいという声が多かったために、オリジナルで『続　タイム・トラベラー』というのが作られた。

筒井　あれはろくなもんじゃない(笑)。

――筒井さんもだいぶ怒ってらっしゃいましたけども。

筒井　仕方ないよ、ドラマのシナリオを書いてくれた人が続篇書きたいっていうんだから。それは許可しなきゃ。

――同じ少年ドラマシリーズで『七瀬ふたたび』もドラマ化されてるんですけども、その前に東芝日曜劇場で「芝生は緑」――これは『家族八景』の一篇ですね――がドラマになっています。主演が両方とも多岐川裕美さんなんですよ。

筒井　そうです。これ、最初の東芝日曜劇場は、福岡の毎日放送なんですね。福岡だけの独自の短篇を作りたいということで、『家族八景』のなかの一話、「芝生は緑」でドラマをやりたいと言ってきたんですよ。そのときにはもう多岐川裕美ちゃんが七瀬をやるってことがわかっていました。東京の方で撮影に入っていた。せっかくだから前身の『家族八景』をやるんだったら多岐川裕美ちゃんにしてやってくれと伝えて、だから彼女が出た、といういきさつがありました。

「芝生は緑」は内容的には、隣の家の芝生はきれいに見える……これがつまり夫婦のことなんです。隣の家の奥さんがきれいに見えるっていうっていうんでごちゃごちゃした話になる。片方の奥さんが白川由美だったかな。最後はまあハッピーエンドなんですが、話が終わってから、出演してくれって言われたんですよ。白川さんが喫茶店にいるときに僕が入ってきて、近くでコーヒーを注文すると。そのとき白川由美さんが、ちらっと僕に対して浮気心が起こるというところでラストシーン……という提案をされたんですが、嫌だと言って出ませんでした。

——結構断られているんですね。

筒井　そのあと、『七瀬ふたたび』が始まった。あれは良かったと思いますね。

——おもしろかったです。子どもの頃に観ていました。それと出演といえば、『部長刑事』のシナリオ「刑事たちのロンド」を書かれたときもゲストとして出演されている。

筒井　そうそう、小松左京さんと一緒に鑑識課員の役で。あのときは小松さんが東京から大阪まで移動時間が遅れましてね。演出家の人がブーブー言ってたけども、私は小松さんだから何も言えない。

――「刑事たちのロンド」は難しすぎるから解説してくれと言われたという。

筒井　今となれば誰でもわかるようなよくある手法なんですけれども、現場に行った連中が、もう一度集まって殺人現場のやり直しをするわけです。そこへ遅れた刑事が入ってきて「まだ殺人やってんのか」「いま再現してるところだからお前ちょっとどいてくれ」……とかいうギャグですね。千三百回記念番組でしたから力を込めて書いて、ミステリドラマとしては新しいことをやったと思います。ぜひ読んでみてください。

――もうちょっとテレビドラマの話を伺いますと、明石家さんまの「おれは裸だ」も。

筒井　ありましたねえ。

――『原始人』に入ってる短篇ですよね。

筒井　あれは僕の原作は二時間あったうちの、最初の三十分だけ。あとの一時間半は急にシリアスになっちゃって、ゴタゴタするんですよね。これは僕の原作にはないんですよ。ところが劇評を見ると、最初の方はドタバタだったけれども、最後の方でやっと筒井康隆らしくなったって。

（会場笑）

筒井　シリアスだと思ってるんだよね、作家っていうのを。最初のドタバタはよかったから、あれを一時間くらいでやればよかったんだと思いますが、まあ仕方がない。

――それからタモリが案内役をやっている《世にも奇妙な物語》シリーズでたくさんドラマ化されていて、そのなかでは「自殺悲願」が印象に残っています。

筒井　ああ、山崎努がやったやつね。いろいろあったけども、これが一番良くできてるんじゃないですか。短くまとまってて僕の原作通りで、これは面白かったんじゃないかなと思ってます。

――同じ年に『幻想ミッドナイト』の「怪物たちの夜」もありますね。これはいろんな人たちのホラー短篇を深夜にドラマ化したもので、これにも筒井さんは出演されています。

筒井　あ、出ました出ました。「怪物たちの夜」っていうのは〈科学朝日〉に連載していたショートショートなんです。皆が怪物になっているんですが、だんだんと誰がどういう怪物なのか分かってくる。僕の場合は千里眼だったかな。千里眼といっても、単に後頭部に大きな目玉があるだけなんですよ。ちょっと首を傾げると、後ろの様子が見えるというね。千里眼でもなんでもない、目玉が一つ多いだけ（笑）。メイクは自分じゃわからないんだけど、スタッフが「おお」って言ってたからうまくいってたみたい。小林亜星と共演でしたけど、なかなか息があってましたよ。

——あとは今回、九四年「時をかける少女」の録画が出てきたので久しぶりに見てみたんですが、内田有紀さんがすごい若かったですね。

筒井　まあ今でもあまり変わってないみたいだけどね。このときは僕は住職の役で出たんです。山の上ホテルからロケ現場に行ってたんですよ。台本の読み合わせのときなんかは普段着だったんだけど、いよいよ明日から本番だっていうその日は二部刈りっていうのか、お坊さんの頭になってホテルに帰ってきたんですよ。そうしたらホテルの人が誰かわからなかったみたいで、筒井ですって言ったらひっくりかえっちゃった(笑)。この住職の頭がなかなか元に戻らないものだから、ちょうどあのときNHKで『ソリトン！　野望山馳参寺』をやってくれって言われたから、ちょうどいいからこの頭でって出させてもらった。

■劇場映画の思い出

——では劇場映画を。まずは。早川光監督『二人でお茶を』。

筒井　これは劇場映画じゃなくって、自主制作映画。ちらっと親分の役で出ました。

——これの原作は『男たちのかいた絵』の？

筒井　そうそう、その中の一つですね。僕の泊まってたホテルニューオータニに機材を持ち込んで、そこで撮影したような記憶があります。

――それから中村幻児監督『ウィークエンド・シャッフル』があって、あと『俗物図鑑』を内藤誠監督で。

筒井　ちょうどこの前、内藤誠監督から『俗物図鑑』がブルーレイになったので、それを送ってきたんですよね。手紙が添えてあって、僕がネットでやってる『偽文士日録』を映画化したいって。

（会場笑）

――どうやるんですか（笑）。

筒井　坪内祐三さんの『酒中日記』を彼が映画にしたでしょ。あれが安上がりで作れたらしいんで、今回もその感じでやりたいと言ってきたんですよね。そりゃあ坪内さんは毎晩飲み歩いてるからできるだろうけども、僕はほとんど飲み歩かないし、文学賞の選考委員会は撮影禁止ですよね。その後の二次会の食事会だって、編集者や他の作家もいるから全部確認して回らないといけない。だからこれはもう無理だろうって、断りの手紙を出してしまったんですけど。

――そうですか。面白い企画だと思いますが。

筒井　『俗物図鑑』のときも、プロの役者も山城新伍をはじめ出ていました。大林宣彦も映っていたね。

――それから八三年の映画『時をかける少女』が大ヒットして、これが筒井さんの代表作みたいな扱いになりました。

筒井　角川春樹事務所でしたっけ。

――その前の原田知世さんのほうですね。角川春樹事務所で作ったほうは九七年。これはこんなにヒットするとは思わなかったですか。

筒井　思わなかったですね。ロケを見に行きましたけれども、あんまりヒットするような映画とは思わなかった。大林監督が一生懸命やってて、コマ落とし用に時計をあちこちの角度から撮ったりとか、変なことするなと思ってた。あれがああいう映像になるとは思わなかったですね。コマーシャル出身の監督だけあって、いろんな手法を知ってるな、と。エンディングで彼女が歌を歌うときに色んな人が出てくる、そこにも出てくれって言われたけど、それも断りました。やるなら芝居をちゃんとやりたいですよ。

――八六年に『スタア』と『ジャズ大名』が公開されています。

筒井　これほぼ同時期に重なっちゃったんですね。『スタア』は私のプロデュースでやったんですけど。

――映画『スタア』を作った時の長いエッセイがすごく面白かったんですが、今までどこにも採録されていなかったので今回入れました。あとは九四年の『怖がる人々』ですね。和田誠監督の。

筒井　これは僕の「乗越駅の刑罰」と「五郎八航空」、どちらも短いやつをそのままやってくださっている。「乗越駅の刑罰」なんかあまりにも小説の台詞ばかりなもんだから、和田誠さんはスタッフに笑われたそうですね、まんまじゃねえかって。どっちも良くできてました。最初に言うべきことだったけど、小説家っていうのは自分の作品が映画化・ドラマ化されて満足するってことはまず無いですね。大抵の作家はどこか不満を持っています。

――自分の頭の中にあるもののほうがいい？

筒井　そうですね、台詞がちょっと変わっただけでも気になるし、まして僕の場合、ギャグの意味がわからないからとすっ飛ばされたりする。たとえばヘミングウェイだって『誰がために鐘は鳴る』みたいな、あんなに大当たりした良い映画でも、カンカンになって怒っておる。そういうものなんですよ。だからもうこちらも、映画やドラマと原作小説は別という考え方で対処しないと仕方ないんじゃないかと。

――あとは問題の、角川春樹事務所が作った九七年版『時をかける少女』が。

筒井　あのときは角川春樹をはじめ、角川春樹事務所の人たち全員が試写室に来て、僕もそこで一緒に観ました。みんなわーわー褒めるんですけど、どうもろくな映画じゃないなと思って。だいたい長すぎるんですね。僕にもう一度編集させてくれたら、十分ほど短縮するだけで、見違えるようないい映画にできるんだけど。

――『時をかける少女』はアニメになったりその後もいろいろ展開をするんですが、これは完全にオリジナルストーリーですね。あとは二〇〇六年に「日本以外全部沈没」が映画になるという変わったこともありました。

筒井　あんな短いものを長篇にするんだから（笑）。

――あれも色んな人が出てましたね。

筒井　ええ、私も出ました。まあ、はっきりと監督が「超B級映画だ」と言っているんだから仕方ないですよこれは。ただ評判にはなった。渋谷に二軒向かい合わせに並んだ映画館があったんですが、片方が『日本沈没』やって、その向かいで『日本以外全部沈没』をやってる。

（会場笑）

――パロディ元と一緒になってるのがおもしろいですね。

筒井　キャストも一人か二人重なってるんだ。でもいい企画でしたね。骨格的に『日本沈没』をパロディにしてるわけだから、どこをどうパロディにしてるか比較して楽しむ人のためにもいいんじゃないですかね。

――それから二〇〇六年には『パプリカ』もアニメ映画になりました。これはどうご覧になりましたか？

筒井　『パプリカ』は僕からお願いしたんですよ。今敏さんの『千年女優』を観て、これはすごい、この人にならどんなに変えられても任せるべきだと思ったんですね。今日も来てる元徳間書店の大野くん、彼が今敏監督との対談をセッティングしてくれて、そのときに僕が直接頼んだんです。『パプリカ』を映画にしてくれるのはあなたしかいないって。そうしたらやりましょう、と言ってくれて、実現した。いやあ嬉しかったね。

――筒井さんは声の出演もされています。

筒井 してますね。バーテンの役。オーナーを今さんがやったんだ。

――あとはお芝居の話も少し伺いたいと思います。最初に劇団欅というところが『スタア』を舞台化しました。

筒井 『スタア』ね。三百人くらいの劇場でやってた。劇団昴の前身ですけども、このときは福田恆存さんが演出してくれた。

――SF大会でも上演されました。

筒井 あれはすごかった。『三月ウサギ』も上演してくださったんだっけな。そのときはもう劇団昴になってました。

――紀伊國屋ホールで『三月ウサギ』をやったときは僕も見に行きました。中学生でしたけども、はじめて東京に行ったんじゃないかと思います。

それで八二年に筒井康隆大一座が旗揚げされて、『ジーザス・クライスト・トリックスター』などいろいろ上演されました。

■戯れ歌披露

筒井　今日は申し訳ないのは、こういうふうに時間軸に沿わないでその時その時のことをお話しするばかりで、他の対談のようにあまり文学的な話にならなかった。とはいえ何か持って帰っていただきたいと思うので、歌を歌わせていただきたいんですよ。

（会場拍手）

筒井　大阪の古くから伝わってるごくごくつまんない歌なんですけれどね、もう誰も歌ってなくて、音源がないから僕が歌っとかないとなくなっちゃうんですよ。歌わしてもらいます。私の父親、明治生まれなんですけれども、大阪に伝わる、ろくでもない歌ですよ。それを酔っ払うとこどもに聞かせたんですね。それをたくさん覚えてるんですけれども、その中から、確実に覚えてるやつを歌わせていただきます。えー、最初は……

お寺の屋根で　スズメが二匹
あれしちょる　あれしちょるったら
しょっぱいなったらしょっぱいな

それだけの歌なんですね。

（会場拍手）

子どもの前で歌うときは「あれしちょる」って何のことって聞かれたら困るから「遊んでる」とか「何しちょる」とか、言い換えて歌ってました。それからあとはね、西郷隆盛の歌。

　西郷隆盛　はじめて東《あずま》へ下るとき
　岩に腰掛け　カニに金玉はさまれて
　あいたったーのこんちきしょうの
　でも気持ちがようごんす

「東へくだる」っていうんですね、「上京」じゃないんですよ、この頃はまだ。上京は京都へ行くってことじゃなかったかな。あ、失礼。

（会場拍手）

こんな馬鹿な歌いま誰も歌わない。あとはですね、これは歌じゃないのかな、でも囃子詞でもないし。まあ、聴いてください。

　住吉濱辺はまべの高燈籠　のぼりて沖を見渡せば　七福神の楽遊び　中で恵比寿とい

うひとは　金の釣り竿　銀の糸　黄金の針で鯛釣って　釣ったおかげでかかもろて
もろたおかかがかわらけで　となりのおかかもかわらけで　かわらけ同士喧嘩して
互いに毛がなきゃええじゃないか

（会場拍手）

「かわらけ」っていうのは毛がない、つまりパイパンです。そう言ったところからの飛躍がすごいですよね。最初の七福神どっかいっちゃった。

あとはうちには代々猫がおりましてね、親父はだいたい酔っ払うとその猫を膝の上に乗せて踊らせるんですよ。それが面白くて、猫の格好が面白くて笑い転げるんで、動きまで再現できるかどうかわからないけども、聞いてください。

一掛け二掛け三掛けて　四条の橋に腰かけて
遙か彼方を眺むれば　十七、八の姐さんが
たけのこ抱えて泣いている
姐さん姐さんなぜなくの
あの山奥のその奥に　孟宗破竹は生えたれど
まだ毛（真竹）が生えぬと泣いている

（会場笑）

これが一番で、二番もあるんです。

一掛け二掛け三掛けて　四条の橋に腰かけて
遙か彼方を眺むれば　七、八十のばあさんが
大根かかえて泣いている
ばあさんばあさんなぜなくの
あの山奥のその奥に　二股大根はえたれど
もう毛（儲け）がないとて泣いている

あとは、もっともっとエロチックなものになるので割愛いたします。一升瓶を股の間に下げてブラブラさせて踊る「よかちん踊り」とか、数え唄とか、いまでも歌う人いますのでね、これは仕方がない。以上で終わらせていただきます。ありがとうございました。

（会場拍手）

（二〇一七年三月二十六日／於・八重洲ブックセンター）

後 記

筒井康隆

自分の作品について自身が思い出を語るという企画だった。さいわいにもおれは書き飛ばすタイプの流行作家ではなかったため、作品を書いた前後のことはよく憶えていた。ずいぶん苦労して書いたとも言えるが、書いている間は楽しんで書いているのでさほど苦しんで書いたという記憶も、苦労して書いたという自覚もない。

日下三蔵はおれ以上におれのことをよく知っている対談相手だったが、それは主に書誌的なこと、つまり発表年月や発表場所や収録再録先編集方法などのあれやこれやであるから、そのあたり、よく憶えていないおれにとっては助かった。ただ当然のことながら日下君の知るべくもない、その作品へのわが思い入れや書いた当時のエピソードなどはたくさんあるから、エピソードをひとつ語るごとに次は、次はと次つぎに作品名を繰り出してくる日下君に対応できず、だいぶすっ飛ばしたように思う。でもこれくらいすっ飛ばしてくれなければこの対談、いつまで経っても終らなかったかもしれない。

最後に、早川書房関連のあれやこれやをあげつらっているが、昔のこととしてすべて大目に見てくれた早川書房編集部の度量に敬意を表する次第である。

平成三十年八月

筒井康隆　全著作リスト　日下三蔵編

1　東海道戦争

［東海道戦争／いじめないで／しゃっくり／トーチカ／ブルドッグ／群猫／チューリップ・チューリップ／うるさがた／お紺昇天／やぶれかぶれのオロ氏／座敷ぼっこ／廃墟／堕地獄仏法］
早川書房（ハヤカワ・ＳＦ・シリーズ3099）　1965年10月15日
早川書房（ハヤカワＪＡ文庫14）　1973年８月15日
中央公論社　1976年２月25日
中央公論社（中公文庫）　1978年12月10日
中央公論社（中公文庫）　1994年12月18日
※ハヤカワＪＡ文庫版以降、「トーチカ」「ブルドッグ」「座敷ぼっこ」「廃墟」を割愛

2　48億の妄想

早川書房（日本ＳＦシリーズ８）　1965年12月31日
早川書房（日本ＳＦノヴェルズ）　1972年11月30日
文藝春秋（文春文庫）　1976年12月25日

3　時をかける少女

［時をかける少女／悪夢の真相／果てしなき多元宇宙］
盛光社（ジュニアＳＦ５）　1967年３月20日
鶴書房盛光社（ＳＦベストセラーズ）発行日の記載なし
角川書店（角川文庫）　1976年２月28日
角川春樹事務所（ハルキ文庫）　1997年４月18日
角川書店（角川文庫）　2006年５月25日
ジュンク堂書店　2013年２月10日
※ハルキ文庫版は表題作単体での刊行、ジュンク堂版は盛光社版の限定復刻

4　ベトナム観光公社

［火星のツァラトゥストラ／ベムたちの消えた夜／トラブル／最高級有機質肥料／マグロマル／くたばれＰＴＡ／末世法華経／時越半四郎

／ハリウッド・ハリウッド／カメロイド文部省／血と肉の愛情／タック健在なりや／お玉熱演／猫と真珠湾／産気／会いたい／赤いライオン／ベトナム観光公社]
早川書房（ハヤカワ・ＳＦ・シリーズ3145）　1967年6月15日
早川書房（ハヤカワＪＡ文庫20）　1973年12月15日
中央公論社　1976年4月20日
中央公論社（中公文庫）　1978年3月10日
中央公論社（中公文庫）　1997年12月18日
※ハヤカワＪＡ文庫版以降、「ベムたちの消えた夜」「くたばれＰＴＡ」「末世法華経」「ハリウッド・ハリウッド」「タック健在なりや」「猫と真珠湾」「産気」「会いたい」「赤いライオン」を割愛

5　かいじゅうゴミイ
[かいじゅうゴミイのしゅうげき／うちゅうをどんどんどこまでも／赤ちゃんかいぶつベビラ！]
盛光社（創作Ｓ・Ｆどうわ）　1967年8月20日
すばる書房（すばるのファンタジー）　1977年2月10日
※46に全篇収録

6　馬の首風雲録
早川書房（日本ＳＦシリーズ13）　1967年12月31日
早川書房（ハヤカワＳＦ文庫52）　1972年3月31日
文藝春秋　1977年9月15日
文藝春秋（文春文庫）　1980年4月25日
扶桑社（扶桑社文庫）　2009年4月30日

7　アフリカの爆弾
[台所にいたスパイ／脱出／露出症文明／メンズ・マガジン一九七七／月へ飛ぶ思い／活性アポロイド／東京諜報地図／ヒストレスヴィラからの脱出／環状線／窓の外の戦争／寒い星から帰ってこないスパイ／アフリカの爆弾]
文藝春秋　1968年3月1日
角川書店（角川文庫）　1971年12月30日
KADOKAWA（角川文庫）　2018年9月25日

8　アルフアルフア作戦

［アルファルファ作戦／近所迷惑／慶安大変記／人口九千九百億／公共伏魔殿／旅／一万二千粒の錠剤／最後のクリスマス／ほほにかかる涙／かゆみの限界／ある罪悪感／セクション／懲戒の部屋／色眼鏡の狂詩曲］
早川書房（ハヤカワ・ＳＦ・シリーズ3183）　1968年５月31日
早川書房（ハヤカワ文庫ＪＡ30）　1974年５月15日
中央公論社　1976年６月25日
中央公論社（中公文庫）　1978年７月10日
中央公論社（中公文庫）　1996年１月18日
中央公論新社（中公文庫）　2016年５月25日
※ハヤカワ文庫ＪＡ版以降、「最後のクリスマス」「ほほにかかる涙」「かゆみの限界」「ある罪悪感」「セクション」を割愛、中公文庫96年版は改版１刷、16年版は改版２刷

9　にぎやかな未来

［超能力／帰郷／星は生きている／怪物たちの夜／逃げろ／事業／悪魔の契約／わかれ／最終兵器の漂流／腸はどこへいった／亭主調理法／我輩の執念／幸福ですか?／人形のいる街／007入社す／踊る星／地下鉄の笑い／ながい話／スペードの女王／欲望／パチンコ必勝原理／マリコちゃん／ユリコちゃん／サチコちゃん／ユミコちゃん／姉弟／ラッパを吹く弟／きつね／たぬき／コドモのカミサマ／ウイスキーの神様／神様と仏さま／池猫／飛び猫／衛星一号／ミスター・サンドマン／時の女神／模倣空間／お助け／疑似人間／白き異邦人／ベルト・ウェーの女／火星にきた男／差別／到着／遊民の街／無人警察／にぎやかな未来］
三一書房　1968年８月１日
角川書店（角川文庫）　1972年6月30日
徳間書店　1976年11月５日
KADOKAWA（角川文庫）　2016年６月25日
※角川文庫版以降、「姉弟」「ラッパを吹く弟」「衛星一号」「ミスター・サンドマン」「時の女神」「模倣空間」「白き異邦人」を割愛

10　幻想の未来・アフリカの血　→　幻想の未来
［幻想の未来／ふたりの印度人／アフリカの血］
南北社　1968年8月30日
角川書店（角川文庫）　1971年8月10日
KADOKAWA（角川文庫）　2017年8月25日
※角川文庫版は、「姉弟」「ラッパを吹く弟」「衛星一号」「ミスター・サンドマン」「時の女神」「模倣空間」「白き異邦人」を追加

11　筒井順慶
［筒井順慶／あらえっさっさ／晋金太郎／新宿祭］
講談社　1969年4月15日
角川書店（角川文庫）　1973年9月30日
新潮社（新潮文庫）　1993年6月25日

12　地球は おおさわぎ
盛光社（創作ＳＦえほん）　1969年5月10日
※46に収録

13　ホンキイ・トンク
［君発ちて後／ワイド仇討／断末魔酔狂地獄／オナンの末裔／雨乞い小町／小説「私小説」／ぐれ健が戻った／ホンキイ・トンク］
講談社　1969年7月20日
角川書店（角川文庫）　1973年11月30日
KADOKAWA（角川文庫）　2018年10月25日

14　わが良き狼《ウルフ》
［地獄図日本海因果／夜の政治と経済／わが家の戦士／わが愛の税務署／若衆胸算用／団欒の危機／走る男／わが良き狼］
三一書房（現代作家シリーズ）　1969年7月31日
角川書店（角川文庫）　1973年2月20日
※角川文庫版は「下の世界」を追加

15　霊長類 南へ
講談社　1969年10月15日

講談社（講談社文庫）　1974年8月15日
角川書店（角川文庫）　1986年4月10日
KADOKAWA（角川文庫）　2018年6月25日

16　心狸学・社怪学

［《心狸学篇》条件反射／ナルシシズム／フラストレーション／優越感／サディズム／エディプス・コンプレックス／催眠暗示／《社怪学篇》ゲゼルシャフト／ゲマインシャフト／原始共産制／議会制民主主義／マス・コミュニケーション／近代都市／未来都市］
講談社　1969年12月20日
講談社（講談社文庫）　1975年6月15日
角川書店（角川文庫）　1986年3月10日

17　欠陥大百科

［はじめに／凡例／悪魔／悪口雑言罵詈讒謗／アングラ／安保／悪戯／一問一答／犬／イラストレーター／インタビュー／宇宙／午・馬／運動会／映倫／S・F／越後つついし親不知／大袈裟／おこらないおこらない／お喋り／音楽／女／90年安保の全学連（漫画）／紙・髪・神／カラーテレビ／癌／観光／歓待／機械／貴様／ギター／ギャグ・マンガ／恐竜／銀座／クイズ／経口避妊薬／軽薄／欠陥／国会／CM（コマーシャル）／作家経営学／サラリーマン／産院／自己変革／ジャズ／週刊誌／就職／乗車拒否／蒸発／食道楽／深夜族／スキャンダル／ストーリイ・マンガ／性器／生殖器／精神病院／西部劇／セックス／接着剤／セミ・ドキュメント／前衛／浅学非才／全集／騒音／創作／竹取物語／タテカン／駝鳥／狸／父親／蝶／筒井順慶（漫画）／月／筒井順慶／D・J／デパート／テレビ／同人誌／読書遍歴／とっておきの話／突拍子／ナンセンス／日記／日本列島／発言力／2001年のテレビ（漫画）／パラダイス／ハント・バー／美女／ヒッピー／船酔い／編集者／ペンパル／法螺話／麻雀／マイ・ホーム／末世／モータリゼーション／モデル／UHF／よろめき／落語／流行／レジャー／肋骨／論争／猥語／ん］
河出書房新社　1970年5月10日
※203に全篇収録

18　母子像　→　革命のふたつの夜

［母子像／くさり／となり組文芸／巷談アポロ芸者／コレラ／泣き語り性教育／深夜の万国博／革命のふたつの夜］

講談社　1970年7月12日

角川書店（角川文庫）　1974年3月10日

19　馬は土曜に蒼ざめる

［馬は土曜に蒼ざめる／横車の大八／息子は神様／空想の起源と進化／混同夢／笑うな／逃げろや逃げろ／人類の大不調和／肥満考／国境線は遠かった／穴／夜を走る／たぬきの方程式／欠陥バスの突撃／ビタミン／フル・ネルソン］

早川書房（ハヤカワ・ＳＦ・シリーズ3254）　1970年7月15日

集英社　1978年8月25日

Ａ　馬は土曜に蒼ざめる

［横車の大八／息子は神様／空想の起源と進化／混同夢／逃げろや逃げろ／人類の大不調和／肥満考／馬は土曜に蒼ざめる］

早川書房（ハヤカワ文庫ＪＡ46）　1975年1月15日

集英社（集英社文庫）　1978年8月30日

Ｂ　国境線は遠かった

［穴／夜を走る／たぬきの方程式／欠陥バスの突撃／ビタミン／フル・ネルソン／国境線は遠かった］

早川書房（ハヤカワ文庫ＪＡ61）　1975年7月31日

集英社（集英社文庫）　1978年10月30日

※文庫版は「笑うな」を割愛して二分冊、集英社78年単行本版は「笑うな」を収録せず

20　緑魔の町

毎日新聞社（毎日新聞ＳＦシリーズジュニアー版11）　1970年7月20日

角川書店（角川文庫）　1976年6月10日

角川書店（角川つばさ文庫）　2009年11月15日

※角川つばさ文庫版は「デラックス狂詩曲」を追加

21　三丁目が戦争です

講談社（講談社の創作童話５） 1971年４月20日
双葉社（ダイナミックボックス） 2000年11月７日
洋泉社 2004年３月17日
※46に収録、双葉社版と洋泉社版は講談社版の復刻

22 発作的作品群

［《発作的ショート・ショート》客／自動ピアノ／正義／ブロークン・ハート／訓練／夫婦／帰宅／タバコ／見学／特効薬／墜落／涙の対面／《発作的エッセイ》公的タブー・私的タブー／凶暴星エクスタ市に発生したニュー・リズム、ワートホッグに関する報告及び調理法及び見通しについて／仕事と遊びの“皆既日食”／肺ガンなんて知らないよ／まったく不合理、年賀状／大地震の前に逃げ出そう／都会人のために夜を守れ／いたかつただらうな／恰好よければ／わが宣伝マン時代の犯罪／可愛い女の可愛らしさ／犯・侵・冒／人間を無気力にするコンピューター／アナロジイ／情報化時代の言語と小説／《発作的伝記》モーツァルト伝／ナポレオン対チャイコフスキー世紀の決戦／《発作的講談》岩見重太郎／児雷也／《発作的雑文》当たらぬこそ八掛‐易断／悩みの躁談室／レジャー狂室／《発作的短篇》悪魔を呼ぶ連中／最初の混線／最後のＣＭ／蜜のような宇宙／2001年公害の旅／遠泳／傷ついたのは誰の心／差別／猛烈社員無頼控／女権国家の繁栄と崩壊／レモンのような二人／20000トンの精液／《発作的戯曲》荒唐無稽文化財奇ッ怪陋劣ドタバタ劇‐冠婚葬祭葬儀編／《発作的座談会》山下洋輔トリオ・プラス・筒井康隆／発作的あとがき］
徳間書店 1971年７月10日
※43および101に収録された作品以外は203に全篇収録

23 脱走と追跡のサンバ

早川書房（日本ＳＦノヴェルズ） 1971年10月31日
角川書店（角川文庫） 1974年６月10日
角川書店（角川文庫リバイバル・コレクション） 1996年12月25日

24 日本列島七曲り

［誘拐横丁／融合家族／陰悩録／奇ッ怪陋劣潜望鏡／郵性省／日本列島七曲り／桃太郎輪廻／わが名はイサミ／社長秘書忍法帖／公害浦島

覗機関／ふたりの秘書／テレビ譫妄症］
徳間書店　1971年11月15日
徳間書店　1974年6月30日
角川書店（角川文庫）　1975年6月30日
KADOKAWA（角川文庫）　2018年11月25日
※徳間書店74年版以降、「社長秘書忍法帖」を割愛

25　乱調文学大辞典
［乱調文学大辞典／あなたも流行作家になれる］
講談社　1972年1月28日
講談社（講談社文庫）　1975年12月15日
角川書店（角川文庫）　1986年2月10日

26　家族八景
［無風地帯／澱の呪縛／青春讃歌 ／水蜜桃／紅蓮菩薩／芝生は緑／日曜画家／亡母渇仰］
新潮社　1972年2月20日
新潮社（新潮文庫）　1975年2月27日
新潮社（新潮文庫）　1987年3月15日

27　新宿祭　初期作品集
［東海道戦争／台所にいたスパイ／チューリップ・チューリップ／ベトナム観光公社／マグロマル／わが愛の税務署／人口九千九百億／新宿祭／近所迷惑／色眼鏡の狂詩曲／ワイド仇討／最高級有機質肥料／アフリカの爆弾］
立風書房　1972年7月15日
立風書房　1975年3月10日
※再編集本

28　将軍が目醒めた時
［万延元年のラグビー／ヤマザキ／乗越駅の刑罰／騒春／新宿コンフィデンシャル／カンチョレ族の繁栄／註釈の多い年譜／家／空飛ぶ表具屋／将軍が目醒めた時］
河出書房新社　1972年9月30日

新潮社（新潮文庫）　1976年12月5日

29　**俗物図鑑**

新潮社　1972年12月5日
新潮社（新潮文庫）　1976年3月30日

30　**狂気の沙汰も金次第**

サンケイ新聞社出版局　1973年9月30日
新潮社（新潮文庫）　1976年10月30日

31　**スタア**

新潮社（書下ろし新潮劇場）　1973年10月15日
※長篇戯曲、53に収録

32　**農協 月へ行く**

［農協 月へ行く／日本以外全部沈没／経理課長の放送／信仰性遅感症／自殺悲願／ホルモン／デマ／村井長庵］
角川書店　1973年11月30日
角川書店（角川文庫）　1979年5月30日
KADOKAWA（角川文庫）　2017年7月25日
※角川文庫版は、「デマ」を割愛

33　**おれの血は他人の血**

河出書房新社　1974年2月20日
新潮社（新潮文庫）　1979年5月25日

34　**暗黒世界のオデッセイ**

［レオナルド・ダ・ヴィンチの半狂乱の生涯／神戸の文化／神戸に帰る／東京→神戸引越し騒動／新しい部屋で／とろを食べる／神戸港24時間／新しいことはええことや（田辺聖子との対談）／神戸『井戸のある家』／中山手・山本通り／フラワー・ロード／垂水・舞子海岸通り／トア・ロード／須磨離宮道／三宮高架商店街／傷ついたのは誰の心（漫画）／冠婚葬祭葬儀編（漫画）／カンニバリズム・フェスティバル（漫画）／サイボーグ入門（漫画）／乱調人間大研究／食事

論断片／ソ連東欧への旅その一／急流（漫画）／客（漫画）／色眼鏡の狂詩曲（漫画）／ワイド仇討（漫画）／アフリカの爆弾（漫画）／アフリカの血（漫画）／わが名はイサミ（漫画）／近所迷惑（漫画）／たぬきの方程式（漫画）／超能力（漫画）／星新一論／二〇〇一年暗黒世界のオデッセイ／モケケ・バラリバラ戦記／『直木賞落選の弁』を書くについての弁／突然の空白／ああ青春、走り抜けた三年／記憶の断片／人間滅亡への道（筒井嘉隆との対談）／映画館が私を作った！（淀川長治との対談）／〈われら〉狂気に生きる（山下洋輔との対談）／ソ連東欧への旅その二］

晶文社　1974年2月20日

新潮社（新潮文庫）　1982年5月25日

※新潮文庫版は、短篇「モケケ・バラリバラ戦記」、エッセイ28篇、対談4篇を割愛し、マンガ「筒井順慶」「90年安保の全学連」「第7類危険物取扱心得」の3篇を追加

35　おれに関する噂

［蝶／おれに関する噂／養豚の実際／熊の木本線／怪奇 たたみ男／だばだば杉／幸福の限界／YAH!／講演旅行／通いの軍隊／心臓に悪い］

新潮社　1974年6月15日

新潮社（新潮文庫）　1978年5月25日

36　男たちのかいた絵

［夜も昼も／恋とは何でしょう／星屑／嘘は罪／アイス・クリーム／あなたと夜と音楽と／二人でお茶を／素敵なあなた］

徳間書店　1974年6月30日

新潮社（新潮文庫）　1978年10月27日

37　ウィークエンド・シャッフル

［佇むひと／如菩薩団／「蝶」の硫黄島／ジャップ鳥／旗色不鮮明／弁天さま／モダン・シュニッツラー／その情報は暗号／生きている脳／碧い底／犬の町／さなぎ／ウィークエンド・シャッフル］

講談社　1974年9月24日

講談社（講談社文庫）　1978年3月15日

角川書店（角川文庫） 1985年12月10日
講談社（講談社文庫） 2006年9月15日
KADOKAWA（角川文庫） 2018年12月25日

38 デマ 実験小説集

［欠陥バスの突撃／狸の方程式／モダン・シュニッツラー／トーチカ／傷ついたのは誰の心／註釈の多い年譜／旅／フル・ネルソン／ホルモン／ビタミン／家／デマ］
番町書房 1974年10月15日
※再編集本

39 ミラーマンの時間

［暗いピンクの未来／デラックス狂詩曲／超能力・ア・ゴーゴー／白いペン・赤いボタン／ミラーマンの時間］
いんなあとりっぷ社 1975年2月15日
角川書店（角川文庫） 1977年10月20日

40 七瀬ふたたび

新潮社 1975年5月10日
新潮社（新潮文庫） 1978年12月20日

41 村井長庵 歴史・時代小説集

［村井長庵／ワイド仇討／万延元年のラグビー／雨乞い小町／わが名はイサミ／時越半四郎／ヤマザキ／空飛ぶ表具屋］
番町書房 1975年5月10日
※再編集本

42 やつあたり文化論

［ゴルフ嫌い／フォニイ落語／スカトロ漫画／家元さわぎ／無一文文化人／無一文文化／なぞなぞブーム／嘘と法螺／酒嫌いの新人類／結婚－不運と幸運／愛は不変であり得るか／パン／2001年のお聖さん／忘れかけていた故郷／神経性胃炎／作家と原稿／噫婦人之世界／新聞の世論操作／うわずり言語／マスコミ的常識／大日本悪人党を待望する／悪宰相の必要性／煙草民営論／秘密漏示罪／私道さわぎ／演

技者志願／攻撃的な喜劇／ホーム・ドラマの罪／雲上人と分身／真夏の夜の夢／推理喜劇とその周辺／死んでもらいます／山下洋輔小論／山下洋輔の周辺／ソヴィエト絵画／一枚のレコード／塾と学校の亀裂／欠陥学習参考書／教育ママの精神構造Z／二枚目意識と道徳／差別語について／眼の言語／小松左京論-『さらば幽霊』解説／現代SFの特質とは／笑いの理由／河野典生論-『緑の時代』解説／河野典生の酒／豊田有恒のこと-『禁断のメルヘン』解説／SF周辺映画散策／幼年期の中ごろ］

河出書房新社　1975年8月29日

新潮社（新潮文庫）1979年10月25日

※新潮文庫版は、「SF周辺映画散策」「幼年期の中ごろ」を割愛

43　笑うな

［笑うな／傷ついたのは誰の心／悪魔を呼ぶ連中／最初の混線／遠泳／客／自動ピアノ／正義／夫婦／帰宅／見学／特効薬／墜落／涙の対面／流行／セクション／廃墟／ある罪悪感／赤いライオン／猫と真珠湾／会いたい／接着剤／駝鳥／チョウ／血みどろウサギ／マイ・ホーム／ブルドッグ／トーチカ／座敷ぼっこ／タック健在なりや／産気／ハリウッド・ハリウッド／末世法華経／ベムたちの消えた夜］

徳間書店　1975年9月10日

新潮社（新潮文庫）1980年10月25日

※再編集本

44　メタモルフォセス群島

［耄りあい／五郎八航空／走る取的／喪失の日／定年食／平行世界／母親さがし／老境のターザン／こちら一の谷／特別室／メタモルフォセス群島］

新潮社　1976年2月20日

新潮社（新潮文庫）1981年5月25日

45　私説博物誌

毎日新聞社　1976年5月30日

新潮社（新潮文庫）1980年5月25日

46　筒井康隆全童話

［かいじゅうゴミイのしゅうげき／うちゅうをどんどんどこまでも／地球はおおさわぎ／赤ちゃんかいぶつベビラ！／三丁目が戦争です］
角川書店（角川文庫）　1976年10月30日
※5、12、21の合本

47　筒井康隆全漫画

［筒井順慶（漫画）／アフリカの血（漫画）／色眼鏡の狂詩曲（漫画）／カンニバリズム・フェスティバル（漫画）／急流（漫画）／傷ついたのは誰の心（漫画）／サイボーグ入門（漫画）／第7類危険物取扱心得（漫画）／客（漫画）／90年安保の全学連（漫画）／冠婚葬祭・葬儀編（漫画）／近所迷惑（漫画）／たぬきの方程式（漫画）／超能力（漫画）／ワイド仇討（漫画）／わが名はイサミ（漫画）／アフリカの爆弾（漫画）］
奇想天外社（奇想天外文庫）　1976年11月1日
※漫画集、34の新潮文庫版に全篇収録

48　エディプスの恋人

新潮社　1977年10月20日
新潮社（新潮文庫）　1981年9月25日

49　あるいは酒でいっぱいの海

［あるいは酒でいっぱいの海／消失／鏡よ鏡／いいえ／法外な税金／女の年齢／ケンタウルスの殺人／トンネル現象／九十年安保の全学連／代用女房始末／スパイ／妄想因子／怪段／陸族館／給水塔の幽霊／フォーク・シンガー／アル中の嘆き／電話魔／みすていく・ざ・あどれす／タイム・カメラ／体臭／善猫メダル／逆流／前世／タイム・マシン／脱ぐ／二元論の家／無限効果／底流／睡魔のいる夏］
集英社　1977年11月25日
集英社（集英社文庫）　1979年4月25日

50　ジャングルめがね

小学館（小学館の創作童話シリーズ39）　1977年12月30日
小学館（すきすきレインボー7）　2010年1月20日

51　バブリング創世記

［バブリング創世記／死にかた／発明後のパターン／案内人／裏小倉／鍵／上下左右／廃塾令／ヒノマル酒場／三人娘］
徳間書店　1978年2月10日
徳間書店（徳間文庫）　1982年11月15日
徳間書店（徳間文庫）　2019年9月15日
※徳間文庫82年版のみ「上下左右」を割愛、同2019年版は新規あとがきを追加して『定本　バブリング創世記』と改題

52　富豪刑事

［富豪刑事の囮／密室の富豪刑事／富豪刑事のスティング／ホテルの富豪刑事］
新潮社　1978年5月15日
新潮社（新潮文庫）　1984年1月10日

53　12人の浮かれる男

［12人の浮かれる男／情報／改札口／将軍が目醒めた時／スタア］
新潮社　1979年2月10日
新潮社（新潮文庫）　1985年10月25日
※戯曲集、207に全篇収録、新潮文庫版は映画化に合わせてカバーのみ『スタア』に改題された時期あり

54　脱走と追跡のサンバ　おれに関する噂

［脱走と追跡のサンバ／家／新宿コンフィデンシャル／ヤマザキ／乗越駅の刑罰／おれに関する噂／だばだば杉／熊の木本線／犬の町／その情報は暗号／佇むひと／五郎八航空／毟りあい／旦那さま留守］
新潮社（新潮現代文学78）　1979年2月15日
※再編集本、「旦那さま留守」を初収録

55　大いなる助走

文藝春秋　1979年3月15日
文藝春秋（文春文庫）　1982年9月25日
文藝春秋（文春文庫）　2005年10月10日

56　宇宙衛生博覧會

［蟹甲癬／こぶ天才／急流／顔面崩壊／問題外科／関節話法／最悪の接触／ポルノ惑星のサルモネラ人間］
新潮社　1979年10月15日
新潮社（新潮文庫）　1982年8月25日

57　不良少年の映画史 PART1

［モンティ・バンクス／「黄金狂時代」／「ロイドの巨人征服」／「モロッコ」／「キング・コング」／「鯉名の銀平」／シャリアピンの「ドン・キホーテ」／「にんじん」／「世界の終り」／「丹下左膳餘話・百萬兩の壺」／「密林の荒鷲」／エノケンの「どんぐり頓兵衛」／エンタツ・アチャコの「あきれた連中」／「海賊ブラッド」／「モンテカルロの銀行破り」／「エノケンの千万長者」／エンタツ・アチャコの「これは失禮」／「おほべら棒」／「隊長ブーリバ」／エノケンの「江戸っ子三太」］
文藝春秋　1979年11月25日
文藝春秋（文春文庫）　1985年10月25日
※文春文庫版は64との合本で『不良少年の映画史（全）』

58　腹立半分日記

［サラリーマン時代／ＳＦ幼年期の中ごろ／あらえっさっさの時代／ウサギと銀座とイヌ／腹立半分日記］
実業之日本社　1979年12月25日
角川書店（角川文庫）　1982年6月10日
文藝春秋（文春文庫）　1991年5月10日

59　みだれ撃ち瀆書ノート

［L・チェーヴァ「枢軸万歳」／A・モラヴィア「ロボット」／F・フォーサイス「シェパード」／田中光二「大いなる逃亡」／半村 良「亜空間要塞の逆襲」／山下洋輔「風雲ジャズ帖」／岩波講座「文学1…文学表現とはどのような行為か」／星 新一「きまぐれ暦」／A・マクリーン「軍用列車」／A・アレー「悪戯の愉しみ」／R・チャンドラー「マーロウ最後の事件」／佐藤隆介「池波正太郎の芝居の本」

／檀 一雄「火宅の人」／長部日出雄「善意株式会社」／佐木隆三「復讐するは我にあり」上・下／安部公房「笑う月」／富岡多恵子「動物の葬禮」／研究社「アメリカ俗語辞典」／桂 米朝　口演「上方芸人誌」／ル・クレジオ「巨人たち」／日高敏隆「チョウはなぜ飛ぶか」／井口 厚「幻のささやき」／手塚治虫「ブラック・ジャック」1〜7／イーデス・ハンソン「花の木登り協会」／新田次郎「聖職の碑」／C・G・ユング「分析心理学」／田河水泡「のらくろ自叙伝」／ロブ＝グリエ「新しい小説のために」／鈴木敏夫「実学・著作権」上・下／半村 良「闇の中の黄金」／J・メリル「年刊SF傑作選7」／D・ハメット「ハメット傑作集2」／暉峻康隆「元禄の演出者たち」／A・ヘイリー「マネーチェンジャーズ」／藤枝静男「田紳有楽」／かんべむさし「サイコロ特攻隊」／E・L・ハルトマン「眠りの科学」／渡部昇一「知的生活の方法」／P・K・ディック「地図にない町」／渡辺一民「フランス文壇史」／村上 龍「限りなく透明に近いブルー」／山崎正和「不機嫌の時代」／山田風太郎「幻燈辻馬車」／伴野 朗「五十万年の死角」／新田次郎「小説に書けなかった自伝」／W・マッケイ「夢の国のリトル・ニモ」／萩原洋子「蕁麻の家」／笠原 嘉「精神科医のノート」／松本清張「ガラスの城」／野崎昭弘「詭弁論理学」／日高敏隆「エソロジーはどういう学問か」／大江健三郎「ピンチランナー調書」／P・ベンチリー「ザ・ディープ」／ヤン・コット「演劇の未来を語る」／山野浩一「殺人者の空」／中村智子「『風流夢譚』事件以後」／ノエル・カワード「ノエル・カワード戯曲集」／光瀬 龍「秘伝宮本武蔵」上・下／山田風太郎「剣鬼喇嘛仏」／W・アイリッシュ「さらばニューヨーク」／小松左京「虚空の足音」／野田昌宏「レモン月夜の宇宙船」／高斎 正「ホンダがレースに復帰する時」／山村美紗「黒の環状線」／藤沢周平「闇の歯車」／A・クリスティー「クリスティー傑作集」／C・ウィルソン「小説のために」／田辺聖子「お聖どん・アドベンチャー」／三好京三「子育てごっこ」／西村寿行「咆哮は消えた」／小林信彦「家の旗」／飯沢 匡「脱俗の作家　横井弘三の生涯」／広瀬 正「タイムマシンのつくり方」／高橋たか子「高橋和巳の思い出」／角間 隆「テレビは魔物か」／半村 良「魔女街」／半村 良「幻視街」／平田 敬「喝采の谷」／P・ロス「われらのギャング」／臼井吉見「事故のてんまつ」／ラプランシュ／ポンタリス「精神分析用語辞典」／色川武大「怪しい来客簿」／

L・ネイハム「シャドー81」／津田 信「幻想の英雄」／渡部昇一「レトリックの時代」／細川隆元「戦後日本をダメにした学者・文化人」／C・ウィルソン「宇宙ヴァンパイアー」／T・トンプスン「血と金」上・下／岡本好古「揚州の幻伎」／丸谷才一「遊び時間」／阿木翁助「演劇の青春」／石沢英太郎「五島・福江行」／H・ピンター「ハロルド・ピンター全集1」／松下英麿「去年の人」／山田正紀「神々の埋葬」／かんべむさし「建売住宅温泉峡」／澤田隆治「私説コメディアン史」／中村光夫「近代の文学と文学者」／山本祥一朗「作家と父」／長野祐二「新人作家はなぜ認められない－作家の不遇時代考－」／渡辺 慧「認識とパタン」／加瀬英明「日本の良識をダメにした朝日新聞」／ロジェ・グルニエ「シネロマン」／高城修三「榧の木祭り」／鈴木 均「職業としての出版人」／安部公房「密会」／小林秀雄「本居宣長」／J・D・サリンジャー「大工よ、屋根の梁を高く上げよ／シーモア－序章－」／利沢行夫「サリンジャー」／山本周五郎「強豪小説集」／山内ジョージ「絵カナ? 字カナ?」／作家が書評する時／J・ルース＝エヴァンズ「世界の前衛演劇」／A・ストー「ユング」／光瀬 龍「明治残侠探偵帖」／D・バーセルミ「死父」／江戸川乱歩「江戸川乱歩全集1」／I・カルヴィーノ「レ・コスミコミケ」／D・ハメット「コンチネンタル・オプ」／R・ブローティガン「バビロンを夢見て」／栗本 薫「ぼくらの時代」／中島 梓「文学の輪郭」／吉行淳之介「夕暮まで」／浅倉久志「ユーモア・スケッチ傑作展」／T・J・バス「神鯨」／川端柳太郎「小説と時間」／P・K・ディック「ユービック」／川上宗薫「夜の残り」／佐藤信夫「レトリック感覚」／森 卓也「アニメーションのギャグ世界」／F・カリンティ「エペペ」／A・カルペンティエール「時との戦い」／A・バージェス「ヘミングウェイの世界」／荻野恒一「現存在分析」／G・ヴァルテル「ネロ」／N・ベーン「ブリンクス」／M・シューヴァル/P・ヴァールー「テロリスト」／虚構性の再発見／K・エイミス「地獄の新地図」／加賀乙彦「宣告」上・下／B・コリンズ「審判」／かんべむさし「公共考査機構」／山田正紀「竜の眠る浜辺」／G・フィッツサイモンズ「早すぎた警告」／S・カミンスキー「ロビン・フッドに鉛の玉を」／高橋 孟「海軍めしたき物語」／小林信彦「ビートルズの優しい夜」／植草甚一「小説は電車で読もう」]
集英社　1979年12月25日

集英社（集英社文庫）　1982年6月25日

60　トーク8　筒井康隆対談集

［山下洋輔トリオ・プラス・筒井康隆（山下洋輔・森山威男・中村誠一との座談会）／夜の神戸でジャズを語ろう（河野典生との対談）／悪夢ごっこ（吉行淳之介との対談）／おれがＳＦなのだ（荒巻義雄との対談）／小説のおもしろさ（中島梓との対談）／悪への想像力（相倉久人・山下洋輔との鼎談）／意識と無意識（岸田秀との対談）／ジャズ・文学・80年代（山下洋輔との対談）］
徳間書店　1980年6月30日
徳間書店（徳間文庫）　1984年9月15日

61　美藝公

文藝春秋　1981年2月20日
文藝春秋（文春文庫）　1985年5月25日
ミリオン出版　1995年11月20日
※文春文庫版は横尾忠則の作中作ポスターを割愛、211にも収録

62　虚人たち

中央公論社　1981年4月15日
中央公論社（中公文庫）　1984年3月10日
中央公論社（中公文庫）　1998年2月18日

63　エロチック街道

［中隊長／昔はよかったなあ／日本地球ことば教える学部／インタヴューイ／寝る方法／かくれんぼをした夜／遍在／早口ことば／冷水シャワーを浴びる方法／遠い座敷／また何かそして別の聴くもの／一について／歩くとき／傾斜／われらの地図／時代小説／ジャズ大名／エロチック街道］
新潮社　1981年10月15日
新潮社（新潮文庫）　1984年10月25日
※新潮文庫版は映画化に合わせてカバーのみ『ジャズ大名』に改題された時期あり

64　不良少年の映画史 PART2

［「戦国群盗傳」／「ターザンの逆襲」／リチャード・タルマッジ／「巨人ゴーレム」／エノケンの「ちゃっきり金太」／「海の魂」／「キング・ソロモン」／「歴史は夜つくられる」／「奴隷船」／「軍使」／「路傍の石」／「冬の宿」／「エノケンの法界坊」／「水なき海の戦ひ」／「水戸黄門廻國記」／「ロイドのエヂプト博士」／「エンタツ・アチャコの 忍術道中記」／「ロッパの大久保彦左衛門」／「右門捕物帖・拾萬兩秘聞」／「エノケンの鞍馬天狗」］
文藝春秋　1981年12月25日
文藝春秋（文春文庫）　1985年10月25日
※文春文庫版は57との合本『不良少年の映画史（全）』

65　ジーザス・クライスト・トリックスター

［ジーザス・クライスト・トリックスター／人間狩り／ジス・イズ・ジャパン／部長刑事－もうひとつの動機／ウィークエンド・シャッフル／三月ウサギ］
新潮社　1982年9月20日
新潮社（新潮文庫）　1987年7月25日
※戯曲集、208に全篇収録

66　着想の技術

［創作作法以前／ユング「文芸と心理学」をめぐって／虚構と現実／「虚人たち」について／商品としての教養／夢－もうひとつの現実（虚構）／鶯鳥番の少女／現在の平均的一日／楽しき哉地獄／桝目の数／苦労なし／江川に関する初夢］
新潮社　1983年1月25日
新潮社（新潮文庫）　1989年9月25日

67　言語姦覚

［現代の言語感覚／虚構におけるハナモゲラの自己完結性／歌謡曲の奇怪なイメージ／言語感覚とメディア／パロディと虚構性／超虚構宣言／外部からの圧力内部からの圧力／教育目的の美名の下に改竄は許されるか?／真実の文学／ある文学的伝統／プライベート世界史／マリオ・バルガス＝リョサの『緑の家』／マルケス－やりきれなさの文

学／まわり道／芝居の楽しみ／斬新／幕間礼讃／演劇とトリックスター／川和さんのこと／ついに体が動き出した／しあわせ座長／三人の男とひとりの女／限定されない科白／紙不足による不安感／インタヴューアー心理／選んでかすをつかむ／サミット前後／同窓会／過剰適応／泥棒から税金／不用意な発言／ホーム・ドラマ／はがきか電話か／喪中につき／甲子園の一件／A型社会の弊害／筒井康隆に25の質問／私のオールタイムベスト10／青春時代の読書／私の処女作 - 文部大臣のお話／最初の記憶／人生の設計／漫画修行／タンク・タンクロー讃／サム・スペード／思い出のボギー／こんなふうに外国テレビ映画を見ている／情景描写とミステリイ／私の泣きどころ／困った電話／オーディオを語る／神戸からの手紙／霊感のつかみ方／「おもろ」がる精神 -『田辺聖子長篇全集』解説]
中央公論社　1983年3月25日
中央公論社（中公文庫）　1986年5月10日

68　東海道戦争　幻想の未来

［お助け／模倣空間／タイム・マシン／帰郷／脱ぐ／環状線／到着／衛生一号／無限効果／マリコちゃん／二元論の家／きつね／ユミコちゃん／底流／廃墟／事業／神様と仏さま／ウィスキーの神様／コドモのカミサマ／逃げろ／怪物たちの夜／セクション／差別／パチンコ必勝原理／やぶれかぶれのオロ氏／たぬき／姉弟／睡魔のいる夏／ある罪悪感／スパイ／妄想因子／怪段／超能力／下の世界／ブルドッグ／陸族館／座敷ぼっこ／群猫／給水塔の幽霊／いじめないで／トーチカ／お紺昇天／しゃっくり／うるさがた／ベルト・ウェーの女／無人警察／星は生きている／火星にきた男／東海道戦争／幻想の未来／《エッセイ》DAICON プログラム巻頭文／インサイド DAICON ／精神病院ルポ]
新潮社（筒井康隆全集1）　1983年4月15日

69　48億の妄想　マグロマル

［48億の妄想／堕地獄仏法／ラッパを吹く弟／遊民の街／チューリップ・チューリップ／赤いライオン／トンネル現象／マグロマル／末世法華経／ベムたちの消えた夜／会いたい／かゆみの限界／カメロイド文部省／ハリウッド・ハリウッド／ケンタウルスの殺人／タック健在

なりや／お玉熱演／トラブル／《エッセイ》ファン・クラブを大組織に発展させる方法／『東海道戦争』あとがき／堕地獄日記／ＳＦを追って／ジャズ／面白さということ／情操教育のヒントに／大学の未来像／深夜族］
新潮社（筒井康隆全集２） 1983年５月25日

70 馬の首風雲録 ベトナム観光公社
［馬の首風雲録／産気／サチコちゃん／ユリコちゃん／火星のツァラトゥストラ／くたばれＰＴＡ／最高級有機質肥料／猫と真珠湾／ひずみ／時越半四郎／ほほにかかる涙／慶安大変記／月へ飛ぶ思い／あるいは酒でいっぱいの海／ミスター・サンドマン／白き異邦人／ベトナム観光公社／公共伏魔殿／《エッセイ》新・ＳＦアトランダム］
新潮社（筒井康隆全集３） 1983年６月25日

71 時をかける少女 緑魔の町
［悪夢の真相／時をかける少女／かいじゅうゴミイのしゅうげき／うちゅうをどんどんどこまでも／地球はおおさわぎ／闇につげる声／果てしなき多元宇宙／赤ちゃんかいぶつベビラ！／白いペン・赤いボタン／超能力・ア・ゴーゴー／デラックス狂詩曲／暗いピンクの未来／緑魔の町］
新潮社（筒井康隆全集４） 1983年７月25日

72 アルファルファ作戦 アフリカの爆弾
［悪魔の契約／疑似人間／東京諜報地図／アルファルファ作戦／窓の外の戦争／人形のいる街／一万二千粒の錠剤／我輩の執念／近所迷惑／露出症文明／活性アポロイド／007入社す／飛び猫／池猫／メンズ・マガジン一九七七／ヒストレスヴィラからの脱出／台所にいたスパイ／幸福ですか?／スペードの女王／最後のクリスマス／脱出／寒い星から帰ってこないスパイ／ながい話／わかれ／遊歩道／旅／腸はどこへいった／にぎやかな未来／欲望／踊る星／人口九千九百億／アフリカの爆弾／《エッセイ》新年・サル・宇宙／『アフリカの爆弾』あとがき／ＳＦ／軽薄のすすめ／悪戯／盆踊りスナック発生の土壌／ヤング・ソシオロジー（ハント・バー／雀荘／アングラ／ヨット／みなみ／イラストレーター／モデル／プール／コマーシャル／ギター／ウ

エートレス／ゼンガクレン／同人誌／ディスクジョッキー／週刊誌）／法螺話／『幻想の未来・アフリカの血』あとがき／すべての面で教師／マージャン作戦要務令精神篇］
新潮社（筒井康隆全集５） 1983年８月25日

73 筒井順慶 わが良き狼《ウルフ》
［筒井順慶／君発ちて後／最終兵器の漂流／色眼鏡の狂詩曲／ふたりの印度人／懲戒の部屋／アフリカの血／美女／いずこも愛は……／落語・伝票あらそい／マイ・ホーム／亭主調理法／時の女神／あらえっさっさ／九十年安保の全学連／地獄図日本海因果／わが愛の税務署／カラス／接着剤／狸／酔いどれの帰宅／わが家の戦士／ヒッピー／雨乞い小町／小説「私小説」／地下鉄の笑い／晋金太郎／竹取物語／夜の政治と経済／新宿祭／わが良き狼／《エッセイ》視聴覚時代の学生運動／初夢／“演劇青年”の自戒］
新潮社（筒井康隆全集６） 1983年９月25日

74 ホンキイ・トンク 霊長類 南へ
［断末魔酔狂地獄／ホンキイ・トンク／団欒の危機／走る男／歓待／ここに恐竜あり／若衆胸算用／駝鳥／ワイド仇討／流行／オナンの末裔／チョウ／ぐれ健が戻った／弾道軌跡／馬は土曜に蒼ざめる／霊長類 南へ／《エッセイ》おれは野次馬（射幸心あおるクイズ番組／ショー番組は情報の拡散／カラーテレビ 団地は一％／東大実況中継の制作費は／「11PM」地方局を見ならえ／ホームドラマ 虚構も欠損／ハプニングは創造可能か／ナンセンスＣＭがんばれ／疑似イベントお涙ショー／国会中継は解説批評せよ／男のドラマをやってくれ／変わりばえしない一〇四本／テレビとは映らないもの／反逆精神か思いあがりか／ＵＨＦテレビ局の未来像／お前はただの現在なのか）／播爬した旅の恥／息子を進呈します／とっておきの話／銀座／『わが良き狼』あとがき／論争／発言力／創作／騒音／末世］
新潮社（筒井康隆全集７） 1983年10月25日

75 心狸学 社怪学 国境線は遠かった
［心狸学 社怪学／母子像／穴／混同夢／秘密兵器／血みどろウサギ／笑うな／くさり／革命のふたつの夜／国境線は遠かった／フル・ネ

ルソン／レモンのような二人／巷談アポロ芸者／泣き語り性教育／悪魔を呼ぶ連中／コレラ／《エッセイ》「江美子ストーリー」の幸福観／『東海道戦争』〔サン・コミックス〕まえがき／貴様／突拍子／自動コジ機／ナンセンス／おこらないおこらない／欠陥／読書遍歴／ギャグ・マンガ／ストーリイ・マンガ／安保／スキャンダル／西部劇／作家経営学］

新潮社（筒井康隆全集８） 1983年11月25日

76 ビタミン　日本列島七曲り

［欠陥バスの突撃／となり組文芸／息子は神様／たぬきの方程式／夜を走る／肥満考／猛烈社員無頼控／逃げろや逃げろ／横車の大八／代用女房始末／空想の起源と進化／20000トンの精液／深夜の万国博／人類の大不調和／ビタミン／岩見重太郎／児雷也／正義／癌／日本列島七曲り／見学／傷ついたのは誰の心／タバコ／訓練／2001年公害の旅／誘拐横丁／ふたりの秘書／夫婦／モーツァルト伝／公害浦島覗機関／テレビ譫妄症／《エッセイ》出版部K嬢へ／曽野綾子讃／よろめき／EXPO '70ヒット・ユーモア・ベスト10／ゴダールの娯楽性／人間を無気力にするコンピューター／ＳＦ・中間小説・前衛ジャズその他及び筒井康隆の現状について／いたかつただらうな／ぼくの好きなジョーク／《未完稿》マルクス・エンゲルスの中共珍道中／《補遺（＝エッセイ）》悪口雑言罵詈讒謗私論／産科血笑録／おやじは憎まれたい］

新潮社（筒井康隆全集９） 1983年12月25日

77 家　脱走と追跡のサンバ

［わが名はイサミ／特効薬／ナポレオン対チャイコフスキー世紀の決戦／帰宅／女権国家の繁栄と崩壊／蜜のような宇宙／タイム・カメラ／自動ピアノ／陰悩録／桃太郎輪廻／融合家族／みすていく・ざ・あどれす／墜落／カンチョレ族の繁栄／体臭／涙の対面／電話魔／奇ッ怪陋劣潜望鏡／家／脱走と追跡のサンバ／《エッセイ》可愛い女の可愛らしさ／'71予想天外大事件／犯・侵・冒／凶暴星エクスタ市に発生したニュー・リズム・ワートホッグに関する報告及び調理法及び見通しについて／当たらぬこそ八掛け‐易断／悩みの躁談室／レジャー狂室／公的タブー・私的タブー／仕事と遊びの“皆既日食”／わが宣

伝マン時代の犯罪／アナロジイ／情報化時代の言語と小説］
新潮社（筒井康隆全集10）　1984年1月25日

78　**乱調文学大辞典　家族八景**
［郵性省／法外な税金／ブロークン・ハート／差別／最初の混線／客／遠泳／フォーク・シンガー／いいえ／新宿コンフィデンシャル／アル中の嘆き／消失／女の年齢／鏡よ鏡／経理課長の放送／将軍が目醒めた時／あなたも流行作家になれる／乱調文学大辞典／家族八景／《エッセイ》集積回路（まったく不合理、年賀状／肺ガンなんて知らないよ／大地震の前に逃げ出そう／都会人のために夜を守れ／早寝早起きは保守的因習／「連呼型」はナチスの拷問／日本も犬ぐるい国になる／男性も悪いが女性も悪い／公害で東京は無人の町に／露出時代の反動がくる?／なぜ苦労して海に行く?／活字的思考でのテレビ論／いったい何が常識なのか）］
新潮社（筒井康隆全集11）　1984年2月25日

79　**俗物図鑑**
［俗物図鑑／《エッセイ》恰好よければ／星新一論／発作的あとがき／機械・涙・報道／鮎ちゃん論／神戸に帰る／華麗な情事／射撃／私のチャーム・ポイント／過去 - 現在 - 未来／散歩みち／東京→神戸引越し騒動／わが“迷惑料”闘争／星新一のサービス酒／最後の会話］
新潮社（筒井康隆全集12）　1984年3月25日

80　**おれに関する噂　デマ**
［万延元年のラグビー／騒春／註釈の多い年譜／ヤマザキ／空飛ぶ表具屋／乗越駅の刑罰／おれに関する噂／ホルモン／村井長庵／デマ／三丁目が戦争です／ミラーマンの時間／ジャングルめがね／《エッセイ》記憶の断片／エクストラポレーション礼讃／会長就任の辞／乱調人間大研究］
新潮社（筒井康隆全集13）　1984年4月25日

81　**虚航船団**
新潮社（純文学書下ろし特別作品）　1984年5月15日
新潮社（新潮文庫）　1992年8月25日

82　**農協 月へ行く　狂気の沙汰も金次第**
［心臓に悪い／怪奇たたみ男／養豚の実際／信仰性遅感症／幸福の限界／蝶／自殺悲願／レオナルド・ダ・ヴィンチの半狂乱の生涯／碧い底／農協 月へ行く／《エッセイ》狂気の沙汰も金次第／神戸の文化／突然の空白／「直木賞落選の弁」を書くことについての弁／とろを食べる／自殺雑感／酒友銘銘録／ああ青春、走り抜けた三年／『続・時をかける少女』まえがき／神戸港24時間／神戸「井戸のある家」／中山手・山本通り／フラワー・ロード／垂水・舞子海岸通り／トア・ロード／須磨離宮道／三宮高架商店街］
新潮社（筒井康隆全集14）　1984年5月25日

83　**おれの血は他人の血　スタア**
［おれの血は他人の血／スタア／講演旅行／日本以外全部沈没／だばだば杉／モケケ＝バラリバラ戦記／通いの軍隊／《エッセイ》娯楽小説／ソ連・東欧への旅／新しい部屋で／取り持ち酒・怒り酒／トモさんの思い出／いずれはＬＰもなくなり……／結婚 - 不運と幸運／執筆五分前 - 読み返している／ああマジメ人間／あるエネルギー／細部のものすごさ／食事論断片／紙不足による不安感／インタヴューアー心理／NULL 復刊のことば／ＳＦ界若手養成へ／漫画修行／山下洋輔小論／小松左京論／二〇〇一年暗黒世界のオデッセイ］
新潮社（筒井康隆全集15）　1984年6月25日

84　**男たちのかいた絵　熊の木本線**
［男たちのかいた絵／犬の町／熊の木本線／YAH!／生きている脳／モダン・シュニッツラー／如菩薩団／その情報は暗号／佇むひと／ジャップ鳥／「蝶」の硫黄島／さなぎ／旗色不鮮明／ウィークエンド・シャッフル／弁天さま／五郎八航空／喪失の日／《エッセイ》クレー射撃／サム・スペード／豊田有恒のこと／噫婦人之世界／大日本悪人党を待望する／私の泣きどころ／新釈東西いろはかるた／嘘と法螺／酒嫌いの新人類／忘れかけていた故郷／現代ＳＦの特質とは］
新潮社（筒井康隆全集16）　1984年7月25日

85　**七瀬ふたたび　メタモルフォセス群島**

［七瀬ふたたび／メタモルフォセス群島／定年食／走る取的／こちら一の谷／母親さがし／特別室／老境のターザン／平行世界／毟りあい／案内人／バブリング創世記／蟹甲癬／鍵／問題外科／《エッセイ》神経性胃炎／ソヴィエト絵画／河野典生の酒／思い出のボギー／2001年のお聖さん／一枚のレコード／乱歩さんの速達／狂信と超能力／《補遺（＝エッセイ）》ロマンチックな逃避／サービス精神・満点／新東京名所 - 原宿表参道／手塚治虫とマンガ映画／秋竜山讃］
新潮社（筒井康隆全集17）　1984年8月25日

86　私説博物誌　やつあたり文化論
［私説博物誌／やつあたり文化論（フォニイ落語／スカトロ漫画／ホーム・ドラマの罪／雲上人と分身／悪宰相の必要性／二枚目意識と道徳／うわずり言語／演技者志願／家元さわぎ／眼の言語／無一文文化人／無一文文化／笑いの理由／なぞなぞブーム／煙草民営論／作家と原稿／日本ＳＦ大会）／《エッセイ》新聞の世論操作／私道さわぎ／塾と学校の亀裂／秘密漏示罪／ゴルフ嫌い／マスコミ的常識／欠陥学習参考書／差別語について／強姦してもいい場合／冷たい鼻の駱駝／学歴偏重時代／自然は公平なり／『ムツ・ゴーロの怪事件』解説／『夢泥棒』推薦文／山下洋輔の周辺／河野典生論／ＳＦ周辺映画散策／SHINCON 開会の辞／死んでもらいます／パン／真夏の夜の夢／推理喜劇とその周辺／攻撃的な喜劇／教育ママの精神構造／愛は不変であり得るか／タンク・タンクロー讃／シャーリイ・マクレーン／桝目の数／外部からの圧力内部からの圧力／SHINCON を終えて／選んでかすをつかむ／わたしと“講談社の絵本”］
新潮社（筒井康隆全集18）　1984年9月25日

87　12人の浮かれる男　エディプスの恋人
［12人の浮かれる男（小説版）／ヒノマル酒場／発明後のパターン／善猫メダル／前世／逆流／死にかた／こぶ天才／裏小倉／上下左右／三人娘／廃塾令／ポルノ惑星のサルモネラ人間／エディプスの恋人］
新潮社（筒井康隆全集19）　1984年10月25日

88　虚航船団の逆襲

［強姦してもいい場合／冷たい鼻の駱駝／学歴偏重時代／自然は公平なり／須磨寺駅周辺／MUSICATAN EXHIBITION／幼児期の記憶への固執／「90年安保の全学連」を描いた時／癸亥随想／文庫本で反社会的になろう／『叩いて歌ってハナモゲラ』序にかえて／あこがれのハードカバー／横尾忠則の壮大な宇宙論／「悪意」への期待／青少年の育成について／確かにまあ大阪というのは／行きつけの床屋さん／図鑑の驚異／辞書の馬鹿げた利用法／素人の作曲体験／『神聖代』解説／序 - イントロデューシング・ヨースケ・ヤマシタ／『ピアノ弾きよじれ旅』解説／対話形式で進行するエロスと革命の期杼／『唐獅子株式会社』解説 - 原典探索による／読書日録／第二回日本ＳＦ大賞詮衡報告／賢治童話の官能／選考委員から／いろいろなことをやっているうちに／ご挨拶にかえて／巽孝之の批評／現実と超現実の居心地よい同居／現代文学かくも豊饒／極私的大江健三郎論／表現の受容／極私的幻想文学論／分科会Ｃ・1報告／ノンフィクション・ゲーム／大一座結成由来／文筆と演技／口上／座長口上／これからの大一座／作者＝座長＝役者／古典への回帰／大一座通信1／大一座通信2／プライベート世界史／日常生活を返せ／誤解してください／「虚航船団」の逆襲／「虚航船団」の逆襲ミニコミ版／メディアと感情移入（巽孝之との対談）］

中央公論社　1984年11月25日

中央公論社（中公文庫）　1988年3月10日

89　**富豪刑事　関節話法**

［富豪刑事／関節話法／われらの地図／顔面崩壊／また何かそして別の聴くもの／中隊長／日本地球ことば教える学部／最悪の接触／《エッセイ》こんなふうに外国テレビ映画を見ている／『決戦・日本シリーズ』解説／歌謡曲の奇怪なイメージ／苦労なし／困った電話／星新一語録／前代未聞ヘタクソ大マンガ／星新一の残酷性と人間愛／オーディオを語る／山手裏手通りにて／笑う／『発狂した宇宙』解説／筒井康隆に25の質問／『善意株式会社』解説／福島正実氏とぼく／教育目的の美名の下に改竄は許されるか?／『タイムマシンのつくり方』解説／須磨寺駅周辺／真実の文学／ＳＦでしか表現できない思想／青春時代の読書／私の処女作 - 文部大臣のお話／ＳＦブーム／筒井康隆聖会長御託宣／『空飛ぶ冷し中華Part2』まえがきにかえて／『神聖

代』解説／作家が書評する時／まわり道／断片を活性化させる麻薬／大乱歩ふたたび／霊感のつかみ方／ＳＦは定着するか／神戸からの手紙／虚構におけるハナモゲラの自己完結性／江川に関する初夢／MUSICATAN EXHIBITION／虚構性の再発見／遅すぎてＳＦの指針となり得ぬＳＦ評論の翻訳／芝居の楽しみ／虚構と現実］
新潮社（筒井康隆全集20）　1984年11月25日

90　大いなる助走　みだれ撃ち瀆書ノート

［大いなる助走／みだれ撃ち瀆書ノート／部長刑事 - もうひとつの動機／《エッセイ》道後 - 日本最古のヘルス・センター／万国のおっちょこちょい諸君！／『花の木登り協会』を推す／『ビックラゲーション選』推薦文／『ピアノ弾きよじれ旅』推薦文／一挙両得、一石二鳥／『唐獅子株式会社』推薦文／『プルシャンブルーの奇妙な黄昏』推薦文／『コインロッカー・ベイビーズ』推薦文］
新潮社（筒井康隆全集21）　1984年12月25日
※『みだれ撃ち瀆書ノート』は、広瀬 正「タイムマシンのつくり方」、C・ウィルソン「宇宙ヴァンパイアー」、作家が書評する時、D・バーセルミ「死父」、江戸川乱歩「江戸川乱歩全集1」、虚構性の再発見、K・エイミス「地獄の新地図」、高橋 孟「海軍めしたき物語」、小林信彦「ビートルズの優しい夜」、植草甚一「小説は電車で読もう」の10篇を割愛

91　美藝公　腹立半分日記

［美藝公／腹立半分日記／《エッセイ》歴史小説的事実として／人生の設計／中間小説への挽歌／“イラコミ”の面白さ／斬新／サミット前後／同窓会／過剰適応／「海軍めしたき物語」／泥棒から税金／不用意な発言／ある文学的伝統／ホーム・ドラマ／はがきか電話か／喪中につき／楽しき哉地獄］
新潮社（筒井康隆全集22）　1985年１月25日

92　虚人たち　エロチック街道

［虚人たち／三月ウサギ／遠い座敷／インタヴューイ／寝る方法／旦那さま留守／急流／冷水シャワーを浴びる方法／歩くとき／遍在／昔はよかったなあ／かくれんぼをした夜／ジャズ大名／時代小説／一に

ついて／傾斜／早口ことば／エロチック街道／日本古代ＳＦ考］
新潮社（筒井康隆全集23） 1985年2月25日

93 **ジーザス・クライスト・トリックスター　点景論**
［通過儀礼／句点と読点／東京幻視／言葉と〈ずれ〉／きつねのお浜／点景論／追い討ちされた日／シナリオ・時をかける少女／ジーザス・クライスト・トリックスター／ジス・イズ・ジャパン／人間狩り／《エッセイ》現実と超現実の居心地よい同居／対話形式で進行するエロスと革命の機杼／私のオールタイムベスト10／情景描写とミステリイ／鷲鳥番の少女／序－イントロデューシング・ヨースケ・ヤマシタ／『ピアノ弾きよじれ旅』解説／ジャズ／最初の記憶／ユング「文芸と心理学」をめぐって／パロディと虚構性／『唐獅子株式会社』解説／マリオ・バルガス＝リョサの『緑の家』／SHINCONの思い出／夢－もうひとつの現実（虚構）／商品としての教養／現在の平均的一日／幕間礼讃／演劇とトリックスター／超虚構宣言／川和さんのこと／突然こういうところへ何でもいいから書けといわれても困ってしまう／創作作法以前／言語感覚とメディア／読書日録／第二回日本ＳＦ大賞詮衡報告／賢治童話の官能／しあわせ座長／ついに体が動き出した／住み方の記／幼年期の記憶への固執／「おもろ」がる精神／三人の男とひとりの女／選考委員から／「90年安保の全学連」を描いた時／甲子園の一件／現代文学かくも豊饒／Ａ型社会の弊害／『俗物図鑑の本』推薦文／オレが隠し金だししぶったのが運のつきか?ウーン／プライベート世界史／限定されない科白／癸亥随想／マルケス－やりきれなさの文学／現代の言語感覚／いろいろなことをやっているうちに／文庫本で反社会的になろう／極私的大江健三郎論／『叩いて歌ってハナモゲラ』序にかえて／表現の受容／文筆と演技／大一座結成由来／口上／あこがれのハードカバー／横尾忠則の壮大な宇宙論／「悪意」への期待／第二回国際ＳＦアート大賞審査員講評／青少年の育成について／確かにまあ大阪というのは／行きつけの床屋さん］
新潮社（筒井康隆全集24） 1985年3月25日

94 **玄笑地帯**
［裏声で歌へますか君が代／純粋些末事没入力批判／楽器? 武器? 生殖器?／熱いシャワーの幸福／まあこのお田中角栄は／高3・尾川君

からの手紙／続・尾川君からの手紙／ビール常飲期間中の夢／表現不可能な歯がゆさ／鍋やきうどんに気をつけろ／コンピューターは馬鹿か／突発性大量創作症候群／私、工業用小市民の敵です／ＳＦは進化しておりますぞ／われらが不満の初夏／基地外に刃物というが／エリマキトカゲのサンバ／映画と芝居とオリンピック／ニコちゃんと赤ん坊の夢／馬鹿な神を持つ者の苦悩／エー証券投資のご案内／がほげほごほ喫煙者の逆襲／譫妄状態における麻雀／ありがたや全集無事完結］
新潮社　1985年８月10日
新潮社（新潮文庫）　1988年５月25日

95　串刺し教授
［旦那さま留守／日本古代ＳＦ考／通過儀礼／句点と読点／東京幻視／言葉と〈ずれ〉／きつねのお浜／点景論／追い討ちされた日／シナリオ・時をかける少女／退場させられた男／春／妻四態／風／座右の駅／遥かなるサテライト群／串刺し教授］
新潮社　1985年12月10日
新潮社（新潮文庫）　1988年12月５日

96　イリヤ・ムウロメツ
講談社　1985年12月20日
講談社（講談社文庫）　1989年２月15日

97　お助け・三丁目が戦争です
［お助け／きつね／地下鉄の笑い／到着／にぎやかな未来／無風地帯／熊の木本線／かくれんぼをした夜／句点と読点／風／果てしなき多元宇宙／三丁目が戦争です／改札口／現代の言語感覚（抄録）］
金の星社（日本の文学32）　1986年２月
※再編集本、奥付に発行日の記載なし

98　影武者騒動　筒井歌舞伎
［影武者騒動／猪熊門兵衛／破天荒鳴門渦潮］
角川書店　1986年７月10日
新潮社（新潮文庫）　1991年６月25日

※歌舞伎台本集、210に全篇収録

99　イチ、ニのサン！
河出書房新社（メルヘンの森）　1986年9月10日
※絵本

100 旅のラゴス
徳間書店　1986年9月30日
徳間書店（徳間文庫）　1989年7月15日
新潮社（新潮文庫）　1994年3月25日

101 くたばれＰＴＡ
［秘密兵器／遊歩道／癌／美女／狸／酔いどれの帰宅／歓待／いずこも愛は……／落語・伝票あらそい／弾道軌跡／2001年公害の旅／モーツァルト伝／ナポレオン対チャイコフスキー世紀の決戦／カラス／かゆみの限界／ここに恐竜あり／蜜のような宇宙／猛烈社員無頼控／最後のクリスマス／女権国家の繁栄と崩壊／くたばれＰＴＡ／レモンのような二人／20000トンの精液／モケケ＝バラリバラ戦記］
新潮社（新潮文庫）　1986年10月25日

102 夢の木坂分岐点
新潮社　1987年1月25日
新潮社（新潮文庫）　1990年4月25日

103 歌と饒舌の戦記
新潮社　1987年4月25日
新潮社（新潮文庫）　1990年11月25日

104 原始人
［原始人／アノミー都市／家具／おもての行列なんじゃいな／怒るな／他者と饒舌／抑止力としての十二使徒／読者罵倒／不良世界の神話／おれは裸だ／諸家寸話／筒井康隆のつくり方／屋根］
文藝春秋　1987年9月20日
文藝春秋（文春文庫）　1990年9月10日

105 日日不穏

［日日不穏／日日是慌日］

中央公論社　1987年11月25日

中央公論社（中公文庫）　1991年6月10日

106 驚愕の曠野

河出書房新社　1988年2月25日

河出書房新社（河出文庫）　1991年10月4日

※158にも収録

107 新日本探偵社報告書控

集英社　1988年4月25日

集英社（集英社文庫）　1991年4月25日

108 ベティ・ブープ伝　女優としての象徴 象徴としての女優

中央公論社　1988年5月25日

中央公論社（中公文庫）　1992年11月10日

109 薬菜飯店

［薬菜飯店／法子と雲界／イチゴの日／秒読み／ヨッパ谷への降下／偽魔王／カラダ記念日］

新潮社　1988年6月15日

新潮社（新潮文庫）　1992年8月25日

110 スイート・ホームズ探偵

［スイート・ホームズ探偵／ひとり／俊徳丸の逆襲／部長刑事 - 刑事たちのロンド／若くなるまで待って］

新潮社　1989年1月25日

新潮社（新潮文庫）　1993年11月25日

※戯曲集、209にも収録

111 残像に口紅を

中央公論社　1989年4月20日

中央公論社（中公文庫） 1995年4月18日

112 ダンヌンツィオに夢中

［ダンヌンツィオに夢中／新しい自己照射の試み／新しい手法への意志／澁澤文学私観／パロディの自立性と超時代性／「夢の言葉・言葉の夢」実践篇／「美琴姫様騒動始末」を推す／藤子不二雄に感謝／M・バルガス＝リョサ「パンタレオン大尉と女たち」／トゥルニエ「オリエントの星の物語」／アーネスト・ヘミングウェイ「日はまた昇る」／E・キション「ショート・ジョークじゃものたりない」／ヒトの味方・読者の見方／素人もわかる入門書／われわれ自身の物語の発見／誰がパンを焼くのか／恰好と内容／文房具／イギリスの王室／個性化／舟釣り／フグの毒／スティング／魚の温度計／AIDS／コンタクト／ある日突然／「本読み」と「読みあわせ」／KNOW - HOW／頭の痒み／ウサギ／失語／批評／老化／五月病／かまいたち／弟／鳥たち／マッサージにかかりながら／親子鯨／人生はバトル・ロイヤル／時をかけるゴロちゃん／私説博物外誌 チキュウ／さつまいも太平記／機械／北陸蟹食い旅／おかしなおかしな一日／守護の悪魔／西尾美栄子讃／賑にぎしくお越しください／稽古場日記／「スタア」が上演されると聞くと／今だから書けること／ＳＦ作家の古典がえり／歌舞伎の危機と作家の役割／蜷川手本忠臣蔵／マルクス兄弟ふたたび／カナリヤが殺されるまで／前衛的喜劇俳優の肖像／蔵書の中から - 『キネマ旬報』／マルタの鷹／「大いなる助走」騒動／ダリ雑筆／幻視者・横尾忠則／「ラプソディ・イン・ブルー」/山下洋輔／もしもＳＦがなかったら／小説家が小説を読むということ／すべては仕事すべては遊び／私のペン・ブレイク／作家の朗読について／読書歴三度めの正直／夢の木までの助走／夢その他／「虚航船団」について／「にぎやかな未来」について／新しい笑いは可能か／岩波新書の首枷／私も投稿マニアだった／役者志願］
中央公論社 1989年7月20日
中央公論社（中公文庫） 1996年4月18日

113 フェミニズム殺人事件

集英社 1989年10月20日
集英社（集英社文庫） 1993年2月25日

114 文学部唯野教授

岩波書店　1990年1月26日
岩波書店（同時代ライブラリー97）　1992年3月16日
岩波書店（岩波現代文庫）　2000年1月14日

115 夜のコント・冬のコント

［夢の検閲官／カチカチ山事件／魚／レトリック騒動／借金の精算／上へいきたい／箪笥／巨人たち／鳶八丈の権／火星探検／のたくり大臣／「聖ジェームス病院」を歌う猫／冬のコント／夜のコント／最後の喫煙者／CINEMA レベル9／傾いた世界／都市盗掘団］
新潮社　1990年4月20日
新潮社（新潮文庫）　1994年11月1日

116 短篇小説講義

岩波書店（岩波新書）　1990年6月20日
岩波書店（岩波新書）　2019年8月23日
※2019年版は内容を増補

117 文学部唯野教授のサブ・テキスト

［文学部唯野教授に100の質問／『文学部唯野教授』から『短篇小説講義』へ／ポスト構造主義による「一杯のかけそば」分析］
文藝春秋　1990年7月15日
文藝春秋（文春文庫）　1993年7月10日

118 ロートレック荘事件

新潮社　1990年9月25日
新潮社（新潮文庫）　1995年2月1日

119 幾たびもＤＩＡＲＹ

中央公論社　1991年9月20日
中央公論社（中公文庫）　1997年10月18日

120 文学部唯野教授の女性問答

中央公論社　1992年2月20日
中央公論社（中公文庫）　1997年7月18日

121 朝のガスパール
朝日新聞社　1992年8月1日
新潮社（新潮文庫）　1995年8月1日

122 最後の伝令
［人喰人種／北極王／樹木 法廷に立つ／タマゴアゲハのいる里／近づいてくる時計／九死虫／公衆排尿協会／あのふたり様子が変／禽獣／最後の伝令／ムロジェクに感謝／二度死んだ少年の記録／十五歳までの名詞による自叙伝／瀕死の舞台］
新潮社　1993年1月25日
新潮社（新潮文庫）　1996年1月1日

123 本の森の狩人
岩波書店（岩波新書）　1993年4月20日

124 パプリカ
中央公論社　1993年9月20日
中央公論社（中公文庫）　1997年4月18日
新潮社（新潮文庫）　2002年11月1日

125 断筆宣言への軌跡
［序文「「われわれ」と「彼等」」（井上ひさし）／美濃部東京都知事の家に屑籠はあるか?／大日本悪人党を待望する／差別語について／冷たい鼻の駱駝／昔むかし、作家は悪かった／差別意識と市民的日常性／文明すべて異常心理の産物／おれが禁煙したら人を殺しかねない／倫理は堕ちた人でないとわからない／タブーの多い社会ほど原始社会である／国語の先生にモノ申す／おれもやりたい老年非行／「絶対悪」と「必要悪」／世論の胡散臭さ／ピューリタンと化したオバタリアン／自分の中にひそむ悪への創造力／明るく清潔な文壇業界に棲む魚／異端の排除は個性の排除／安吾そして文学者にとっての「悪」／おれは名を惜しむ臆病者／文芸家協会は職能集団か／文学者と常識／

ボランティアの過剰な自負／フェミニズムと言葉狩り／追悼 - 中上健次／文学者の嫉妬羨望／日本てんかん協会に関する覚書／断筆宣言]
光文社（カッパ・ホームス）　1993年10月25日

126 筒井康隆の文藝時評　→　筒井康隆の文芸時評
河出書房新社　1994年2月25日
河出書房新社（河出文庫）　1996年5月2日

127 座敷ぼっこ
[座敷ぼっこ／睡魔のいる夏／群猫／お紺昇天／ベムたちの消えた夜／廃墟／姉弟／会いたい／白き異邦人／ミスター・サンドマン／チョウ／時の女神／わが良き狼／犬の町／佇むひと／遠い座敷／かくれんぼをした夜／風／遥かなるサテライト群／秒読み／夢の検閲官／北極王／禽獣／家族場面／母子像]
出版芸術社（ふしぎ文学館）　1994年4月20日
※再編集本

128 笑犬樓よりの眺望
[「笑犬樓よりの眺望」原稿料を暴露する／報道カメラマンからわが身を守る方法／突撃レポーターが開き直りはじめた／昔むかし、作家は悪かった／匿名子よ、名を名乗れ／サトウサンペイはなぜ嫌われるのか／作家＝炭鉱のカナリアなのだ／川上宗薫に文学者魂を見た／たかがマリワナごときで／喫煙者差別に一言申す／グリコ・森永事件にコメントしない理由／おれに似た男が山口組系にいるらしい／「いじめの構造」は日本の構造そのものである／誰がコンピューター・アートを喜んで見るのか／「通」が歌舞伎を詰まらなくする／「筒井康隆全集完結大祝賀会」報告／マスコミ記者はもちろん市民ではない／日航機墜落報道に冷や汗をかいた／素人の、素人による、素人のためのテレビ、新聞／「軍事費突出」抗議署名運動の発起人辞退の弁／ブラック・ユーモアは厳しい自己認識手段である／部落解放同盟から抗議を受けた／年収のガタ減りと小説の衰退／ある編集者の告白／いじめをなくす効果的な手段は／編集者は作家と契約書を取交すべし／ことわりなしにシャッターを切る馬鹿が多すぎる／「取材してやる」というマスコミの身勝手／売れない作家諸氏は女をひどい目にあわせなさ

い／色黒女たちの陰謀／昭和娯楽小説全集の発刊を望む／藤本義一の「勇気ある発言」／大新聞の読者投稿欄がますますひどい／税務署特調班がやってきた／大いに笑ったビートたけし「フライデー」乱入事件／フェミニズムをめぐる男女の本音／文芸書が冷遇されている／試験問題への作品収録は、まるで闇討ちだ／恐るべし、老年非行グループ／ニュースキャスターの愚かな「逆襲」／過疎地に出版文化都市を作ってはどうか／みんな死んでいくんだなあ／『富豪刑事』はなぜ映画化されなかったか／自費出版本の山にただ茫然とする／A型社会は江川を憎む／早死にしたくないから煙草はやめない／石原運輸相は文学的に「放言」すればよかった／「報復措置」に潜む大国の奢り／殺さば殺せ、三島賞選考委員の覚悟／中沢新一助教授招聘騒動のつまらなさ／プライバシー保護法のない後進国・日本／料理食べ歩き番組は「セックスやり歩き番組」の代償／テレビ・レポーターの荒廃した精神／リクルートから株をもらった「文化人」は誰だ／実はおれも「ゲケツ」した／Xデーの大阪にマスコミがやってきた／一月七日、日本人は平静さを失った／消費税が良書を絶版にする／ナカソネ・カンモンにおける質問の愚／オバタリアンに敗れた総理大臣／「反権力」もまた「権力」である／男はみんなミヤザキツトム／アニメ・ファンはみな「いい子」である／消費税込みの貨幣を発行すればよろしい／「容疑者の匿名報道」を支持する／女が逆セク・ハラに走るとき／消費税はまたしても人気作家をいじめる／健康心配社会に長生きはしたくない／文芸家協会は虞犯者の集団／良心的中小出版社が危ない／文芸家協会を脱退した／嫉妬心にまみれた現代の「庶民感情」／感情移入で世界を理解する／『文学部唯野教授』ベストセラーの構造分析／礼儀も常識もない郵便物で仕事ができない／ダイヤモンド・キャラクター賞受賞挨拶／ついに「ぼくたちの好きな戦争」が始まった／某大手出版社のトラック三台分の投棄と環境破壊／映画「ミザリー」を見るべきか、見ざるべきか／作家にとってのよい文芸評論とは／出生率の低下を憂うのは国家エゴイズム／聞く耳持たぬ前世紀的フェミニズム／バブルというメタンガスの発生源／新聞小説ははたして不要か／国土庁アンケート調査の無駄／若手評論家への罵倒／なぜ我が家の塀はかくも高いのか／募金活動のインチキと真実／ビニール蛙に告ぐ／中上健次が死んだ／構造主義による高校野球分析／ある大物議員のマージャン政談／「パプリカ」を書いて、髪が真っ白になってしまった

／またしてもテレビ・レポーター批判／「筒井道隆」は息子に非ず／無名同人誌作家の嫉妬と羨望、そして憎悪／インタヴューアー十ヶ条／「影武者騒動」劇評騒動／痩せた男と肥えた男の言い分／日本てんかん協会に関する覚書／断筆宣言］
新潮社　1994年5月20日
新潮社（新潮文庫）1996年8月1日

129 鍵
［鍵／佇むひと／無限効果／公共伏魔殿／池猫／死にかた／ながい話／都市盗掘団／衛星一号／未来都市／怪段／くさり／ふたりの印度人／魚／母子像／二度死んだ少年の記録］
角川書店（角川ホラー文庫）1994年7月10日
※再編集本

130 時代小説 自選短篇集
［鳶八丈の権／空飛ぶ表具屋／横車の大八／わが名はイサミ／村井長庵／法子と雲界／時越半四郎／きつねのお浜／雨乞い小町／ジャズ大名／ワイド仇討／万延元年のラグビー／ヤマザキ／追い討ちされた日／こちら一の谷／時代小説／家族場面］
中央公論社　1994年11月10日
※再編集本、「家族場面」を初収録

131 家族場面
［九月の渇き／天の一角／猿のことゆえご勘弁／大官公庁時代／十二市場オデッセイ／妻の惑星／家族場面／天狗の落し文］
新潮社　1995年2月25日
新潮社（新潮文庫）1997年11月1日
※新潮文庫版は「天狗の落し文」を割愛

132 悪と異端者
［現代スキャンダルの構図／冷静に迎えよう！／「科学すること」に望むこと／異端の排除は個性の排除／おれは逃げた／文学者と常識／コッカにカッコよさはいらない／科学技術と小説／これこそ小説、これこそ作家／大器とヴェテラン－第一回三島由紀夫賞選評／妥協に非

ず - 第二回三島由紀夫賞選評／虚構内存在の現存在分析 - 第三回三島由紀夫賞選評／小説の覇気のために - 第四回三島由紀夫賞選評／選考とその前後 - 第五回三島由紀夫賞選評／文学賞の「棲み分け」- 第六回三島由紀夫賞選評／狂躁の「二百回忌」- 第七回三島由紀夫賞選評／静かな小説 - 第八回三島由紀夫賞選評／ナチュラリストの凄さ - 「ネコたちをめぐる世界」を読んで／人間を絨毯に織りこむという秀逸なアイディア - クライヴ・バーカー「ウィーヴワールド」／死後からの眼で見る光栄 - ガルシア・マルケス「迷宮の将軍」／驚嘆すべきことば芸／捉評性・読快性の分析 - ジュリアン・バーンズ「10 1/2章で書かれた世界の歴史」／「オモライくん」絶賛序文／文学賞選考委員は裁かれるべきか?／凝縮された一冊 - 車谷長吉「鹽壺の匙」／山下洋輔「ドバラダ門」／文学は常に異端／小説としての堅実性 - 第十回サントリーミステリー大賞選評／情報・準拠枠の価値 - 第十一回サントリーミステリー大賞選評／説明するな描写せよ - 第十二回サントリーミステリー大賞選評／杉浦漫画が教えてくれた／いまこそ休息を／弟分からの弔辞 - 追悼・色川武大／お聖さんへのラヴレター／裏人生の達人／宮本輝とつきあう方法／杉浦茂マンガ館の刊行を祝す／夢 - 第十六回川端康成文学賞受賞の言葉／返品保証作 -「残像に口紅を」／唯野教授の弁／自作再見 -「虚航船団」／筒井康隆フェアに寄せてチョイと批評めいた解説／さまざまな感想 - 第十三回日本ＳＦ大賞受賞の言葉／自分教育 - モームを読み返して／小説を読んでいて「おかしいな」と思うときがある／誰にもわかるハイデガー／私の一冊 -「不思議の国のアリス」／乱歩・久作体験による恩恵／仕事がらみの本を除いたオール・タイム・ベスト／私の・選んだ・文庫・ベスト3 - カート・ヴォネガット／気になる女流文学の町／墓のある場所／よく会うのに、誰だかわからない人／ワープロについて／小動物たちとの正月／鶯その後／旅と原稿用紙／テクノストレス解消法／夢について語ります／わたしとメガネ／肥満したソクラテス／フランス料理へのこだわり／銀座画廊めぐり／一人の天才が世に出る／製作は昭和十五年、「エノケンの孫空悟」の圧巻／地域演劇のあり方は「啓蒙」と「奉仕」の折衷型で／「スタア」公演に際して／可能的自己の殺人／私の秘蔵コメディ／永遠のベティ・ブープ／岡本監督のこと！／「影武者騒動」の現代性／藤本義一 vs 筒井康隆／「葦原将軍」を書いた頃]

中央公論社　1995年10月7日
中央公論社（中公文庫）　1998年10月18日

133 脳ミソを哲学する

［第一章 科学哲学者 村上陽一郎さんと「哲学する科学者待望論」のはなし／第二章 解剖学者 養老孟司さんと「脳ミソを哲学する」はなし／第三章 生命誌研究館副館長 中村桂子さんと「生命の歴史を読み解く」はなし／第四章 動物行動学者 日高敏隆さんと「動物たちの言いぶん」のはなし／第五章 数学者 森毅さんと「頭のなかの回路」のはなし／第六章 気象学者 根本順吉さんと「地球の百葉箱」のはなし／第七章 生物工学者 軽部征夫さんと「生物とつくる未来の地球」のはなし／第八章 理論物理学者 佐藤文隆さんと「星を見ずに星を語る人」のはなし／第九章 イカ学者 奥谷喬司さんと「前衛的なイカの生態」のはなし／第十章 評論家 立花隆さんと「科学の未来を覗く」はなし］
講談社　1995年12月6日
講談社（講談社＋α文庫）　2000年6月20日
※講談社＋α文庫版は、「第七章 生物工学者 軽部征夫さんと「生物とつくる未来の地球」のはなし」を割愛

134 筒井康隆スピーキング　対談・インタビュー集成

［巻頭特別インタヴュー（平石滋）／ＳＦきょうこの頃（石川喬司）／“脱・終末大作戦”対談（井上ひさし）／マリファナは解禁されます、断言してもいい　特別講演／文学・絵…そして夢を語る（横尾忠則）／BIGリレー対談（山藤章二）／綺想多面体の解晶（松田修）／泉鏡花文学賞受賞にまつわるとっておきの話（山下洋輔）／笑いは笑いの法則を破壊する（タモリ）／完璧な全集になりそうだ（堀晃）／食いつぶし文化の中で（山口昌男）／虚航船団 山川草木文房具悉皆成仏虚構戦記／虚構への軌跡（玉城正行・栢植光彦・永島貴吉・与那覇恵子）／小説についての幸福な夢想（大江健三郎）／時代の気分を語る（筑紫哲也）／まだ小説は脳細胞を使いきってないっ！（小林恭二）／文学賞選考会の内幕（小林恭二）／過激な試みを初のワープロ体験で（野中ともよ）／人間データバンク’90「週刊朝日」（小山内伸）／作家の妻は覚悟がいるね（新井満）／虚構と現実の接点で（河

合隼雄）／ツツイ・ヤスタカは、はたして、変わったのか／「筒井康隆」は90年代をどう生き延びるか（島弘之・「文學界」編集部）／世界を視野に（大江健三郎）／わが永遠のスラップスティック（矢崎泰久）／膨張する境界（中上健次）／文春VIPルーム（鈴木洋史）／真夏の夜の日本恐怖小説全集（白石加代子）／パソコンネットワークを使い新たな文学の可能性を模索する（薄井ゆうじ・荻野アンナ・小林恭二・橋元淳一郎・森幸也）／現在上演されていない歌舞伎を読むと宝の山にぶち当たった／「プッツン宣言」の弁／私が筆を断つ理由（大上朝美）／筒井康隆ロングインタビュー／「断筆宣言」と「小説狩り」をめぐって（瀬戸内寂聴）／表現者を狩る「無人検閲」（内田春菊）／自主規制は国民の知性を問うている／小説の女主人公は美人でなければいけないか（柘植光彦）／言葉狩りの「主犯」は誰だ／ギャグと人権に勝てるか?（中島らも）／筆は折ってもキーボードで書き続ける（市川裕一）／争点「断筆」（大江健三郎）／これからの敵は、君たちマスコミだ］
出帆新社　1996年2月18日
※対談・座談相手の特記なきものはインタビュー

135 写真小説 男たちのかいた絵
徳間書店　1996年4月1日
※花田秀次郎名義による自作原作映画のノベライズ、205にも収録

136 ジャズ小説
［ニューオーリンズの賑わい／葬送曲／はかない望み／ソニー・ロリンズのように／ラウンド・ミッドナイト／懐かしの歌声／恐怖の代役／陰謀のかたち／チュニジアの上空にて／ムーチョ・ムーチョ／ボーナスを押さえろ／ライオン］
文藝春秋　1996年6月10日
文藝春秋（文春文庫）　1999年12月10日

137 笑うな　くたばれＰＴＡ
［五郎八航空／関節話法／蟹甲癬／くたばれＰＴＡ／笑うな］
新潮社（新潮pico文庫）　1996年8月15日
※再編集本

138 邪眼鳥

［邪眼鳥／RPG試案－夫婦遍歴］

新潮社　1997年4月25日

新潮社（新潮文庫）　1999年11月1日

139 筒井康隆かく語りき

［原稿用紙の上で演技する役者的作家論（コリーヌ・ブレ）／反制度を笑いで描く“有毒”筒井式小説作法（佐高信）／怖がる人々を語る（和田誠）／震源地に一番近かった作家／差別、人権そして表現（小林よしのり）／筒井ロングインタビュー／不良少年のジャズ史／インターネットに自主規制は及ばない（中村正三郎）／批評的だから小説が書ける（丸谷才一）／面白さをきわめたい（川上弘美）／世界は精神病院！　人間は皆既知外!!（大泉実成）／言葉の森はただそこにある（井上ひさし）］

文芸社　1997年6月25日

※対談相手の特記なきものはインタビュー

140 敵

新潮社（純文学書下ろし特別作品）　1998年1月30日

新潮社（新潮文庫）　2000年12月1日

141 満腹亭へようこそ

［あるいは酒でいっぱいの海／最高級有機質肥料／薬菜飯店／蟹甲癬／アル中の嘆き／顔面崩壊／肥満考／定年食］

北宋社 1998年5月30日

※再編集本、著者の許諾を得ずに出版されたもの

142 わたしのグランパ

文藝春秋　1999年8月30日

文藝春秋（文春文庫）　2002年6月10日

文藝春秋（文春文庫）　2018年10月10日

143 エンガッツィオ司令塔

［エンガッツィオ司令塔／乖離／猫が来るものか／魔境山水／夢／越天楽／東天紅／ご存知七福神／俄・納涼御攝勧進帳／首長ティンブクの尊厳／附・断筆解禁宣言］
文藝春秋　2000年3月10日
文藝春秋（文春文庫）　2003年4月10日

144 細菌人間
［細菌人間／10万光年の追跡者／四枚のジャック／W世界の少年／闇につげる声］
出版芸術社　2000年9月20日

145 魚籃観音記
［魚籃観音記／市街戦／馬／作中の死／ラトラス／分裂病による建築の諸相／建物の横の路地には／虚に棲むひと／ジャズ犬たち／谷間の豪族］
新潮社　2000年9月30日
新潮社（新潮文庫）　2003年6月1日

146 恐怖
文藝春秋　2001年1月10日
文藝春秋（文春文庫）　2004年2月10日

147 大魔神
徳間書店　2001年5月31日
※長篇シナリオ、210に収録

148 天狗の落し文
新潮社　2001年7月30日
新潮社（新潮文庫）　2004年8月1日
※無題のショートショート356篇を収録

149 わかもとの知恵
金の星社　2001年8月
※奥付に発行日の記載なし

150 文学外への飛翔

［《一章　チェーホフ『かもめ』分析》トリゴーリンという男 - チェーホフ『かもめ』に出演して／《二章　俳優としての日日》蜷川作品に役者としてお呼びがかかるとは／『かもめ』は連日超満員／モックンとトヨエツ／「俄」と『兵士の物語』／観劇・感激・間隙日記／演劇修業時代の日日／神父のおれがアイドルを襲う／アガサ・クリスティの日日／芝居のリアリティとリアリズム／三島由紀夫の戯曲／三島由紀夫『弱法師』稽古日記／『弱法師』本番の苦悩／映画『ひっとべ』撮影日記／「百物語」の笑い／『スター・ウォーズ エピソード1 ファントム・メナス』について／小説『ミザリー』の味／007は『危機一発』と『カジノ・ロワイヤル』だ／《三章　わが心のタカラジェンヌ》狸御殿に始まる／宝塚映画の時代／西尾美栄子との共演／峰さを理との舞台］

小学館　2001年11月1日

小学館（小学館文庫）　2005年1月1日

151 愛のひだりがわ

岩波書店　2002年1月24日

新潮社（新潮文庫）　2006年8月1日

152 近所迷惑　自選短篇集1　ドタバタ篇

［近所迷惑／おれは裸だ／経理課長の放送／弁天さま／欠陥バスの突撃／自殺悲願／慶安大変記／アルファルファ作戦／アフリカの爆弾］

徳間書店（徳間文庫）　2002年5月15日

※再編集本

153 笑犬楼の知恵　筒井康隆トークエッセー

［現代文学には夾雑物が必要／少年のための残酷童話／実生活に役立つ演技の素養／本業以外の世界も知るべし／役に立った子供の頃の読書／老人は孤独に負けちゃいけない／上質の諷刺は風化しない／三島由紀夫との妙な因縁／世紀末を醸成する個人の力／慣用句の「抹殺」には反対／成人式は有料にしたら／政治家蔑視の風潮はマズイ／ケンカは、いつでもできる／あらゆる場所にケータイが／三島の芝居を笑

うロンドン／五十年前の知恵を再編集して／悪い友人との付き合い方／いくつになっても色気を／他人の子をどう叱るか／良書が手に入りにくくなる／段取りのいい人、悪い人／「悪魔の辞典」独特の重さと深さ／わかりやすい政治という危機］
金の星社　2002年6月
※奥付に発行日の記載なし

154 怪物たちの夜　自選短篇集2　ショート・ショート篇

［超能力／帰郷／星は生きている／怪物たちの夜／逃げろ／悪魔の契約／わかれ／最終兵器の漂流／腸はどこへいった／亭主調理法／我輩の執念／幸福ですか?／人形のいる街／007入社す／踊る星／地下鉄の笑い／ながい話／ふたりの印度人／竹取物語／パラダイス／ヒッピー／ブロークン・ハート／最後のCM／差別／あるいは酒でいっぱいの海／消失／鏡よ鏡／法外な税金／女の年齢／トンネル現象／九十年安保の全学連／スパイ／妄想因子／怪段／陸族館／給水塔の幽霊／みすていく・ざ・あどれす／体臭／善猫メダル／逆流／前世／欲望／パチンコ必勝原理／マリコちゃん／ユリコちゃん／サチコちゃん／ユミコちゃん／きつね／たぬき／コドモのカミサマ／神様と仏さま／池猫／飛び猫／衛星一号／模倣空間／お助け／疑似人間／ベルト・ウエーの女／火星にきた男／差別／到着／にぎやかな未来］
徳間書店（徳間文庫）　2002年7月15日
※再編集本

155 日本以外全部沈没　自選短篇集3　パロディ篇

［火星のツァラトゥストラ／日本以外全部沈没／ケンタウルスの殺人／小説「私小説」／ホルモン／フル・ネルソン／モダン・シュニッツラー／デマ／バブリング創世記／裏小倉／諸家寸話／読者罵倒／筒井康隆のつくり方］
徳間書店（徳間文庫）　2002年9月15日
※再編集本

156 筒井版 悪魔の辞典

講談社　2002年10月8日
講談社＋α文庫　2009年1月20日

※アンブローズ・ビアス『悪魔の辞典』の翻訳、講談社＋α文庫版は二分冊

157 懲戒の部屋　自選ホラー傑作集１

［走る取的／乗越駅の刑罰／懲戒の部屋／熊の木本線／顔面崩壊／近づいてくる時計／蟹甲癬／かくれんぼをした夜／風／都市盗掘団］
新潮社（新潮文庫）　2002年11月１日
※再編集本

158 驚愕の曠野　自選ホラー傑作集２

［魚／冬のコント　／二度死んだ少年の記録／傾斜／定年食／遍在／遠い座敷／メタモルフォセス群島／驚愕の曠野］
新潮社（新潮文庫）　2002年11月１日
※再編集本

159 最後の喫煙者　自選ドタバタ傑作集１

［急流／問題外科／最後の喫煙者／老境のターザン／こぶ天才／ヤマザキ／喪失の日／平行世界／万延元年のラグビー］
新潮社（新潮文庫）　2002年11月１日
※再編集本

160 傾いた世界　自選ドタバタ傑作集２

［関節話法／傾いた世界／のたくり大臣／五郎八航空／最悪の接触／毟りあい／空飛ぶ表具屋］
新潮社（新潮文庫）　2002年11月１日
※再編集本

161 睡魔のいる夏　自選短篇集４　ロマンチック篇

［わが良き狼／お紺昇天／睡魔のいる夏／白き異邦人／旅／時の女神／ミスター・サンドマン／ウイスキーの神様／姉弟／ラッパを吹く弟／幻想の未来］
徳間書店（徳間文庫）　2002年11月15日
※再編集本

162 カメロイド文部省　自選短篇集５　ブラックユーモア《未来》篇
［脱ぐ／無限効果／二元論の家／底流／やぶれかぶれのオロ氏／下の世界／うるさがた／たぬきの方程式／マグロマル／カメロイド文部省／最高級有機質肥料／一万二千粒の錠剤］
徳間書店（徳間文庫）　2003年1月15日
※再編集本

163 わが愛の税務署　自選短篇集６　ブラックユーモア《現代》篇
［融合家族／コレラ／旗色不鮮明／公共伏魔殿／わが愛の税務署／地獄図日本海因果／晋金太郎／廃塾令］
徳間書店（徳間文庫）　2003年3月15日
※再編集本

164 小説のゆくえ
［世界から文学へ 文学から世界へ／現代世界と文学のゆくえ／方法の前史、検証・論考／超虚構性からメタフィクションへ／「21世紀文学の創造」編集のことば／感情移入と小説／文学的スノッブについて／「文学の面白さ」の基本に立って／マニアックであることを恐れるな／「炭坑のカナリヤ」としての抗議／日本てんかん協会会長 鈴木勇二様　お答えと要望／日本てんかん協会会長 鈴木勇二様　お答え／断筆を解き、作品を発表します／覚書／『エンガッツィオ司令塔』あとがき／なさけない、身勝手な、品性のない「報道規制」／表現の自由に関する断章／『樹の上の草魚』推薦文／『風雲ジャズ帖の逆襲』推薦文／『ダモレスク幻想』推薦文／『家族狂』推薦文／あなたの名はあなた／再び「あなたの名はあなた」／『科学の終焉』監修者序文／『続科学の終焉』監修者序文／『世界の涯ての弓』推薦文／現代的でポップな老人文学　畸人伝／はじめて「ユング」の世界がわかった - ユング心理学入門／センスオブワンダーな哲学の物語／予想がつかぬ意外性 - 星新一『疑惑』について／『虚空王の秘宝』の世界／小林信彦『おかしな男 渥美清』／『イフからの手紙』推薦文／『異形家の食卓』推薦文／『夫婦茶碗』解説／『神の系譜Ｉ 竜の封印』推薦文／『透明な方舟』推薦文／「音の擬」に共感 - 第九回三島由紀夫賞選評／すぐそこにある豊饒 - 第十回三島由紀夫賞選評／甘美なる胎内めぐり - 第十一回三島由紀夫賞選評／現代思想と文学 - 第十二回三

315　筒井康隆　全著作リスト

島由紀夫賞選評／若さと気負いに好感 - 第十三回三島由紀夫賞選評／前景化ということ - 第十四回三島由紀夫賞選評／「にぎやかな湾に背負われた船」を推す - 第十五回三島由紀夫賞選評／几帳面さということ - 第三十四回谷崎潤一郎賞選評／恋愛小説というもの - 第三十五回谷崎潤一郎賞選評／偶数の選考委員 - 第三十六回谷崎潤一郎賞選評／情緒纏綿たる透明感 - 第三十七回谷崎潤一郎賞選評／町田康『くっすん大黒』を推す - 第七回Bunkamuraドゥマゴ文学賞選評／灰谷健次郎のガールフレンド／「山藤章二の戯画ていめんと」推薦文／星新一と共に四十年／「郵便少年・横尾忠則展」開催おめでとうございます／達人が選んだ「もう一度読みたい」一冊 - 田河水泡「ミスター・チャンチャラ」／おれがハマった極上ミステリー／時代を見る眼と通時性／半ちゃん／問題小説の三十年／『文学部唯野教授』同時代ライブラリー版によせて／『文学部唯野教授』現代文庫版によせて／唯野教授は最初の単行本で／歳をとってしまうと書けない小説／さまざまな道中記／読売文学賞受賞の言葉 -「わたしのグランパ」／ながい時間をかけて書いたため -「愛のひだりがわ」／『わかもとの知恵』まえがき／『わかもとの知恵』あとがき／自分のことば／『悪魔の辞典』について／『筒井版 悪魔の辞典』訳者あとがき／「悪魔の辞典」新訳の悪夢／私の週間食卓日記／約1トンのコーヒー／鮎の骨／狂牛肉の酸鼻歌／筒井家覚書／めぐり会えたもの／オテル・リッツ／震災で気づいた無駄／趣味をプロ級まで磨き逆境に備えよ／梅新　大月楽器店／ネット内にはいろんな人がいてもよい／ネット狂詩曲／紙と日本人／気の早い楽しみ／若者グループと乱闘、死亡／自照する顔／読み、語り、聞かせること／伝奇小説、ＳＦにも登場する謎の人物 - 古寺巡礼／春の小川は／すべてを絵に語らせよ／OSKの『ジャズ小説』／言語の自主規制／国立劇場での「俄」／劇作家文士劇の提案／劇作家文士劇の続き／「俄」の上演に関して／20世紀不滅の映像遺産／映像化された哲学的思考／チャン・イーモウの求心性／『キープ・クール』のユーモア］

中央公論新社　2003年4月10日

中央公論新社（中公文庫）　2006年3月25日

165 筒井康隆の現代語裏辞典「あ～き」

文源庫　2003年4月

※奥付に発行日の記載なし、192に全篇収録

166 三丁目が戦争です

［三丁目が戦争です／地球はおおさわぎ／赤ちゃんかいぶつベビラ！／うちゅうをどんどんどこまでも］
講談社（講談社青い鳥文庫 f シリーズ） 2003年8月15日
※再編集本

167 ヘル

文藝春秋 2003年11月15日
文藝春秋（文春文庫） 2007年2月10日

168 筒井康隆の現代語裏辞典「き〜こ」

文源庫 2004年4月
※奥付に発行日の記載なし、192に全篇収録

169 筒井康隆漫画全集

［にせの地形図（漫画）／90年安保の全学連（漫画）／筒井順慶（漫画）／ワイド仇討（漫画）／色眼鏡の狂詩曲（漫画）／アフリカの爆弾（漫画）／冠婚葬祭・葬儀編（漫画）／傷ついたのは誰の心（漫画）／たぬきの方程式（漫画）／わが名はイサミ（漫画）／アフリカの血（漫画）／カンニバリズム・フェスティバル（漫画）／急流（漫画）／客（漫画）／近所迷惑（漫画）／超能力（漫画）／サイボーグ入門（漫画）／第7類危険物取扱心得（漫画）／2001年のテレビ（漫画）／むし歯（漫画）／無題（漫画）／老婆問題（漫画）］
実業之日本社 2004年6月4日
※漫画集、47の増補版

170 笑犬樓の逆襲

［《I 笑犬樓の逆襲》断筆解除後の戦果を報告する／家を買う話は沙汰やみとなってしまった／自民党が金持ちの味方でなくなった時から世の中おかしくなった／平成八年五月十八日、神田某所で秘密朗読会が開催された／ドラマ出演中に作家としての意識を表出させることは禁じている／酒鬼薔薇聖斗君のお噂です／ことばの豊かさは、成熟

した文化を維持する上で絶対に必要だ／サントリー・モルツのCF一年契約はこれほど厳しい／蜷川幸雄から大役のお呼びがかかった／放火にあった隣家の火事をホースで消火した／「かもめ」稽古期間中は辛かった／「筒井康隆はならず者の傑物だ」／ファービーちゃんは声を出す人形の新人類である／山陽新幹線のコンクリート落下事故を簡単に反省してもらっては困る／江藤淳氏は雷の恐怖に負けたのではないか／「文学クイズ・マラソン」を開催した／『魚藍観音記』はまだ摘発されていない／柳美里さんおめでとう／セコムをつけていてもアジア系外国人強盗団は侵入してくる／小渕総理に言語の多様性を説いたってわかるわけもないだろう／なぜ評論家の悪口を書いてしまうんだろう／原宿名店案内／石原慎太郎は徹底せよ／原宿名店案内・第二弾／「そして誰もいなくなった」公演前のネタばらしに抗議する／リアリティはリアリズムではない／『悪魔の辞典』の翻訳を再開した／優秀なCFは出演者の矜持を損なう／トチリのおかげで演技がうまくなった／おれは山本圭に似ているかね?／デリダ「郵便物不安」が現実となった／個人情報保護基本法案並びにマスコミのスキャンダリズムを批判する／狂牛病・口蹄疫の家畜に神の恵みあれ！／フジテレビ深夜の「百万男」は面白いぞ／神戸・垂水の名店案内／ミレー「鵞鳥番の少女」を手放した／イギリスの浣腸は、馬のかと思うほどでかい／NHK的歴史改変の役を演じた／山下洋輔と釧路で「しあわせ」について語り合った／犯罪者はアフガンへつれて行け／この原稿は、楽屋で書いている／朝日新聞の一面にでかい活字で「狂」の字が躍っている／わが家に税務調査が入った／翻訳中の『悪魔の辞典』の一部をお目にかけよう／『愛のひだりがわ』について、この二人の評者にはあきれた／ペイオフ解禁で不安を煽り立てたマスコミ／「現代語裏辞典」の連載を開始した／小泉義之に反論する／「フリン伝習録」は「メリー・ウィドウ」の名曲を甦らせる／「決死圏SOS宇宙船」はわしの『帰郷』に似過ぎている／小中学生の化粧、男の化粧を擁護する／愚挙・千代田区の歩行者喫煙取締りを糾弾する／紫綬褒章をもらってしまった／六日町「龍言」で骨休めをした／わしの頭の中には発表できぬギャグが充満している／戦争なくして何の人生じゃ／シラク「お前アホか。」ブッシュ「何でやねん。」／河合隼雄氏・桂米朝師匠に感謝する／ヒトゲノム解読は無為徒食の老人増加を招くのか?／映画「宣戦布告」を見て考えた／政治家に免許がなくていいのか／行き

つけの店がどんどん消えていく／「トリビアの泉」が高視聴率なのはもっともだ／阪神ファンではないが、道頓堀川は川浚えをせよ／オペラ歌手に混って歌をうたうことになった／今後は「お助け爺さん」に徹することになるだろう／日本人は情けなーい国民やねん／ついに最終回となった／昔「噂の真相」という雑誌があった／《II 阪神大震災はいまだ終わらず》犬とグッズと鍋／阪神大震災はいまだ終わらず／いずれは、の予感はあった／わたしの映画スタア／子供について／《III 二十一世紀の新しい読者に向けて》萩原版『パプリカ』の完結を祝す／ゴダケンと珠子／『わたしのグランパ』／二十一世紀の新しい読者に向けて／『フリン伝習録』／今夜のお楽しみどころ二、三／《IV 古典から今への美意識》古典から今への美意識 - 丸谷才一『輝く日の宮』／快い懐かしさのエッセンス - 小林恭二『宇田川心中』／『阿修羅ガール』を推す - 第16回三島由紀夫賞選評 ／矢作俊彦の遅すぎる受賞 - 第17回三島由紀夫賞選評 ／夢と夜行列車 - 平成十五年度谷崎潤一郎賞選評 ／《V 「創作の秘密」から「昨夜の献立」まで》筒井康隆のすべてを知るための50問50答］

新潮社　2004年12月5日

新潮社（新潮文庫）　2007年8月1日

171 ポルノ惑星のサルモネラ人間　自選グロテスク傑作集

［ポルノ惑星のサルモネラ人間／妻四態／歩くとき／座右の駅／イチゴの日／偽魔王／カンチョレ族の繁栄］

新潮社（新潮文庫）　2005年8月1日

※再編集本

172 ヨッパ谷への降下　自選ファンタジー傑作集

［薬菜飯店／法子と雲界／エロチック街道／簞笥／タマゴアゲハのいる里／九死虫／秒読み／北極王／あのふたり様子が変／東京幻視／家／ヨッパ谷への降下］

新潮社（新潮文庫）　2006年1月1日

※再編集本

173 銀齢の果て

新潮社　2006年1月20日

新潮社（新潮文庫）　2008年8月1日

174 壊れかた指南

［漫画の行方／余部さん／稲荷の紋三郎／御厨木工作業所／TANUKI／迷走録／建設博工法展示館／大人になれない／可奈志耶那／尾蘇魯志耶／優待券をもった少年／犬の沈黙／出世の首／二階送り／空中喫煙者／鬼仏交替／《ショートショート集》（虎の肩凝り／春の小川は／長恨／恐怖合体／おれは悪魔だ／秘密／便秘の夢／土兎／取りに来い／便意を催す顔）／狼三番叟／耽読者の家／店じまい／逃げ道］

文藝春秋　2006年4月30日

文藝春秋（文春文庫）　2012年4月10日

175 日本以外全部沈没　パニック短篇集

［日本以外全部沈没／あるいは酒でいっぱいの海／ヒノマル酒場／パチンコ必勝原理／日本列島七曲り／新宿祭／農協月へ行く／人類の大不調和／アフリカの爆弾／黄金の家／ワイド仇討］

角川書店（角川文庫）　2006年6月25日

※再編集本、「黄金の家」を初収録

176 陰悩録　リビドー短篇集

［欠陥バスの突撃／郵性省／脱ぐ／活性アポロイド／弁天さま／泣き語り性教育／君発ちて後／陰悩録／睡魔の夏／ホルモン／奇ッ怪陋劣潜望鏡／モダン・シュニッツラー／オナンの末裔／信仰性遅感症］

角川書店（角川文庫）　2006年7月25日

※再編集本、「睡魔の夏」を初収録

177 如菩薩団　ピカレスク短篇集

［コレラ／神様と仏さま／死にかた／小説「私小説」／如菩薩団／傍観者（毎日新聞版）／ケンタウルスの殺人／断末魔酔狂地獄／三人娘／ながい話／村井長庵／わが愛の税務署］

角川書店（角川文庫）　2006年8月25日

※再編集本、「傍観者」（毎日新聞版）を初収録

178 夜を走る　トラブル短篇集

［経理課長の放送／悪魔の契約／夜を走る／竹取物語／腸はどこへいった／メンズ・マガジン一九七七／革命のふたつの夜／巷談アポロ芸者／露出症文明／人類よさらば／旗色不鮮明／ウィークエンド・シャッフル／タイム・マシン／わが名はイサミ］
角川書店（角川文庫）　2006年9月25日
※再編集本、「人類よさらば」を初収録

179 佇むひと　リリカル短篇集

［ぐれ健が戻った／碧い底／きつね／佇むひと／姉弟／ベルト・ウェーの女／怪段／下の世界／睡魔のいる夏／わが良き狼／ミスター・サンドマン／白き異邦人／ヒッピー／走る男／わかれ／底流／時の女神／横車の大八／みすていく・ざ・あどれす／母子像］
角川書店（角川文庫）　2006年10月25日
※再編集本

180 くさり　ホラー短篇集

［生きている脳／肥満考／ふたりの印度人／池猫／二元論の家／星は生きている／さなぎ／大怪獣ギョトス／我輩の執念／到着／たぬきの方程式／お助け／穴／怪物たちの夜／くさり／善猫メダル／「蝶」の硫黄島／亭主調理法／アフリカの血／台所にいたスパイ／サチコちゃん／鍵］
角川書店（角川文庫）　2006年11月25日
※再編集本、「大怪獣ギョトス」を初収録

181 巨船ベラス・レトラス

文藝春秋　2007年3月15日
文藝春秋（文春文庫）　2013年11月10日

182 出世の首　バーチャル短篇集

［空想の起源と進化／出世の首／テレビ譫妄症／雨乞い小町／夜の政治と経済／ジャップ鳥／となり組文芸／桃太郎輪廻／馬は土曜に蒼ざめる／傍観者（NULL版）／廃塾令／団欒の危機］
角川書店（角川文庫）　2007年3月25日

※再編集本、「傍観者」（NULL 版）を初収録

183 ダンシング・ヴァニティ
新潮社　2008年1月30日
新潮社（新潮文庫）　2011年1月1日

184 秒読み　筒井康隆コレクション
［到着／マグロマル／お助け／駝鳥／蟹甲癬／時越半四郎／バブリング創世記／睡魔のいる夏／笑うな／走る取的／遠い座敷／関節話法／秒読み／熊の木本線］
福音館書店（ボクラノＳＦ 02）　2009年2月25日
※再編集本

185 時をかける少女
［時をかける少女／時の女神／姉弟／きつね］
角川書店（角川つばさ文庫）　2009年3月3日
※再編集本

186 アホの壁
新潮社（新潮新書350）　2010年2月20日

187 ミラーマンの時間
［白いペン・赤いボタン／ミラーマンの時間］
金の星社（筒井康隆ＳＦジュブナイルセレクション3）　2010年2月
※再編集本、奥付に発行日の記載なし

188 地球はおおさわぎ
［かいじゅうゴミイのしゅうげき／うちゅうをどんどんどこまでも／地球はおおさわぎ／赤ちゃんかいぶつベビラ！／三丁目が戦争です］
金の星社（筒井康隆ＳＦジュブナイルセレクション1）　2010年3月
※再編集本、奥付に発行日の記載なし

189 デラックス狂詩曲
［暗いピンクの未来／デラックス狂詩曲／超能力・ア・ゴーゴー］

金の星社（筒井康隆ＳＦジュブナイルセレクション２）　2010年３月
※再編集本、奥付に発行日の記載なし

190 細菌人間
金の星社（筒井康隆ＳＦジュブナイルセレクション４）　2010年３月
※再編集本、奥付に発行日の記載なし

191 W世界の少年
［10万光年の追跡者／四枚のジャック／W世界の少年］
金の星社（筒井康隆ＳＦジュブナイルセレクション５）　2010年３月
※再編集本、奥付に発行日の記載なし

192 現代語裏辞典
文藝春秋　2010年７月30日
文藝春秋（文春文庫）　2016年５月10日
※文庫版は追加項目あり

193 漂流　本から本へ　→　読書の極意と掟
朝日新聞出版　2011年１月30日
講談社（講談社文庫）　2018年7月13日
※講談社文庫版は「ハイデガー『存在と時間』」に加筆あり

194 ビアンカ・オーバースタディ
星海社（星海社 FICTIONS）　2012年８月16日
KADOKAWA（角川文庫）　2016年５月25日

195 聖痕
新潮社　2013年５月30日
新潮社（新潮文庫）　2015年12月１日

196 偽文士日碌
角川書店　2013年６月25日
KADOKAWA（角川文庫）　2016年８月25日

197 創作の極意と掟
講談社　2014年2月28日
講談社（講談社文庫）　2017年7月14日

198 繁栄の昭和
［繁栄の昭和／大盗庶幾／科学探偵帆村／リア王／一族散らし語り／役割演技／メタノワール／つばくろ会からまいりました／横領／コント二題／高清子とその時代］
文藝春秋　2014年9月30日
文藝春秋（文春文庫）　2017年8月10日

199 筒井康隆コレクションⅠ　48億の妄想
［《PART 1》48億の妄想／早川書房65年版「あとがき」／《PART 2》幻想の未来／南北社版「幻想の未来・アフリカの血」あとがき／血と肉の愛情（異稿）／イラストストーリー　幻想の未来（生頼範義）／《PART 3》ＳＦ教室（はじめに（筒井康隆）／1　ＳＦについて（筒井康隆）／2　ＳＦの歴史（伊藤典夫・筒井康隆）／3　ＳＦの名作（伊藤典夫・筒井康隆）／4　ＳＦ作家の案内（伊藤典夫・筒井康隆）／5　ＳＦのマンガと映画（豊田有恒）／6　ＳＦにでてくることば（豊田有恒）／ＳＦ年表）／《PART 4》筒井康隆・イン・NULL 1（1～3号）／創刊号　目次／お助け／模倣空間／Ｓ・Ｆ一家ご紹介（筒井嘉隆）／タイム・マシン／第2号　目次／脱ぐ／帰郷／編集室日誌より／会員募集のお知らせ／編集メモ／第3号　目次／衛星一号／到着／傍観者／無限効果／編集室日誌より／会員名簿1／第二号批評・来信（中島河太郎・渡辺啓助・星新一・柴野拓美）］
出版芸術社　2014年11月30日

200 筒井康隆コレクションⅡ　霊長類 南へ
［《PART 1》霊長類 南へ／講談社文庫版あとがき／講談社文庫版解説（小松左京）／とびら／長屋の戦争／《PART 2》脱走と追跡のサンバ／《PART 3》マッド社員シリーズ（更利萬吉の就職／更利萬吉の通勤／更利萬吉の秘書／更利萬吉の会議／更利萬吉の退職）／《PART 4》筒井康隆・イン・NULL 2（4～5号）／第4号 目次／マリコちゃん（櫟沢美也）／二元論の家／会員名簿2／第三号批評

・来信（星新一・眉村卓）／第５号 目次／訪問者／きつね（櫟沢美也）／底流／会員名簿３／第四号批評・来信（柴野拓美・星新一・田路昭）］
出版芸術社　2015年２月20日

201 世界はゴ冗談
［ペニスに命中／不在／教授の戦利品／アニメ的リアリズム／小説に関する夢十一夜／三字熟語の奇／世界はゴ冗談／奔馬菌／メタパラの七・五人／ウクライナ幻想］
新潮社　2015年４月25日

202 駝鳥
六耀社　2015年９月８日
※絵本

203 筒井康隆コレクションⅢ　欠陥大百科
［《PART １》欠陥大百科／《PART ２》発作的作品群（《発作的ショート・ショート》ブロークン・ハート／訓練／タバコ／《発作的エッセイ》公的タブー・私的タブー／凶暴星エクスタ市に発生したニュー・リズム、ワートホッグに関する報告及び調理法及び見通しについて／仕事と遊びの“皆既日食”／肺ガンなんて知らないよ／まったく不合理、年賀状／大地震の前に逃げ出そう／都会人のために夜を守れ／いたかつただらうな／恰好よければ／わが宣伝マン時代の犯罪／可愛い女の可愛らしさ／犯・侵・冒／人間を無気力にするコンピューター／アナロジイ／情報化時代の言語と小説／《発作的講談》岩見重太郎／児雷也／《発作的雑文》当たらぬこそ八掛 - 易断／悩みの躁談室／レジャー狂室／《発作的短篇》最後のＣＭ／差別／《発作的戯曲》荒唐無稽文化財奇ッ怪陋劣ドタバタ劇 - 冠婚葬祭葬儀編／《発作的座談会》山下洋輔トリオ・プラス・筒井康隆／発作的あとがき）／《PART ３》ナイフとフォーク／アメリカ便り／香りが消えて／タイム・マシン／《PART ４》筒井康隆・イン・NULL ３（６〜８号）／第６号 目次／神様たち（櫟沢美也）／逃げろ／会員名簿４／第五号批評・来信（手塚治虫・星新一）／第７号 目次／姉弟（櫟沢美也）／たぬき（櫟沢美也）／やぶれかぶれのオロ氏／会員名簿５／第六号批評・来

信（加納一朗・星新一・柴野拓美・舟越辰緒）／第8号 目次／睡魔のいる夏／会員名簿6／第七号批評・来信（柴野拓美・星新一・高梨純一・石川喬司）／特別寄稿「NULL」と「宇宙塵」のころ（加納一朗）］
出版芸術社　2015年10月30日

204 モナドの領域
新潮社　2015年12月5日

205 筒井康隆コレクションⅣ　おれの血は他人の血
［《PART 1》おれの血は他人の血／「植草甚一のブックランド」より（植草甚一）／《PART 2》男たちのかいた絵／写真小説　男たちのかいた絵（花田秀次郎）／《PART 3》ほほにかかる涙／社長秘書忍法帖／EXPO2000／レジャーアニマル／脱走／《PART 4》筒井康隆・イン・NULL 4（9号〜臨時号）／第9号 目次／下の世界／会員名簿7／第八号批評・来信（柴野拓美・星新一・石川喬司）／NULL10号巻頭言／第10号　目次／ヌル傑銘々伝（眉村卓・小隅黎・筒井康隆・松永蓉子・戸倉正三・平井和正・中村卓・櫟沢美也）／ジョプ／会員名簿8／第九号批評・来信（星新一）／臨時号 目次／悪魔の世界の最終作戦（眉村卓との合作）／廃刊の辞／DAICON REPORT（レポート1　記念パーティと合宿（柴野拓美）／ダイコンばんざい（吉光伝）／「怪獣カメラ」始末記（野田宏一郎）／ダイコンのなかった大阪（豊田有恒）／大会写真（構成／筒井康隆）／レポート2　本大会（田路昭）／ＳＦアートの方向（金子泰房）／DAICONに思う（柴野拓美）／インサイドDAICON）／悪魔の契約（特別収録）／DAICONパンフレット（目次／無題（巻頭言）／ある感情（星新一）／スフの大根（小松左京）／二又大根（柴野拓美）／記念パーティ案内・レポート告知／「大怪獣カメラ」予告／さっそく支度を（広瀬正）／大会に寄せて（眉村卓）／無題（高梨純一））］
出版芸術社　2016年2月5日

206 筒井康隆コレクションⅤ　フェミニズム殺人事件
［《PART 1》フェミニズム殺人事件／作者御礼／《PART 2》新日本探偵社報告書控／《PART 3》12人の浮かれる男（小説版）／女

スパイの連絡]
出版芸術社　2016年5月25日

207 筒井康隆全戯曲 1 12人の浮かれる男

[《PART 1》12人の浮かれる男／情報／改札口／将軍が目醒めた時／スタア／『12人の浮かれる男』あとがき／新潮文庫版解説（川和孝）／《PART 2》スタア《Q & A》著者との一問一答／枠をはずして…（飯沢匡との対談）／「スタア」公演に寄せて／まわり道／作家・自作を語る『筒井康隆劇場 12人の浮かれる男』／芝居の楽しみ／斬新／作者の心配／三人の男とひとりの女／稽古場日記／乞うご期待「スタア」／戯曲「スタア」上演法／「スタア」が上演されると聞くと／筒井康隆さん　新神戸オリエンタル劇場二周年記念公演「スタア」を作・演出・出演する（インタビュー）／「スタア」公演に際して／可能的自己の殺人／「葦原将軍」を書いた頃／「スタア」再演に思う／《PART 3》会長夫人萬蔵／会長夫人萬蔵について／荒唐無稽文化財奇ッ怪陋劣ドタバタ劇　冠婚葬祭葬儀篇／感不思議阿呆露往来／企画書　映画『ジャズ犬たち』／筒井が来たりて笛をふく]
復刊ドットコム　2016年5月30日

208 筒井康隆全戯曲 2 ジーザス・クライスト・トリックスター

[《PART 1》ジーザス・クライスト・トリックスター　山にのぼりて笑え／人間狩り／ジス・イズ・ジャパン／部長刑事 - もうひとつの動機／ウィークエンド・シャッフル／三月ウサギ／《PART 2》筒井康隆大一座公演全記録 写真漫画 ジーザス・クライスト・トリックスター／㈱筒井康隆大一座　ジーザス・クライスト・トリックスター　山にのぼりて笑え／《PART 3》演劇とトリックスター／幕間礼讃／川和さんのこと／ついに体が動き出した／しあわせ座長／限定されない科白／大一座結成由来／文筆と演技／口上／これからの大一座／作者＝座長＝役者／大一座通信1／大一座通信2／トリックスターとのつきあい方　座付学者の弁（山口昌男）／役者・筒井康隆（川和孝）／もう手遅れなのだ（山下洋輔）／ジーザス・クライスト・トリックスター　お先に失礼　満員御礼！筒井康隆自作自演を語る（インタビュアー・堀晃）／《PART 4》シナリオ・時をかける少女／伝説の行方]

復刊ドットコム　2016年7月30日

209 筒井康隆全戯曲 3 スイート・ホームズ探偵

［《PART 1》スイート・ホームズ探偵／ひとり／俊徳丸の逆襲／部長刑事 - 刑事たちのロンド／若くなるまで待って／新潮文庫版解説（香村菊雄）／《PART 2》フリン伝習録／怖がる役者／水中殺人／《PART 3》ぷろふぃ――る 納谷六朗／ぷろふぃ――る 奥村公延／ＳＦ作家の古典がえり／賑にぎしくお越しください／西尾美栄子讃／蜷川手本忠臣蔵／「フリン伝習録」は「メリー・ウィドウ」の名曲を蘇らせる／オペラ歌手に混って歌をうたうことになった／フリン伝習録／今夜のお楽しみどころ二、三／ああ、憧れのアチャラカ喜劇（別役実との対談）／アチャラカと私／空飛ぶ雲の上団五郎一座 presents アンケート作戦／インタビュー 戯曲の言葉に向き合う／筒井康隆㊙写真館 from 1934～1981／ツツイ証言（柴野拓美・堀晃・かんべむさし・伊藤典夫・永井豪）／筒井康隆㊙写真館のための註釈の多い年譜（平石滋）］

復刊ドットコム　2016年10月30日

210 筒井康隆全戯曲 4 大魔神

［《PART 1》大魔神／天国と地獄を見せてくれる人（沙村広明インタビュー）／びっくり小説神髄（京極夏彦との対談）／幻の映画化作品『大魔神』の秘密をあかそう／筒井版『大魔神』シナリオ執筆の経緯／《PART 2》影武者騒動／猪熊門兵衛／破天荒鳴門渦潮／新潮文庫版解説（如月小春）／古典への回帰／歌舞伎の危機と作家の役割／歌舞伎も同時代性を持ち得る芝居だ／筒井康隆インタビュー／「影武者騒動」の現代性／現在上演されていない歌舞伎を読むと宝の山にぶち当たった／「影武者騒動」劇評騒動／現代のなかの歌舞伎 - 作家と歌舞伎 - ／《PART 3》俄・納涼御攝勧進帳／言語の自主規制／国立劇場での「俄」／「俄」の上演に関して／「俄」と『兵士の物語』／《PART 4》スーパージェッター 第21話 ロボットＭ７号（裏切りロボット）／第34話 マイクロ光線／《PART 5》フォノシート漫画 スーパージェッター 未来予言機！（漫画・久松文雄）／ミクロ人間（原画・前村教綱）］

復刊ドットコム　2017年2月25日

※付録として「ミクロ人間」のフォノシート音源を収録したＣＤを添付

211 筒井康隆コレクション Ⅵ　美藝公

［《PART 1》美藝公／《PART 2》歌と饒舌の戦記／《PART 3》ひずみ／〔未完稿〕マルクス・エンゲルスの中共珍道中／上下左右／佐藤栄作とノーベル賞／クラリネット言語／《PART 4》ヤング・ソシオロジー（抄）（3 アングラ／4 ヨット／5 みなみ／8 プール／11 ウエートレス／12 ゼンガクレン）／おれは野次馬（抄）（2 ショー番組は情報の拡散／3 権力と組織の誇示「紅白」／5 東大実況中継の制作費は／6「11PM」地方局を見ならえ／7 ホームドラマ 虚構も欠損／8 ハプニングは創造可能か／9 ナンセンスＣＭがんばれ／10 疑似イベントお涙ショー／12 男のドラマをやってくれ／14 変わりばえしない一〇四本／15 反逆精神か思いあがりか／17 お前はただの現在なのか）／集積回路（抄）（5 早寝早起きは保守的因習／6「連呼型」はナチスの拷問／7 日本も犬ぐるい国になる／8 男性も悪いが女性も悪い／9 公害で東京は無人の町に／10 露出時代の反動がくる?／11 なぜ苦労して海に行く?／12 カネは全部硬貨にせよ／13 活字的思考でのテレビ論／14 いったい何が常識なのか）／正気と狂気の間 - 精神病院ルポー／大阪万博ルポ］

出版芸術社　2017年4月27日

212 日本ＳＦ傑作選１　筒井康隆　マグロマル／トラブル

［お紺昇天／東海道戦争／マグロマル／カメロイド文部省／トラブル／火星のツァラトゥストラ／最高級有機質肥料／ベトナム観光公社／アルファルファ作戦／近所迷惑／腸はどこへいった／人口九千九百億／わが良き狼／フル・ネルソン／たぬきの方程式／ビタミン／郵性省／おれに関する噂／デマ／佇むひと／バブリング創世記／蟹甲癬／こぶ天才／顔面崩壊／最悪の接触］

早川書房（ハヤカワ文庫ＪＡ1289）　2017年8月15日

213 筒井康隆コレクション Ⅶ　朝のガスパール

［《PART 1》朝のガスパール（真鍋博・画）／電悩録 - 解説にかえて（大上朝美）／《PART 2》イリヤ・ムウロメツ（手塚治虫・絵）

／イリヤ・ムウロメツの周辺－ブィリーナの世界－（中村喜和）／《PART 3》空飛ぶ冷し中華（抄）／山下洋輔の周辺／冷中水滸伝（序章 ツタンラーメンの怒りの巻／第一章 三倍達・峠の虎退治の巻（平岡正明）／前回までのあらすじ／第二章 奥成達・グー族として現わるの巻（長谷邦夫）／休載文）／割り箸／筒井康隆聖会長御託宣／まえがきにかえて《PART 4》ロマンチックな逃避／ファン・クラブを大組織に発展させる方法／残念だったこと／堕地獄日記／ＳＦを追って／空想の自由／面白さということ／大学の未来像／新・ＳＦアトランダム／女性の物欲を知る／ジュンについて／サービス精神・満点／「江美子ストーリー」の幸福観／筒井康隆の人生悶答／新釈東西いろはかるた／日本ＳＦ大会／ＳＦ周辺映画散索］
出版芸術社 2017年11月22日

214 夢の検閲官・魚籃観音記
［夢の検閲官／家族場面／馬／遥かなるサテライト群／句点と読点／公衆排尿協会／春／シナリオ・時をかける少女／魚籃観音記／12人の浮かれる男（小説版）］
新潮社（新潮文庫） 2018年5月1日
※再編集本

215 文学部唯野教授・最終講義 誰にもわかるハイデガー
河出書房新社 2018年5月30日

216 筒井康隆、自作を語る
早川書房 2018年9月25日
早川書房（ハヤカワ文庫ＪＡ） 2020年5月25日
※本書

217 不良老人の文学論
［《Ｉ 半島の貴婦人》宗教と私／ずっと大江健三郎の時代だった／若者よ『同時代ゲーム』を再評価せよ／井上ひさしのこと／言語による演劇－井上ひさし『言語小説集』／面白さに拘り続けた人／ふたつの世界の人／半島の貴婦人／そうですか五十周年ですか／星さんについて、言い忘れていたことなど／『小松左京マガジン』四十号達成と

小松左京傘寿を祝うメッセージ／人類信じたロマンチスト／教養にじむお茶目な師匠／手塚治虫のエロス／《II　情欲と戦争》情欲と戦争 - 蓮實重彦『伯爵夫人』／懐かしい蠱惑の長篇 - 松浦寿輝『名誉と恍惚』／川上弘美『大きな鳥にさらわれないよう』推薦文／阿部和重『ピストルズ』／現代思想としての多元宇宙 - 東浩紀『クォンタム・ファミリーズ』／惰性への攻撃—森博嗣『実験的経験』／ポストモダンの掌篇集 - 本谷有希子『嵐のピクニック』／モブ・ノリオ『介護入門』／私の好きな谷崎賞受賞作品 - 辻原登『遊動亭円木』／侵犯と越境 - 池上永一『シャングリ・ラ』／わが死にかたの指針 - 山田風太郎『人間臨終図巻　4』／風太郎と明治物／冲方丁『光圀伝』／村中豊『新宿夜想曲』推薦文／今野敏『怪物が街にやってくる』／山下洋輔『ドバラダ門』／山下洋輔『スパークリング・メモリーズ』／CMソングの女王様／野田秀樹に脱帽／ひたすら笑いだけを追いかける笑いの実践者／小國英雄のシナリオ／映画『美しい星』に思う／ミステリーの幕があがる／「そして誰もいなくなった事件」／時をかけるエーコ／大らかで根源的な笑い／ブノワ・デュトゥールトゥル『幼女と煙草』／青年の成長を描いた二作品／芥川龍之介『侏儒の言葉』／谷崎礼讃／谷崎と映画とぼく／谷崎潤一郎『陰翳礼讃・文章読本』／谷崎賞のことなど - 私と中央公論／《III　今、二極分化の中で》［谷崎潤一郎賞選評］雪沼はどこにあるのか／二作品受賞を喜ぶ／独特の文学的世界の構築／訴求力と文学性／豚はどうした／壮大な文学的実験／初老期と自然への回帰／さまざまな視点からのフィクション論／詩的言語による異化／縦のピカレスク・ロマン／なだらかに超感覚へ／新趣向と王道と／詩と小説の併存／［三島由紀夫賞選評］笑いのある実験的ファンタジイ／票が割れてバラつきました／今、二極分化の中で／［山田風太郎賞選評］計算され尽くしたベテランの技／日本人が書く価値と意味／絶妙の錯時法／票が割れました／縄文から弥生へのロマン／三度読みできる傑作／不徹底さによる拮抗／文芸におけるバランス感覚／《IV　不良老人はこんなに楽しい》佐々木敦『筒井康隆入門』推薦文／佐々木敦『あなたは今、この文章を読んでいる。』推薦文／筒城灯士郎『ビアンカ・オーバーステップ』推薦文／筒井版「大魔神」シナリオ執筆の経緯／小説と共時性／『聖痕』作者の言葉／文体の実験　伴走に感謝／「創作の極意と掟」について／虚構への昇華について／舞台装置／日常のロマン／孫自慢／無敵競輪王／蕎麦道場

／誰か、誘ってくれないかなあ／表現の自由のために／日本でも早く安楽死法を通してもらうしかない／「不良老人」はこんなに楽しい／附　インタビュー「作家はもっと危険で、無責任でいい」]
新潮社　2018年11月20日

218 老人の美学
新潮社（新潮新書）　2019年10月20日

219 堕地獄仏法／公共伏魔殿
［いじめないで／しゃっくり／群猫／チューリップ・チューリップ／うるさがた／やぶれかぶれのオロ氏／堕地獄仏法／時越半四郎／血と肉の愛情／お玉熱演／慶安大変記／公共伏魔殿／旅／一万二千粒の錠剤／懲戒の部屋／色眼鏡の狂詩曲］
竹書房（竹書房文庫／日本ＳＦ傑作シリーズ）　2020年4月23日

初出一覧

第一部　筒井康隆、自作を語る
〈ＳＦマガジン〉二〇一七年六月号〜二〇一八年八月号

第二部　自選短篇集　自作解題
徳間文庫、二〇〇二年〜二〇〇三年（全六巻）

本書は、二〇一八年九月に早川書房より単行本として
刊行された作品を文庫化したものです。

ゲームの王国（上・下）

小川 哲

〈日本SF大賞・山本周五郎賞受賞作〉ポル・ポトの隠し子とされるソリヤ、貧村に生まれた天賦の智性を持つムイタック。運命と偶然に導かれたふたりは、一九七五年のカンボジア、バタンバンで出会った。テロル、虐殺、不条理を主題とした規格外のSF巨篇。解説／橋本輝幸

ハヤカワ文庫

バレエ・メカニック

津原泰水

造形家・木根原の娘・理沙は、九年前に海辺で溺れて以来、昏睡状態にあった。都心での商談後、奇妙な幻聴を耳にした木根原は、奥多摩の自宅へ帰る途中、渋滞の高速道路で津波に襲われる。理沙の夢想が異常事態を引き起こしているらしいのだが……希代の幻視者による機械じかけの幻想、全三章。解説／柳下毅一郎

5分間SF

草上仁

あなたはこのお話のオチ、想像できますか？　宇宙に放り出され生死をさまよう男たちが取った究極の選択とは？　恐竜を探しに降り立った惑星で取材陣が出会った衝撃の真実とは？　あっと驚く結末が、じわりと心に余韻を残す、すこしふしぎなお話が盛りだくさん。1話5分で楽しめるSFショートショート作品集。

編者略歴　ミステリ・ＳＦ評論家，フリー編集者　著書『日本ＳＦ全集・総解説』，編著《日本ＳＦ傑作選》（以上早川書房刊），《筒井康隆コレクション》など

HM=Hayakawa Mystery
SF=Science Fiction
JA=Japanese Author
NV=Novel
NF=Nonfiction
FT=Fantasy

筒《つつ》井《い》康隆《やすたか》、自作《じさく》を語《かた》る

〈JA1433〉

二〇二〇年六月十日　印刷
二〇二〇年六月十五日　発行

（定価はカバーに表示してあります）

著者　筒《つ》井《い》康《やす》隆《たか》
編者　日《く》下《か》三《さん》蔵《ぞう》
発行者　早川浩
発行所　株式会社　早川書房

郵便番号　一〇一 - 〇〇四六
東京都千代田区神田多町二ノ二
電話　〇三 - 三二五二 - 三一一一
振替　〇〇一六〇 - 三 - 四七七九九
https://www.hayakawa-online.co.jp

乱丁・落丁本は小社制作部宛お送り下さい。
送料小社負担にてお取りかえいたします。

印刷・精文堂印刷株式会社　製本・株式会社フォーネット社

ISBN978-4-15-0031433-0 C0195

本書は活字が大きく読みやすい〈トールサイズ〉です。